KB147123

난설헌 허초희 채련

난설헌 허초희

채련 采蓮

2007년 8월 20일 1판 1쇄 인쇄
2007년 8월 30일 1판 1쇄 발행

엮은이 · 함 종 임
펴낸이 · 한 봉 숙
펴낸곳 · 푸른사상사

등록 제2-2876호
서울시 중구 을지로3가 296-10 장양B/D 701호
대표전화 02) 2268-8706(7) 팩시밀리 02) 2268-8708
메일 prun21c@yahoo.co.kr / prun21c@hanmail.net
홈페이지 //www.prun21c.com

ISBN 978-89-5640-576-6-93810

값 30,000원

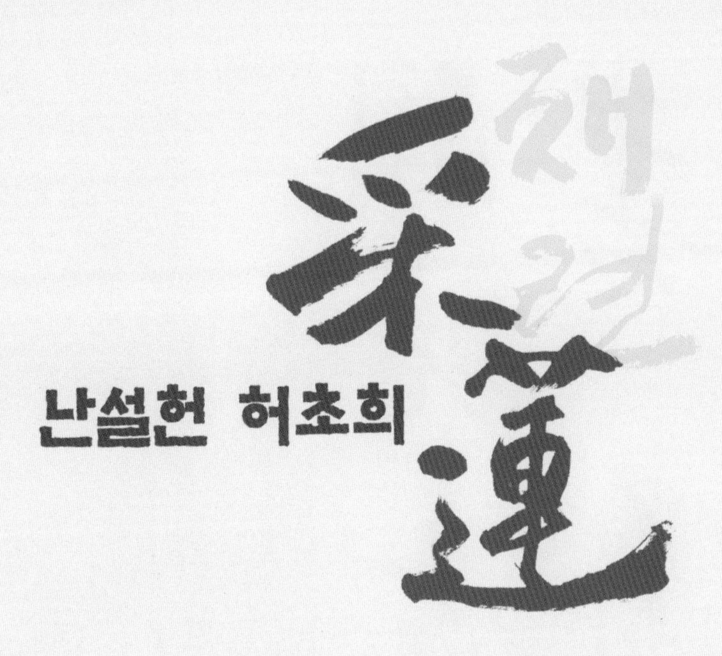

난설헌 허초희

함종임

한견고안양간비금도(난설헌 허초희 친필)

潭園 金昌培 畵家

충남 출생. 화가가 되고자 서울로 유학, 인물화의 대가 錦秋 李南活(1908~2001)畵伯의 首弟子, 추계예술학교, 동국대 대학원, 예원예술대 문화예술대학원 졸업, 美術教育學碩士學位〈미술석사 학위논문/茶와 회화 茶文化에 대한 研究－茶 그림에 대하여－〉, 畵聖 단원 김홍도 화가와 일가이며 인물화의 맥을 잇고 있다.

國展에 入賞과 特選으로 아시아는 물론, 세계 유수의 공모전에 데뷔. 大韓民國書藝文人畵大展, 中部, 하성, 해동, 중부, 現代美術大展 등 審査委員과 서울 롯데백화점 招待, 미국 하와이展, 한·중수교 10주년 초대, 84년부터 25회의 個人展, 團體戰 및 招待作品展 200 여회, 정통부 연하장 선정 3회 작가로, 도자기 Expo 초대, 오스트리아 비엔나, 티월드 엑스포 초대, 한국화랑미술제 선정 작가이며, 저서는 화문집과 茶 한잔의 풍경, 茶 한잔의 인연, 茶 한잔의 명상과, 韓國의 達摩 1·2집, 茶묵화첩을 출간한 바 있어 茶 문화계와 불교계에서 관심의 작가로 호평을 받고 있다.

현재 한국미술협회, 한국불교대학, 군포여성회관, 강릉율곡 차묵회, 상주대학교, 부산여대 출강, 인사동 담원 갤러리 茶&예술센터에서 차와 더불어서 후학을 지도하고, 광주 개인전과 독일, 캐나다展 등의 전시회를 준비하고 있다.

江南曲 (60×45) 2005년 한지 수묵담채

난설헌 허초희 생가 雪日 (60×50) 2005년 한지 수묵담채

난설헌 허초희 尊像 (60×45) 2005년 봄날 한지 수묵담채

四時詞－사계절의 노래, 가을 (135×60) 2005년 한지 수묵담채

遊仙詞－신선계를 노니는 노래 (60×45) 2005년 한지 수묵담채

四時詞 - 여름 (70×70) 2005년 한지 수묵담채

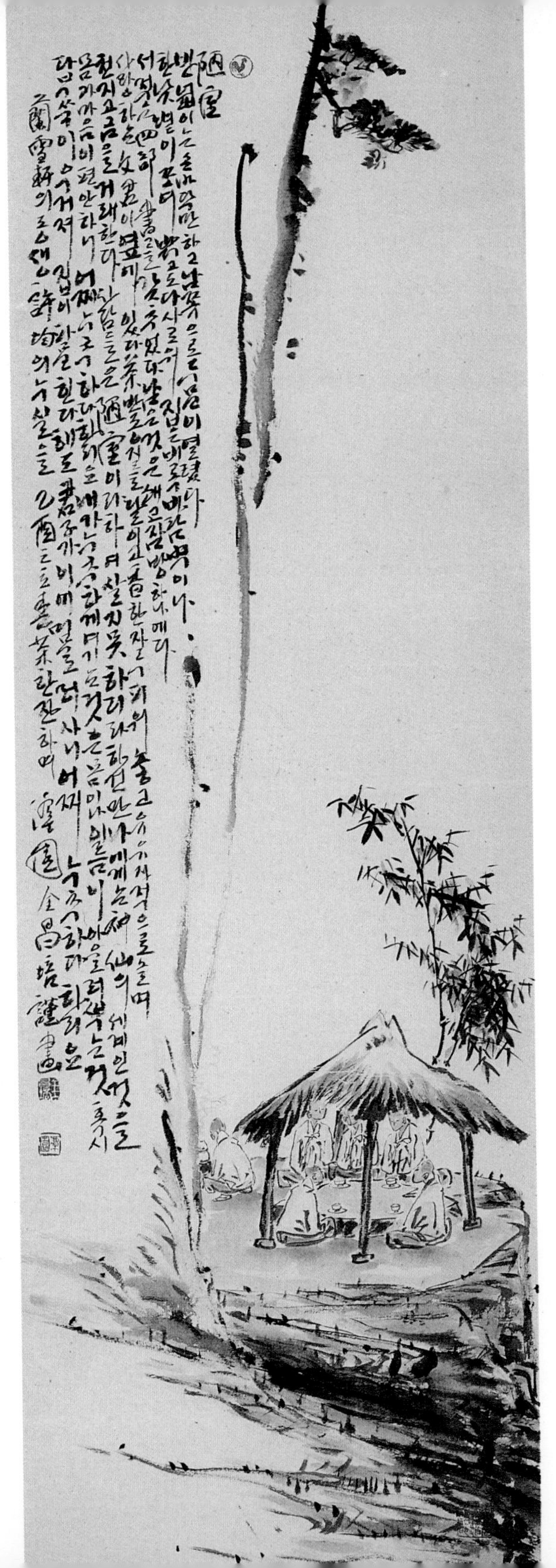

許筠 陋室 (135×50)
한지 수묵담채

난설헌 허초희 采蓮曲 (60×45) 2004년 겨울 수묵담채

雨中采蓮圖 (60×45) 2005년 한지 수묵담채

난설헌 허초희의 초당 생가 (60×45) 2005년 한지 수묵담채

경포호수 (60×50) 2005년 한지 수묵담채, 詩 난설헌 허초희의 강남곡

次仲氏高原望高臺韻 차중씨고원망고대운-둘째 오빠 고원망고대 시에 운하여
(60×45) 2004년 가을 한지 수묵담채

난설헌 허초희

채련 采蓮

■ 서문

영감의 울림으로 빚어진 문학의 어머니

그것은 아우름의 의지였다.

굽어진 것과 바른 것의 소리들을 고르게 하여 그 울림을 언어라는 도구를 통하여 아우르고 싶었던 어머니의 의지와도 같았다.

그 아우름의 근원은 물이며 물은 생명이다.

또한 물은 자연의 본성을 그대로 유지한다.

그리하여 물의 수태와 임신은 살려는 의지에 대해 인식의 빛이 주어졌음을 의미하며 그 의지는 이 빛을 얻어 다시 올바른 길에 이를 수 있으며 해탈이 가능하게 된다. 이러한 수태는 형이상학적인 사명 즉 내재적 본성으로 성숙한 생명을 사랑으로 낳고 기르게 되는 모든 인류의 어머니적 해탈이다. 따라서 그러한 어머니의 마음으로 난설헌은 자신에게 날아든 영감을 시의 형태로 다듬어 놓게 된다.

인간의 자아는 인간의 생에서 가장 본질적인 것인데 이 자아의 직관을 표출하여 나타낼 수 있는 것은 오직 특정한 인과 연결이며 이 인과 연결의 응집력과 유동성은 귀납적인 관계를 형성하게 된다.

건축술의 아름다운 미적요소는 각 부분이 서로 합목적성의 필연적인 관계구성에 있듯이 언어예술의 아름다운 구조 또한 그러하다.

난설헌은 고독한 초인이었다.

초인의 천재성이란 순전히 직관적으로 사고하고 행동하는 직관에 몰입할 수 있는 능력이며 자신을 한 순간 완전히 포기하고 순수 인식 주관으로써 분명한 세계의 눈이 되는 능력이라고 한다. 그리고 이것은 일시적이 아니라 영속적이며 또 필요한 만큼 사려하고 파악된 것을 예술로써 재현하기도 한다.

"흔들리는 현상으로 떠돌아다니는 것을 영속하고 있는 사상으로 고정시켜라" – 괴테의 파우스트 제1부 '천상의 서언' – 에서 주인공이 한 말이다. 그것은 천재성이 어떤 개인에게 나타나기 위해서는 개인의 의지에 봉사하는데 필요한 정도보다 더 많은 인식력이 개인에게 부여되지 않으면 안 되는 것처럼 자유로운 이 인식의 과잉이 의지를 떠난 주관이 되어 세계의 본질을 비추는 거울이 된다는 것이다.

이것으로 우리는 천재적인 개인들이 정지할 줄 모를 정도로 활동적인 것을 알 수 있다.

즉 현재는 그들의 인식을 충족시키지 못하기 때문에 그들은 현재에 거의 만족을 하지 못하게 된다.

그들의 인식은 그들로 하여금 끊임없이 노력하게 하여 새롭게 고찰 할 가치가 있는 객관을 끊임없이 탐구하게 하고 그들과 흡사하여 상대가 될 만하며 자기사상을 전달 할 수 있는 사람을 찾게 된다.

그러나 보통 사람은 평범한 현재에 만족하여 현재에 몰두하고 곳

곳에서 자기의 동류를 발견하여 일상생활의 안락함을 향유하는데 이 안일성이 천재에게는 허용되지 않는다.

따라서 천재는 사물들 속에서 그 형식들 상호간의 투쟁 때문에 실현되지 못한 것을 보기 위하여 공상을 필요로 하며 그 공상이 확대되어 영감을 얻게 되니 이것이 초인적인 천재에게 나타나는 현상이다.

"쇼펜하우어의 의지와 표상으로의 세계 중 36. 예술과 천재와 광기"

그러므로 난설헌은 시에서 경험적인 규범만을 말한 것이 아니라 인간의 내적 본질을 깊이 통찰하였다는 것을 발견하게 된다.

국가의 기능과 존재의 실상 또는 그 가치구현을 작품 속에 담아 인간생활의 특수한 부분을 발굴하여 인간 본성에 대한 깊은 진리를 깨닫게 하기 때문이다.

이 시집은 시대의 대 환란에 대한 예언서와 같은 글들을 모았다. 제1장 雪은 곧 하늘의 영감과도 같다고 보았는데 이 시들은 주로 예언적인 내용들이다. '몽유광상산시서' 는 침략의 형상을 예시하였고 '축성원' '야야곡' '야좌' 는 다가올 시국에 대한 대비적인 여인의 마음이며 '몽작' 을 비롯한 '차 중씨 고원망고대 운' 과 같은 글은 그렇게 다가올 대 환란을 예언하였어도 받아들여지지 않는 시대적 아픔이었으며 '출새곡' '새하곡' '입새곡' 은 환란의 대비를 적재적소의 인재육성에 두고 있었다는 것이다. 또한 제2장의 '난蘭' 은 비옥한 흙에서 잘 자랄 수 있는 생명이니 '지地' 와 같은데 당시 국정의 처해있는 상황을 한 궁인을 통해 치우침 없는 '왕도王道' 의 길이 무엇인지를 보여주고 있다고 하겠다.

제3장에서는 '헌軒' 으로 집은 사람의 운기와 더불어 상생한다.

곧 나라는 백성이 없으면 유지 될 수 없는 것과 마찬가지이니 군주는 백성의 생활상을 잘 살펴보아야만 건강한 국가를 이룰 수 있다는 것이다. 모든 것은 상대적인 관계에 따른 연관의 상태와 사건에 대한 영향 그리고 작품에 등장하는 인물 속에 객관화 되어있는 의지의 유사성에 대한 개념을 파악하여 그 사람들의 환경과 더불어 왕의 평범한 행위까지도 놓치지 않았던 것이다. 왜냐하면 그 행위는 결과에 영향을 미치기 때문이다.

이와 같은 상황 파악을 난설헌은 개별적 현상 자체를 보는 것이 아니라 인간의 본질에 근원을 두고 접근을 하게 된다.

공자는 위학爲學의 길을 걸었고 노자는 위도爲道의 길을 걸었으며 공자는 인간의 법을 중시하였고 노자는 자연의 법을 중시하였다.

공자는 배우며 채워가는 함지박 이라 하였으며 노자는 터득하며 비워내는 나무와도 같다고 하였다. 공자의 학學과 노자의 도道를 우리는 우리식으로 받아 들여야 된다는 것을 난설헌은 말하려 하였을 것이다. 그것은 치우치지 않는 인식의 바다였음에 틀림이 없다. 또한 어찌하여 중국인들에게 먼저 천재적인 서평을 받게 되었을까. 보다 더 근본적인 원인은 한자 한문에 대한 우리의 이해방식이었는지도 모른다. 회고 하는 것은 다만 우리의 사고와 개념으로 문자적인 시공간적인 또는 문화적인 차이를 넘어서 우리의 선조가 쓴 우리의 모습을 우리가 바로 보아야만 한다는 것이다.

그러므로 서문에서 양유년은 "세속 밖에서 공경 받던 옛 선인이 다시 살아난 듯 난설헌의 시는 진실로 인간 세상에 흔한 바가 아니었다. 其渢渢兮古先飄飄兮物外誠 匪人間世所恒"고 하였으며 "장차 이를 명나라의 시집에 덧붙여서 제후의 속국에 있는 백성들이 꺾여 졌던 역사와 함께 길이 만대까지 전해야 할 것이다. 附諸皇明大雅 流傳萬葉

厥有史氏拉矣"라고 하였다. 그동안 우리에게 역사적 상황도 있었겠으나 숲만 보고 나무를 이야기 하지는 않았는지 그리하여 그 나무에게 또 다른 상처를 더 한 것은 아닌지 돌아보며 이제는 국가관 민족관 역사관의 재인식이 더욱 필요한 때가 아닌지 짚어 볼 일이라고 생각한다. 이렇게 독자적인 시각의 해석본이 나오기까지 물심양면 지원을 아끼지 않으신 담원 김창배 화백과 박혜숙, 채수영 교수님 그리고 文茶仙 회원들과 푸른사상사 임직원 여러분들께 감사의 인사를 드린다.

단기 사천삼백삼십구년

대관령 푸른 솔바람이 신성한 가을의 초입에서

文茶仙 함종임

난설헌 허초희 시선 제3집

詩 제1장 雪(天)

차례

詩 제2장 蘭(地)

詩 제3장 軒(人)

난설헌 허초희 시선 제2집

난설헌 허초희 시선 제1집

차례

제2장 회상

제3장 마음

제4장 귀의

蘭雪齊詩集小引

난설제시집소인-주지번편

閨房之秀擷英吐華亦 天地山川之所鍾靈
(규방지수힐영토화역 천지산천지소종영)

不容施赤不容遏也 (불용시적불용알야)

漢曺大家成敦史以紹家聲 (한조대가성돈사이소가성)

唐徐賢妃諫征伐以動英主 (당서현비간정벌이동영주)

皆丈夫所難能而一女子辨之良定千古矣
(개장부소난능이일여자변지낭정천고의)

규방의 여인으로써 그리도 빼어난 문장을 짓는다는 것은
천지와 산천의 신령스러운 기운이 깃들었기 때문이니

이는 억지로 할 수도 없고 누군가 막을 수도 없는 일이다

옛날 한나라의 조대가는 '한서'를 완성하여
집안의 명성을 이었고

당나라 태종의 서현비는 고구려를 정벌하려는 것을 간하여
영특하게도 임금을 감동시켰으니

이는 모두 사내대장부도 능하지 못한 일인데
한 여인의 힘으로 처리 하였으니
진실로 천고에 드문 일이라 할 것이다

卽彤管遺編所載不可縷數　　(즉동관유편소재불가누수)

乃慧性靈襟不可泯滅則均焉　　(내혜성영금불가민멸칙균언)

卽嘲風咏月何可盡廢　　(즉조풍영월하가진폐)

以今觀於許氏詣蘭雪齋集　　(이금관어허씨예난설재집)

又飄飄之乎塵埃之外　　(우표표지호진애지외)

秀而不廢 沖而有骨　　(수이불폐충이유골)

遊仙諸作更屬當家想　　(유선제작갱속당가상)

其本質乃雙成飛瓊之流亞　　(기본질내쌍성비경지유아)

그러므로 여성의 편찬물에 실리기에 전하는 바를
낱낱이 헤아려 기록 할 수는 없으나
사리에 밝은 성품과 신령스러운 기운은
두루 본받아야 할 것인데 어찌 망실되어서야 하겠는가
즉 바람을 조롱하고 달을 읊은 글이라 해도
어찌 모두 없애버려서야 될 것인가
이제야 허균이 보낸 '난설헌재집'을 보니

회오리바람을 일으켜 속세의 흙먼지를
바깥으로 내보내는 듯
높이 솟았으나 무너지지 않으며
공허하나 뼈가 있는 말이로다
또한 '유선사'와 같은 작품들은 당대에 귀속 될 정도이니

그 본질은 쌍성과 비경에 버금간다고 할 것이다

偶謫海邦去蓬壺瑤島不過隔衣帶水
(우적해방거봉호요도불과격의대수)

玉樓一成鸞書旋召 (옥루일성난서선소)

斷行殘墨皆成珠玉 (단행잔묵개성주옥)

落在人間永充玄賞又豈叔眞易安
(낙재인간영충현상우기숙진역안)

輩悲吟苦思以寫其不平之衷 (배비음고사이사기불평지충)

而總爲兒女子之嘻笑顰蹙者哉
(이총위아여자지희소빈축자재)

내가 어쩌다 해동에 좌천되어 봉호와 요도를 떠나 있기에
허리에 두른 한 줄기 물과 같은 처지이나

백옥루를 설립한 난설헌의 글을 주선하여 받고 보니

행과 행 사이에 남아있는 묵흔은 모두 진주와 옥구슬이다

비록 인간 세상에 존재하나 신묘함이 가득 이어져 있으며
숙진과 역안의 무리처럼

슬프게 읊조리고 고통으로 생각하게 하여
불편한 속마음을 그대로 드러내지 않았으니

이를 어찌 아녀자의 소리라고 비웃으며 빈축을 주겠는가

許門多才昆弟皆以文學重於東國
(허간다재곤제개이문학중어동국)

以手足之誼 (이수족지의)

輯其稿之僅在者以傳 序得寓目
(집기고지근재자이전서득우목)

輒題數語而歸之觀斯集 (첩제수어이귀지관사집)

當知予言之匪謬也 (당지여언지비류야)

萬曆丙午孟夏廿月 (만력병오맹하입월)

朱之蕃書於碧蹄館中 (주지번서어벽제관중)

허씨 가문은 재주가 많아 그 형제가 모두 문장과 학문으로
동국에서 존경을 받고 있으며

또한 형제의 의로써

조금이나마 남아있는 원고를 편집하여 전해 와
내가 보게 되어

이에 몇 자 머리말을 써서 돌려보내니
이 시문집을 보게 되면

당연히 나의 말이 그릇된 것이 아님을 알게 될 것이다

만력 병오년(1606) 4월 20일에

주지번이 벽제관에서 쓰다.

蘭雪軒集題辭

난설헌집제사-양유년편

余使朝鮮 (여사조선)

禮賓寺許副正出其世稿索余言 (예빈시허부정출기세고색여언)

而稿目中有 蘭雪集 則其故姊氏所著云 (이고목중유 난설집 칙기고자씨소저운)

會趨程未及錄示余旣歸 (회추정미급녹시여기귀)

朝端甫寄余一帙展誦迴環 (조단보기여일질전송회환)

其渢渢兮古先飄飄兮物外誠 (기풍풍혜고선표표혜물외성)

匪人間世所恒 (비인간세소항)

내가 조선에 사신으로 갔을 때

예빈시 부정인 허균이 그 집안에 전해 내려오는
유고를 내놓으며 나의 말을 소청하였다

그 원고 목록 중에 '난설헌집'이 있었는데 이는 작고한
누이가 지은 것이라고 하였다

때마침 귀국 일정이 박두하여 미처 적어주지 못하고
조정에 돌아오고 말았더니

조선의 허균 단보가 그 책 한 질을 나에게 부쳐왔다

세속 밖에서 공경 받던 옛 선인이 다시 살아난 듯

난설헌의 시는 진실로 인간 세상에 흔한 바가 아니었다

有者余於 是益信東國山川之靈孕毓有餘

(유자여어 시익신동국산천지영잉육유여)

許氏家門之端長發不匱 (허씨가문지단장발불궤)

弗獨偉丈夫輩出之爲烈者 (불독위장부배출지위열자)

唐永徽初新羅王眞德 (당영휘초신라왕진덕)

織錦作太平詩以獻 (직금작태평시이헌)

載人唐音至今膾炙相傳 (재인당음지금회자상전)

謂爲其先王眞平之女 (위위기선왕진평지녀)

이에 이르렀기에 나는 조선 산천이 신령스러움을 잉태하여
길러내고도 남음이 있음을 더욱 믿게 되었다

허씨 가문의 곧은 성품 또한 길이 이어졌겠지만

조선은 강직한 장부의 무리를 배출하는데
그친 것만이 아니었다

당나라 고종 初(650)에 신라 진덕여왕이

'태평송'을 지어 비단에 써서 바치니

곧 당시에 실려 지금까지 사람 입에 오르내렸는데

이르기를 선왕인 진평왕의 여식이라고 전한다

然則女中聲韻拉東方從來旣遠
(연칙여중성운납동방종래기원)
而蘭雪集尤其趾美獨盛者哉采以
(이난설집우기지미독성자재채이)
附諸皇明大雅 (부제황명대아)

流傳萬葉厥有史氏拉矣 (유전만엽궐유사씨납의)

萬曆丙午嘉平旣望 (만력병오가평가망)

賜進士出身文林郎刑科都給事中
(사진사출신문림낭형과도급사중)
前翰林院庶吉士欽差朝鮮副使賜一品服
(전한림원서길사흠차조선부사사일품복)

南海梁有季書 (남해양유년서)

그렇다면 여인들이 시학을 모범으로 삼은 것은

조선에서는 이미 먼 옛날부터 이어진 것이었다

더욱이 '난설헌집'은 그 발자취의 아름다움이 유독 뛰어남으로

장차 이를 명나라의 시집에 덧붙여서

제후의 속국에 있는 백성들이 꺾어졌던 역사와 함께

길이 만대까지 전해야 할 것이다

만력 병오년(1606) 12월 16일

진사출신의 문림랑 형과 도급사중

전 한림원 서길사로 칙명을 받아 조선부사의 벼슬과

일품복을 받은

남해 양유년이 쓰다

廣寒殿白玉樓上樑文

광한전백옥루상량문

述夫	(술부)
寶蓋懸空	(보개현공)
雲軿超色相之界	(운병초색상지계)
銀樓耀日	(은루요일)
霞楹出迷塵之壺	(하영출미진지호)
雖復仙螺運機幻作壁瓦之殿	(수복선라운기환작벽와지전)

翠蜃吹霧噓成玉樹之宮	(취신취무허성옥수지궁)
青城丈人玉帳之術斯殫	(청성장인옥장지술사탄)
碧海王子金櫝之方畢施	(벽해왕자금독지방필시)
自天作之非人力也	(자천작지비인역야)

대장부들께 글을 지어 올립니다
보배로운 지붕이 하늘에 드리워지니
구름위의 수레인 듯 빛과 모양의 경계를 넘었고
영원할 누각에 해가 비치나니
노을빛 기둥은 티끌 같은 세상에서 벗어나게 하는구려
비록 목수가 궁궐의 벽과 기와를 기억하여 재주껏
틀어 올려 지었다고는 하나
아름다운 광한전은 마치 푸른 신기루에 덮인 듯하여
청성장인의 휘장을 짓던 예술을 여기에 다하였고
벽해왕자가 금궤를 만들던 묘방을 다 베풀었으니
이는 하늘이 지은 것이지 사람의 힘이 아니로다

중력과 강성의 투쟁이 건축술의 미적요소이다. 건축술의 아름다움은 각 부분의 합목적성에 있는데 그 목적이란 전체적인 존립 즉, 각 부분의 위치, 크기, 형태가 필연적인 관계를 갖고 있어야만 하며 구조물 전체는 기둥의 힘을 빌려서야 대지를 압박할 수 있고 또한 지붕은 자기 자신으로 지탱해야 하며 땅으로 향하려는 노력은 기둥을 매개로 비로소 충족되는 것이며 여기에 빛의 효과와 방향이 주어지면 보다 더 아름다운 건축물이 되듯 난설헌은 이 궁전의 사용이 그러해지기를 바라는 마음이었다.

主人名編瑤籍職綴瓊班　(주인명편요적직철경반)

乘龍太淸朝發蓬萊暮宿方丈　(승용태청조발봉래모숙방장)

駕鶴三島左挹浮丘右拍洪厓　(가학삼도좌읍부구우박홍애)

千年玄圃之樓遲　(천년현포지루지)

一夢人間之塵土黃庭誤讀 謫下無央之宮

(일몽인간지진토황정오독 적하무앙지궁)

赤繩結緣悔入有窮之室　(적승결연회입유궁지실)

壺中靈藥纔下指於玄砂　(호중영약재하지어현사)

脚底銀蟾遽逃形於桂宇　(각저은섬거도형어계우)

이제 광한전 주인의 이름은 신선의 반열에 올라
상량문에 실렸으니
태청궁에서 용을 타고 아침에 봉래산을 떠나 저녁이면
방장산에 묵듯이
삼신산에서 학의 멍에를 받아 왼편에는 구릉을 떠안고
오른편에는 큰 물결이 이는 절벽을 지나
천년의 현포를 가려는 것과 같음이요
황정경을 잘못 읽어 세속에 대해 환상을 가졌다가
하늘에서 쫓겨나 기약 없는 귀양살이를 하던 중에
적승과 인연을 맺긴 하였으나 곧 뉘우치고 돌아가기를
바랬으니 이것은
병속에 신령스런 영약인 달의 검은 모래를 담으려 하자
갑자기 달이 사라진 형국과 같음이라

태청궁에서 용을 탄다함은 노자의 학문을 수양하게 됨을 의미하며 삼신산에서 멍에를 받는다 함은 자존의 길을 의미한다고 볼 것이다.
현사玄砂는 현묘한 이치를 터득하려는 것과 같다.

咲脫紅埃赤日重披紫府丹霞 (소탈홍애적일중피자부단하)

鸞笙鳳管之神遊 (난생봉관지신유)

喜續舊會 (희속구회)
錦幙銀屛之孀宿悔過今宵 (금막은병지상숙회과금소)

胡爲日宮之恩綸 (호위일궁지은륜)
俾掌月殿之牋奏官曹淸切 (비장월전지전주관조청절)
足踐八霞之司地望崇高 (족천팔하지사지망숭고)

名壓五雲之閣寒生玉斧 (명압오운지각한생옥부)
樹下之吳質無眠 (수하지오질무면)
樂奏霓裳欄邊之素娥呈舞 (악주예상난변지소아정무)

玲瓏霞佩振霞錦於仙衣 (영롱하패진하금어선의)
熠燿星冠點星珠於人勝 (습요성관점성주어인승)

그러므로
관청에 노을이 짙게 깔릴 때까지 기쁜 마음으로
부지런히 하루를 보낸다면
난새가 생황을 불고 봉황이 피리를 부는
신령스런 즐거움을 갖겠으나
지금껏 즐겨하던 것과 같은 구태의연한 모임을 지속한다면
청상이 휘장과 병풍 속에서 회한으로 밤을
지새우는 것과 같음이니
어찌하여 궁전을 비추는 태양의 은혜로운 빛을
손바닥으로 달을 가리는 벼슬아치들로 하여금 관장하게 하리오
백성들이 바라는 것은 관리들의 숭고함 일진데
발로 팔하를 밟고 다니며
명망으로 마을과 누각을 제압하여 가난한 살림을 찍어 낸다면
백성은 나무아래서 조차 편히 잠들 수가 없을 것이오
만일 예상우의곡을 연주하여 난간 옆에 있는
소박한 아이로 하여금 춤을 추게 한다면
영롱한 노을빛 노리개는 마치 신선의 옷자락인양
화관위의 진주는 별빛처럼 빛나리니
이것이 관이의 참 모습이 아니겠소

질質의 근본은 지地이며 지地는 곧 생명이니 백성을 뜻한다.

仍思列仙之來會尙芝上界之樓居
(잉사열선지래회상지상계지누거)
青鸞引玉妃之車羽葆前路 (청난인옥비지거우보전로)
白虎駕朝元之使金綅後塵 (백호가조원지사금침후진)

劉安轉經拔雙龍於案上 (유안전경발쌍용어안상)

姬滿逐日駐八風於山阿 (희만축일주팔풍어산아)

宵迎上元綠髮散三角之髻 (소영상원녹발산삼각지고)

晝接帝女金梭織九紋之綃 (주접제녀금사직구문지초)

瑤池衆眞會南峯玉京群帝集北斗
(요지중진회남봉옥경군제집북두)

숫자 구九를 사용할 때에는 숫자 십十에 가장 근접한 즉 거의 가득 찼다는 것을 의미한다. 구하(九河－물이 거의 차다), 구문(九紋－문장을 가득 이루다), 구천(九天－허공이나 太虛), 팔하(八霞－대지의 비유)가 주로 그러하다.

여러 신선들의 모임을 생각하니 오히려
군자됨은 누각의 회합 때
일산이 있는 수레에 부인을 태워서 선비가 이끌고 온다면
백호를 타고 원나라의 사신으로 가는 모습일지니
이는 작은 실 한 올로 후일의 황금갑옷을 만드는 격이라오
또한 유안의 경전을 옮겨 전하자면
날렵한 두 마리의 용이 있는데
한 마리는 여자만 잡으러 하루를 소진하는데 비해 다른 한 마리는 바람처럼 팔하를 주유하며 산천을 호령하였다 하니
이와 같음이 아니겠는가
추산하자면 상원님들은 흐트러진 머리를
세 개의 관으로 다듬고(자세)
낮에는 주인의 따님을 만나서 명주실(생각)과 북(붓)으로
아홉 무늬 비단(詩文)을 짠다면
요지의 남쪽에는 참 선비들의 모임이 우뚝 서리니
백옥루에 모인 동료들은 북두칠성(한겨레)으로
묶여 있을 것이외다

유안은 회남자淮南子를 지었으며 한대 초기의 지식인들은 법가의 억압정치에서 황로학의 청정무위의 정치로 사상적인 전환을 하고자 하였다. 즉 통치자가 청정무위의 정치를 실행하고 백성과 아무 일 없이 평안을 도모하기를 바랐던 것이다. 우주의 기원에 대한 "회남자"의 탐구는 중국 고대 천문학에서 중요한 위치를 차지하였다.

唐宗踏公遠之杖得羽衣於三章
(당종답공원지장득우의어삼장)
水帝對火仙之碁賭寰宇於一局
(수제대화선지기도환우어일국)
不有紅樓之高構何安絳 節之來朝
(불유홍루지고구하안강절지래조)

於是 (어시)

移章十州 馳檄九海 (이장십주 치격구해)
囚匠星於屋底木宿掄材 (수장성어옥저목숙윤재)
壓鐵山於楹間金精動色 (압철산어영간금정동색)
坤靈揮鑿 (곤영휘착)
騁巧思於般倕 (빙교사어반수)
大冶鎔鑪運寄智於錘範 (대야용로운기지어추범)

또한
당나라의 우두머리는 지팡이를 짚고 멀리까지 다니며
공적을 세워 임금의 자리를 얻게 되었다고 하였으며(德治)
수나라의 황제는 화신과 바둑 한 판으로 온 천하를
승부에 걸었다고 한 것처럼(전쟁 · 힘)
고도로 잘 짜여진(구성) 붉은 누각(목표)이 없었다면
어찌 붉은 절기의 아침(밝은 미래)이 오겠는가

이에

십주十州를 옮겨 놓고 구해九海에 격문을 전한 다음
장인이 좋은 재목인 목성(五行)을 골라 누각에 가두었더니
기둥은 산을 견딜 듯 단단하며 색은 살아 움직이는 듯하여
땅을 뚫은 구멍에는 신령이 깃들도록
깊이 돌아보며 생각과 재주를 여기에 다하였으니
두루 단련된 대장장이가 쇠를 녹여 만드는 화로를 다룰 수
있듯이 거듭되는 지혜로 범주를 정하여 행하였으리라

목木은 오행五行의 첫째이며 본성木姓으로는 김, 박, 최 등이 있는데 난설헌의 친정어머니는 강릉 사천 애일당 김광철의 따님으로 강릉 김씨이며 강릉 김씨는 경주 김씨로 왕족의 유래를 지니고 있다. 또한 난설헌의 아버지 허엽은 양천 허씨로 김수로왕(김해 김씨)의 비妃인 허황후의 후손이라고 한다.

青椴垂尾雙虹飮星宿之河 (청하수미쌍홍음성숙지하)

赤霓昂頭六鼇戴蓬萊之島 (적예앙두육오대봉래지도)

璇題燭日出彤閣於烟中 (선제촉일출동각어연중)

綺綴流星架翠廊於雲表 (기철유성가취랑어운표)

魚緝鱗於玉瓦 (어집린어옥와)
雁列齒於瑤階微連捧旂 (안열치어요계미연봉기)
下月節於重霧梟伯樹纛 (하월절어중무부백수독)

設蘭幄於三辰金繩結綺戶之流蘇
(설난악어삼진금승결기호지류소)

珠網護雕欄之阿閣 (주강호조난지아각)

또한
아침노을에 꼬리를 드리운 무지개는
은하의 강에서 물을 마시고
머리를 치켜든 붉은 무지개는 여섯 마리의 큰 자라가
봉래섬을 이고 있는 듯하니
현판에는 북두칠성 두 번째 별이 안개 속에서도
밝게 떠오를 등촉을 지펴 놓고
여기에 행랑(글귀)을 더하였으니 겉으로는 구름인양 하나
흐르는 별빛으로 비단을 짰음이라
기와는 물고기 비늘처럼 이어졌고
계단은 기러기 행렬이 붉은 기를 받들고 있는듯하고
안개가 짙게 끼었을 때 달빛이 비친다면
깃대를 세운 듯도 할 것이니
이제 난설헌이 설립한 삼진三辰의 누각은 오행의 법도에
맞추어 짰으므로 목에 틈새(문자)가 벌어져
막혔던 숨이 통하는 형국이라(蘇)
그리하여 주옥같은 벼리(사물의 근본됨)를 문설주와
난간에 새기니 누각을 잘 보호해야 할 것이오

삼진三辰은 삼성三星으로 천지인天地人의 삼재三才, 삼극三極 사상의 기원이다.
또한 강綱은 천天으로 사물의 근본됨을 이른다.

仙人在棟氣吹彩鳳之香臺　(선인재동기취채봉지향대)

玉女臨窓水溢雙鸞之鏡匣　(옥녀임창수일쌍난지경갑)

翡翠簾雲母屛靑玉案瑞靄宵凝　(비취염운모병청옥안서애소응)

芙蓉帳孔雀扇白銀床祥蜺晝鎖　(부용장공작선백은상상예주쇄)

爰設鳳儀之宴俾展燕賀之誠　(원설봉의지연비전연하지성)

旁招百靈廣延千聖　(방초백령광연천성)

또한
용마루에는 신선이 있는 듯 봉황의 기운을 불어넣어
누대를 가치롭게 하고
선녀가 창가에 앉으면 거울처럼 맑은 물에 비친 모습이
난새가 쌍을 이룬 것 같으니
누대는 어머니 방문 앞의 비취색 발인 듯
책상 뒤의 푸른 병풍인 듯 신비하건만
이러할진데

연못(난설헌의 누각)에 공맹(중화)이 검붉게 퍼져서
한 낮에도 상서로운 무지개가 자욱하니
봉황(주체)은 본보기가 될 만한 연회를 베풀어
이 연회가 치하를 받도록 정성을 다 할 것이며
수백의 신령을 구하여 수천의 성현으로
널리 퍼져 이어가도록 해야 할 것이오

邀王母於北海班麟踏花 (요왕모어북해반린답화)

接老子於西關青牛臥草 (접노자어서관청우와초)

瑤軒張錦紋之幕寶 (요헌장금문지막보)

檐低霞色之帷 (첨저하색지유)

獻蜜蜂王紛飛炊玉之室 (헌밀봉왕분비취옥지실)

含果鴈帝出入薦瓊之廚 (함과안제출입천경지주)

나는
서왕모(도가사상)를 맞이하였기에 북해(북망강산)에서
얼룩기린과 꽃밭을 거니는 여유를 알았고
노자(무위자연)를 영접하였기에 서관(죽음의 문턱)에서
푸른 소로 눕는다(요절) 할지라도 초연할 것입니다
따라서 칠성누각(고유세계)은 막(理想)마다
비단무늬(철학완성)를 펼 수 있도록
처마를 낮추고(겸손) 휘장은 노을빛으로 하여(온화)

왕벌에게 꿀을 바치기 위해 부지런히 날아다니는 벌처럼

과일을 입에 문 안제가 부엌을 드나들며
소중한 구슬을 건네는 듯 사용하여야 할 것이오(신의)

雙成鈿管晏香銀箏合鈞天之雅曲
(쌍성전관안향은쟁합균천지아곡)

婉華淸歌飛瓊巧舞雜駭空之靈音
(완화청가비경교무잡해공지영음)

龍頭瀉鳳髓之醪鶴背捧麟脯之饌
(용두사봉수지료학배봉인포지찬)

琳筵玉席光搖九枝之燈 (림연옥석광요구지지등)

碧藕氷桃盤盛八海之影 (벽우빙도반성팔해지영)

獨恨 (독한)

그러나
쌍성의 나전피리와 안향의 은쟁은 바르거나 굽은 소리들을
합쳐서 천지간에 고르게 할 것이지만

완화의 노래와 비경의 가무가 울려 퍼진다면 이것이
신령스런 소리와 섞여 마음을 어지럽힐 것이며

봉황의 골수로 술을 만들어 용머리 주전자에 쏟아 붓고
기린을 육포로 만들어 안주를 삼으며 학을 배신한다거나

대자리에 앉음새가 등불에 비쳐
아홉 갈래의 빛처럼 흔들리고

푸른 연근과 백도와 여덟 바다의 산해진미까지
소반에 담겨있다면(사치 향락)
홀로 탄식할 뿐이라오

봉황의 골수(眞人정신)로 술을 만들어 용머리 주전자(중화사상의 틀)에 쏟아 붓고 기린(자주적 의식)을 육포로 만들어 안주를 삼으며 학(선비정신)을 배신한다거나 대자리에 앉음새가 등불에 비쳐 아홉 갈래의 빛처럼 흔들리고(醉氣).

瓊楣之芝句繫致上仙之興嗟　(경미지지구예치상선지흥차)

淸平進詞太白醉鯨背之已久　(청평진사태백취경배지사구)

玉臺摛深長吉咲蛇神之太多　(옥대이심장길소사신지태다)

新宮勒銘山玄卿之雕琢　(신궁륵명산현경지조탁)

上界鐫壁蔡眞人之寂寥　(상계전벽채진인지적요)

自慙三生之墮塵誤登九皇之辟剡
(자참삼생지타진오등구황지벽섬)

江郎才盡夢退五色之花　(강랑재진몽퇴오색지화)

梁客詩催鉢徹三聲之響　(양객시최발철삼성지향)

또한
문설주에는 군자의 글귀가 부족하여
신선들의 좋은 시를 올리려 하였으나
청평진사 이백은 고래 등에서 취한지 오래되었고

옥루에서 시를 짓던 장길 이하는 간교함이 지나치니

새로운 궁전에 새겨질 글은 산현경을 힘써 갈고 닦아

하늘의 문에 닿은 채진인이 적합할 것이오

그는 티끌 같은 존재로 이 세상에 태어나 구천의 황제가
되었으나 도리에 어긋난 부분을 날카롭게 지적하며
스스로를 부끄러워하였던 신선이었다오
강랑은 재주가 다하여 오색찬란하던 그의 꿈은 시들었고

양객은 시를 서둘러 짓기에 바리때 속에 겉도는
설익은 밥과 같으니

이백과 장길, 강랑과 양객 그리고 채진인에 투영된 실체를 그 시대의 상황 속에서 살펴볼 일이다.

徐援彤管咲展紅牋 (서원동관소전홍전)

河懸泉湧 (하현천용)

不必覆子安之衾 (불필복자안지금)

句麗文遒未應頮謫仙之面 (구려문주미응회적선지면)

立進錦囊之神語留作瑤宮之盛觀
(입진금낭지신어유작요궁지성관)

置諸雙樑資於六偉 (치제쌍량자어육위)

서서히 붉은 붓대(의지)를 잡은 다음 차분히
붉은 종이(다스림)를 펼친다면

샘에서 솟아나온 물이 강으로 도도히 흐르듯
거침이 없으리니

왕안석의 글을 빌릴 필요가 없을 것이오만

구절은 아름다우나 문장이 억세기에 아직은
재주와 행실이 뛰어남을 면치 못하였소

그러하기에 본인은 시詩의 비단 주머니에서 사람의
본바탕이 되는 말들을 꺼내어 모두가 볼 수 있도록

광한전의 쌍대들보에 걸어두고 거룩한 여섯 방위의
근본이 되게 하려하오

抛梁東	(포양동)
曉騎仙鳳入珠宮	(효기선봉입주궁)
平明日出扶桑底	(평명일출부상저)
萬縷丹霞射海紅	(만루단하사해홍)
抛梁南	(포양남)
玉龍無事飮珠潭	(옥용무사음주담)
銀床睡起花陰午	(은상수기화음오)
咲喚瑤姬脫碧衫	(소환요희탈벽삼)

어영차! 동쪽으로 대들보 올리세 (봄. 탄생)

새벽이면 신선은 봉황을 타고 궁전으로 돌아가

뽕나무 밑에서 해를 떠받히니 세상이 밝아지고

수만 가닥 햇살은 아득히 바다를 물들이는구나

어영차! 남쪽으로 대들보 올리세 (여름. 젊음)

용이 편안히 연못에서 물을 마시듯

꽃그늘 지는 한낮에 졸다가 깨어나

아가씨를 불러 땀에 젖은 저고리를 말기누나

동쪽은 목성木星으로 인仁이며 용모인데 이는 어짊을 어기고 올바른 용모를 잃어버리면 안 된다는 의미이며, 남쪽은 화성火星으로 예禮이며 보는 것인데 이는 갖추어야할 예를 저버리고 올바르게 보는 것을 잃으면 안 된다는 의미이다. 서쪽은 금성金星으로 의義이며 말하는 것인데 이는 의리를 저버리고 올바르게 말하는 것을 잃으면 안 된다는 의미이며, 북쪽은 수성水星으로 지知이며 듣는 것인데 이는 지혜를 저버리고 올바르게 듣지 아니하면 벌을 면치 못하게 된다는 의미인데 이는 모두 마음의 올바름을 나타내므로 순행은 곧 재앙을 면할 것이라는 이치이다.

抛梁西	(포양서)
碧花零露彩鸞啼	(벽화영로채난제)
春羅玉字遙王母	(춘라옥자요왕모)
鶴馭催歸日巳低	(학어최귀일사저)
抛梁北	(포양북)
溟海茫洋浸斗極	(명해망양침두극)
鵬翼擊天風力掀	(붕익격천풍력흔)
九宵雲垂雨氣黑	(구소운수우기흑)

어영차! 서쪽으로 대들보 올리세 (가을. 황혼)

이슬처럼 소리 없이 꽃잎 떨어지면 난새는 울면서

비단에 글을 올리고는 머나 멀리 왕모를 맞으려

해지기전에 서둘러 학을 타고 돌아가리라

어영차! 북쪽으로 대들보 올리세 (겨울. 죽음)

북극성이 담겨있는(칠성판) 망망한 바다에

붕새가 날개짓으로 바람을 일으키니

검은 비구름이 구천에 가득하구나

溟海茫洋浸斗極 모든 물이 다 모여 있다. 죽음, 눈물, 육탈이다. 만滿이며 곧 공空이다. 고조선인의 의식 속에는 북두칠성이 삶과 죽음, 그리고 환생과 관련이 있으며 조선시대의 천체도에도 하늘의 중심은 북두칠성이며 이 칠성이 죽음을 관장하는 사신死神의 근거도 있는데 사자死者가 들어가는 관의 밑바닥에 일곱 개의 구멍을 내거나 숯으로 일곱 개의 별모양을 그린다. 그것은 죽은 영혼이 칠성의 보호를 받아 사후세계死後世界에서 편안하기를 바라는 뜻이라고 한다.

抛梁上　　(포양상)

曙色微明雲錦帳　　(서색미명운금장)

仙夢初回白玉床　　(선몽초회백옥상)

臥聞北斗廻杓響　　(와문북두회표향)

抛梁下　　(포양하)

八垓雲黑知昏夜　　(팔해운흑지혼야)

侍兒報道水晶寒　　(시아보도수정한)

曉霜已結鴛鴦瓦　　(효상사결원앙와)

어영차! 위쪽으로 대들보 올리세 (귀천)

날이 샐 무렵 구름은 휘장을 둘렀는데

백옥상에서 처음의 하늘로 돌아가

북두칠성 자루가 도는 소리를 누워서 듣는구나

어영차! 아래쪽으로 대들보 올리세 (꿈)

팔해에서 헤매다보니 검은 구름인가 하였는데

아가씨가 추울 거라며 깨워서 일어나니

어느새 새벽서리가 원앙기와에 맺혔구려

인생은 선잠을 자다 깨어난 새벽 꿈같은 것이라.

伏願上樑之後　(복원상량지후)

琪花不老瑤草長春　(기화불노요초장춘)

曦舒凋光御鸞輿而猶戲　(희서조광어난여이유희)

陸海變色駕飇輪而尙存　(육해변색가표륜이상존)

銀窓壓霞　(은창압하)

下視九萬里依微世界壁戶臨海
(하시구만리의미세계벽호임해)

咲看三千年淸淺桑田　(소간삼천년청천상전)

手回三宵日星身遊九天風露　(수회삼소일성신유구천풍로)

엎드려 바라오니 이 대들보를 올린 후에

아름다운 꽃은 시들지 않고 고운 풀은 늘 푸를 것이며

햇빛도 피어올랐다 사라지듯
　　이 땅에서 난새(자아)를 다스림이 오히려 즐거움이니
땅과 바다를 변하게 하는 폭풍까지도 다스리며 사시어

창가에 노을이 짙게 끼는 날에

돌아보면 그동안 의지하였던 세계가
　　　　　　　　바다에 떠있는 작은 집에 불과하여
뽕나무 밭의 삼천년 세월이 그리 깊지 않았다는 것을
　　　　　　　　　　　　　　깨닫게 될 것이니
부디 손으로는 해와 밤과 별을 다스리듯 하고
　　　몸으로는 바람과 이슬처럼 이 세상을 일깨우소서

해와 달과 별은 음양陰陽의 정精이지만 그러한 기氣의 근원은 땅에 있고 땅에는 곧 생명이 있으니 그 생명을 소중히 여기며 모든 일에 충심과 성심으로 부끄럼 없는 생을 살다 겸허한 마음으로 죽음을 맞으라는 말씀인 듯하다.

한견고인앙간비금도

蘭雪軒의 삶과 문학정신*

- 조선시대 여류 대문호 난설헌 허초희 그는 누구인가

1. 許氏 五文章家系譜

강릉江陵 초당草堂.

이곳은 원래 하곡荷谷 허봉許篈(1551~1588)과 난설헌蘭雪軒 허초희許楚姬(1563~1589), 교산蛟山 허균許筠(1569~1618) 외가外家의 생가生家 터였으나 400여년의 세월이 흐르는 동안 변화되었으며 최근 이광로 소유였던 것을 강릉시에서 매입하여 현재에 이른다. 고려 말의 재상 문경공 허공의 후손인 초당草堂 허엽許曄은 대사성과 대사간, 홍문관 부제학에 이른 당대의 석학이었으며 그의 아들들도 이조판서, 창원부사, 형조판서 등의 벼슬에 오른 명문의 집안이었다.

초당 허엽은 첫 부인이 병사하자 재혼을 하였는데 그때 낳은 자녀가 허봉, 허초희, 허균이다. 이 자녀들은 자유분방한 예술가의 소질을 지닌

* 이 글은 박혜숙 교수의 『허난설헌 평전』, 「蘭雪軒의 삶과 문학정신」(건대출판, 2004) 중에서 발췌, 압축·서술한 것이다.

탓인지 일생이 그리 순탄치 않았다.

시와 문장에 뛰어난 이 집안을 후세 사람들은 초당 허엽을 비롯하여 그의 자녀들인 성筬, 봉篈, 초희楚姬, 균筠을 일컬어 오문장가五文章家라 하였으며 또한 허엽의 호를 따서 이곳을 초당마을이라 하였다. 큰 냇물줄기가 흘러서 경포호鏡浦湖의 물과 합류하여 동해로 흘러가는 곳에 자리잡은 이곳 초당리 외가에서 난설헌 허초희는 태어났으며 어린시절을 이곳에서 보내고 일곱 살 경에 서울로 올라간 것으로 추정된다.

허초희가 살았던 서울 건천동에는 유성룡, 이순신, 원균 등이 이웃에 살아 이들 남매에게 많은 영향을 주게 된다. 허초희가 태어난 양천 허씨 집안은 고려 때부터 대대로 훌륭한 문장가를 길러냈다. 그의 아버지 초당 허엽은 당대 최고 학자였던 화담 서경덕과 퇴계 이황에게서 글을 배웠으며 허초희도 서경덕의 도가적인 분위기를 이어받아 신선시를 즐겨 쓰게 된다. 또한 오라버니 하곡 허봉은 당시 서얼출신인 손곡 이달과 글벗이었는데 당대 최고의 감성파 시인이었던 손곡 이달이 허초희와 허균에게 시문을 가르치게 된다. 남매는 하곡 허봉과 손곡 이달에게서는 당나라 시인들의 자유분방함을, 아버지 초당 허엽에게서는 도가의 가르침을 받으며 서책을 가까이 하였으므로 그러한 환경의 영향으로 허초희의 시 속에는 주로 하늘에는 또 다른 신선의 세계가 있을 것이라며 그 신선계에 대한 동경을 감정이입의 형식으로 풀어내어 자아를 표출하기도 하였다.

또한 당나라의 자유적인 시를 지식으로 받아들이기보다 가슴으로 받아들여 자기의 시세계를 재창조 하였던 것이다. 이것은 옛 사람들이 지었던 시의 답습이 아니라 새로운 창작이었을 것이다. 따라서 허초희 선생의 시는 시어 하나하나가 곧 텍스트임을 간과하지 말아야 한다. 난설헌의 시를 읽으면서 하나하나의 시와 한 구절 한 구절에 얽매여서는 안 되며 하나의 텍스트 속에 있는 시어를 그 시의 전체공간에서 또는 작품 전체를 통해서 내용의 유기적인 관계를 총체적으로 해석하는 것이 올바른 감상 방법이라 말할 수 있을 것이다.

선생의 시가 조선에서보다는 중국에서 오랜 시간동안 널리 알려지게 된 이유도 그의 시세계에 바로 접목되지 못한 결과도 있지 않을까. 선생의 시가 현재까지 전해져 오면서 일면 오인된 점도 있기에 조선시대 여류 대 문호인 난설헌 허초희 선생을 문학적 관점에서 재해석하여 보고자 한다.

2. 조선 前·中期 여성의 사회적 위치

조선의 개국 후 통치이념이 주자학朱子學을 근간으로 정치와 사회적 질서를 유지하고자 하였지만 고려시대까지 이어져 왔던 사회적 관습과 의식이 단번에 뽑혀질 수는 없었다. 그러므로 고려 말까지 여성이 누리던 지위와 생활습관이나 의식 등이 16세기까지 존속해 왔다고 보면 1998년 국어국문학회에서 원로 국문학자 김일근 선생이 조선중기의 문인 면앙정 송순의-분재기-를 공개 하였는데 이는 면앙정 송순이 1589년 선조 22년까지 살았는데 그때까지도 아내와 딸들에 대한 재산분배가 함께 이루어져 왔음을 알 수 있으니 그만큼 여성의 사회적 지위도 있었다고 볼 수 있다. 뿐만 아니라 고려시대의 풍속이었던 남귀여가혼男歸女家婚(고려시대는 서옥제婿屋制라고 하여 남자가 결혼을 하면 일정기간 처가에서 살다가 아이가 자라면 친가로 돌아가는데 이때 여자 집에서는 사위가 살 별채를 마련하게 된다. 요즘에도 쓰이는 장가든다는 말은 이것에서 유래되었다) 제도가 조선전기까지도 여전히 남아있었다. 이러한 풍속은 남성에 대해 여성이 마냥 억압당하며 살지만은 않았다는 것을 말해준다. 그러므로 조선 초기에 국가에서는 고려시대부터 내려오던 이 같은 남귀여가혼이 유교적 이념을 국가통치의 근간으로 삼는 조선에 맞지 않기 때문에 중국식인 친영제親迎制(결혼 후 바로 시댁에 들어가 사는 제도)로 바뀌어야 한다는 정도전의 주장이 조정에서 논란을 거듭하다가 결국 명종 때 반친영半親迎의 절충적인 혼례방식으로 자리 잡게 되는데 이러한 혼속이 일반화된 것은 조선후기에 와서이다.

그러므로 초당草堂 허엽許曄이 처가인 강릉에서 자식들을 낳았고 그 자식들이 강릉에 대한 특별한 애정을 갖고 있는 것이나 또한 율곡栗谷 이이李珥가 외가인 강릉에서 태어나 자랐으며 어머니인 사임당 신씨가 아들과 함께 오랫동안 친정에 머무를 수 있었다. 따라서 임진왜란이 일어나기 전 조선전기의 이 같은 사회적 흐름이 난설헌 허초희가 활동하던 시기까지도 이어져 왔기 때문에 여성인 난설헌은 학문을 닦으며 시를 배웠고 시를 통해서 자신을 표현할 수 있었던 것이다.

3. 문학적 성장과 영향(道家思想과 中國文學)

난설헌은 여덟 살의 어린 나이에 화려함과 기백이 깃들어있는 사육체四六體의 '廣寒殿白玉樓上樑文'을 지어 여 신동이라는 찬사를 받을 정도로 세상에 알려졌고 27세의 꽃다운 나이로 삶을 다할 때까지 천여 편이 넘는 시를 지어 천재라는 평을 받아왔다. 당시 아버지인 초당 허엽은 조선중기철학의 태두로서 이율곡의 기철학에 영향을 준 화담 서경덕의 제자였으며 화담의 성품은 유가에서는 이단이라 할 수 있는 도가사상을 받아들였으며 그의 문하인 초당 허엽 또한 스승의 도가사상을 섭렵했다. 난설헌을 비롯한 그의 자녀들 작품에 신선사상을 비롯한 도가적 색채가 짙은 것은 화담에게서 배운 아버지 허엽의 영향이 있었음을 볼 수 있으며 난설헌이 선계仙界의 시詩 '유선시遊仙詩'류를 많이 남길 수 있었던 보다 더 직접적인 것은 그 당시 중국에서만이 아니라 조선에서도 많이 읽혔던 『太平廣記』의 영향도 컸을 것이다.

『태평광기』는 중국 송나라 태종 2년(977)에 칙명으로 편집되었으며 편찬분류는 신선, 여선, 방사方士, 이인異人, 이승異僧 등 수십 종류로 나뉘어지며 종교적 이야기와 정사에 실리지 않은 역사소설류가 많아서 서사문학의 귀중한 자료라고 할 수 있다. 이러한 『태평광기』는 세조 8년(1462) 성임成任 : 『용제총화』를 쓴 성현의 형)이 발간한 『태평광기상절』太平廣記詳節은 중국 북송 때(977) 발간된 『태평광기』 ̄전 5백권을 조선 사람들이 즐겨 읽을 수 있도록 10책 5권으로 가려 뽑았으며 또한 고려 고종 때는 경기체가 『한림별곡』에 "태평광긔太評廣記 사백여권四百餘卷 위 역남歷覽ㅅ경景긔 엇더하니잇고"로 기록되어 있다. 태평광기상절이 나온 후에도 한문을 모르는 사람들을 위하여 명종 때를 전후하여 『태평광기언해』가 발간되었으니 이 무렵 태평광기는 선비들의 필독서였을 뿐 아니라 문학사에도 큰 영향을 끼쳤다고 볼 수 있다. 따라서 난설헌은 아버지 허엽이나 오라버니인 허봉이 중국사신으로 드나들던 시기였으므로 중국에서 사온 『태평광기』를 읽을 수 있었을 것이다. 또한 난설헌이 살았던 시대에는 일종의 복고풍 문학운동인 성당의 시풍이 유행했었다. 명나라의 전칠자前七子와 후칠자後七子들이 일으킨 성당풍의 시가 조선에서도 크게 유행했다는 것을 최경창, 백광훈, 이달과 같은 세칭 삼당시인의 활동에서도 알 수 있는데 이들 가운데 손곡 이달은 허봉과 학문적 교류를 나누면서 난설헌 허초희와 교산 허균에게도 시문을 가르쳐 스승의 역할을 하게 된다. 그 당시 난설헌의 친정은 국제화된 집이었다. 이미 아버지 허엽이 진하사로 중국에 다녀왔고 그 후에도 두어 번 사신으로 중국을 다녀왔으니 중국통이라 하지 않을 수 없다. 뿐만 아니라 중국에 갈 때마다 다른 사람들이 비단 등 물품을 사들여와 돈을 남길 때 허균은 책을 사들여와 넓은 세계에 대한 지적탐구로 일관했던 것이다. 당대의 문장가였던 아버지 초당을 비롯한 두 오라버니 허성과 허봉의 학문연찬은 난설헌에게도 많은 자극을 주어 이미 여덟 살에 '광한전 백옥루 상량문'과 같은 훌륭한 글을 지을 수 있는 재원으로 키울 수 있었을 것이다.

4. 난설헌 문학과 사회적 쇄락기刷落期의 상관성

둘째 오빠인 허봉이 갑산으로 유배당할 때 난설헌은 오빠의 귀양길에 다음과 같은 시를 지어 올렸다.

— 송하곡적갑산 (送荷谷謫甲山) —

遠謫甲山客 (원적갑산객) 멀리 갑산으로 귀양 가는 나그네
咸原行色忙 (함원행색망) 함경도길 가시는 걸음 바쁘시어라
臣同賈太傅 (신동가태부) 쫓겨나는 신하는 가태부 같다지만
主豈楚懷王 (주기초회왕) 임금이야 어찌 초나라 회왕 이리오
河水平秋岸 (하수평추안) 강물은 가을 언덕으로 잔잔히 흐르고
關雲欲夕陽 (관운욕석양) 변방의 구름은 석양에 물드는데
霜風吹雁去 (상풍취안거) 서릿바람 불어 기러기 떼 날으나
中斷不成行 (중단불성행) 중간이 끊어져 행렬을 못 이루네

【註解】 허봉을 중국 전한시대의 가태부가 억울하게 장사長沙로 귀양 갔던 고사와 비교한다. 또한 중국 전국시대의 회왕이 바른말 잘하는 삼려대부 굴원을 미워했던 사실을 상기하며 우리 임금이야 어찌 초나라 회왕과 같겠냐고 은근하게 한 발 물러서지만 이 시의 행간에는 이미 두 임금을 비교한 것이 보인다.

－ 寄荷谷(기하곡) －　　　　－하곡 오라버니에게 －

暗窓銀燭低 (암창은촉저)	어두운 창가에는 촛불 나즉이 흔들리고
流螢度高閣 (유형도고각)	반딧불은 높은 지붕을 날아 넘는구나
悄悄深夜寒 (초초심야한)	고요 속에 깊은 밤은 추워가는데
蕭蕭秋葉落 (소소추엽락)	나뭇잎은 쓸쓸하게 떨어져 흩날리네
關河音信稀 (관하음신희)	귀양가신 국경지대 소식도 뜸하니
端憂不可釋 (단우불가석)	오라버니 생각으로 이 시름을 풀어낼 수 없어
遙想靑蓮宮 (요상청련궁)	청련궁에 계신 오라버니를 멀리서 그리워하니
山空蘿月白 (산공라월백)	텅 빈 산속 담쟁이 사이로 달빛만 밝아라

【註解】 하곡 허봉이 국경지대 관아인 함경도 갑산으로 유배 갔을 때(1583년, 선조 16년) 오라버니를 그리워하며 지은 시이다. 청련궁은 사찰의 별칭으로 이백의 호가 '청련거사'이므로 오라버니가 귀양 가는 곳을 아름답게 불러 표현한 것이다.

난설헌이 고전을 통해서 오빠의 처지를 시로 읊었던 사실로도 그가 이미 중국의 서적을 많이 읽고 공부하였다는 것을 추정할 수 있다. 또한 허봉 역시 유배자의 스산하고 슬픈 심정을 담아 누이동생에게 보냈다.

－ 기매씨(寄妹氏) －　　　　－ 누이동생에게 －

嶺樹千重遶塞城 (영수천중요새성)	용마루에 선 나무는 천겹으로 요새의 성에 둘렀고
江流東河海冥冥 (강류동하새명명)	강물은 동으로 흘러 바다는 아득하구나
辭家萬里堪怊悵 (사가만리심초창)	집을 떠난 만리 길은 매우 슬픈데
愁見沙頭病鶺鴒 (수견사두병척령)	모래밭에서 병든 할미새를 걱정스럽게 보네

【註解】 나라의 일을 돌보다 잘못된 사실을 보고하고 바로 잡으려는 과정에서 오히

려 상대의 모함을 받아 멀리 험준한 산골로 귀양을 가게 되었으니 이 시에서 허봉은 그러한 마음을 병든 할미새를 통해 전한다.

또

皎皎此白駒 (교교차백구)　희고도 흰 망아지야
胡爲在空谷 (호위재공곡)　어찌하여 빈 골짜기에 있나
飛霙暗寒林 (비영암한림)　진눈깨비 날려 차가운 숲은 더욱 어둡고
凍水鳴寒鈺 (동수명한옥)　언 물에 찬구슬 구르는 소리 나네
一作汗漫遊 (일작한만유)　한번 마음껏 놀자꾸나
富貴非我宣 (부귀비아선)　부귀는 내게 마땅 한게 아니네
明年蓬萊山 (명년봉래산)　명년에 봉래산에서 만나
應結綵雲期 (응결채운기)　오색구름 같은 기약 맺자꾸나

【註解】 이 시는 어느 인적 없는 골짜기에서 서성이는 흰 망아지에 대한 내용인데 아마도 허봉은 자신의 처지를 이 망아지에 비유했으리라 빈 골짜기의 망아지 진눈깨비 날려 어두워지는 찬 숲 얼음장 밑으로 흐르는 물소리는 추위와 외로움 그리고 허무인 것이다. 스스로 부귀는 내게 마땅한 게 아니라고 자신을 위안하며 명년에 만날 기약을 하자고 하지만 그 조차도 오색구름 같은 것이니 그 또한 허망한 약속이 아닐까.

그 만큼 심신이 피로했던 탓인지 결국 허봉은 유배 된지 2년이 지나 풀려난 후에도 임금(선조)의 명으로 한양에는 들어오지 못한 채 떠돌다 선조 21년인 1588년 38세의 나이로 강원도 금화현 생창역에서 생을 마감한다. 그 곳 수경인 친구 서인원이 허봉의 장례를 도와주어 허봉은 아버지 초당이 묻혀있는 곳으로 돌아와 편안히 누울 수 있었다. 스물두 살의 젊은 시절에 문과에 급제하여 출중한 재주를 인정받지만 동·서 붕당정치 속에서 상대편의 미움을 받아 창창한 나이로 죽음을 맞게 되니 허씨 집안의 불행이 아닐 수 없었다.

난설헌이 결혼했을 때의 나이는 정확한 기록은 없지만 15세쯤으로 알려져 있다. 안동김씨인 김성립의 집안은 당시 5대째 계속 문과에 급제한 명문이었다. 그의 아버지 김첨이 문과에 급제한 후 호당에서 공부를 하였기 때문에 함께 호당에서 공부하던 난설헌의 작은 오빠인 허봉과 가까워져 혼담이 오고갔던 것이다. 그 당시 김성립은 여러 가지 면에서 난설헌의 남편으로는 못 미쳤던 것 같다. 과거에 급제하기 전이라 열심히 공부해야 할 나이였던 김성립이 젊은 선비들이 모여서 공부하는 곳인 접接에 다닐 때였다. 그는 공부하기 보다는 기생과 놀기만 한다는 소문이 돌았다. 이 소식을 들은 난설헌은 남편에게 편지를 써서 보냈다.

"옛날의 접은 유능한 사람이 많더니 오늘의 접은 재주 없는 자만 있지 않은가"(古之接有才 今之接無才)라고 써 보낸 편지는 접接에 첩妾을 의탁해서 '옛날 접은 공부하는 곳인데 지금의 접은 첩과 노는 곳인가'라는 글로 그것은 남편의 과거급제를 채찍하는 속뜻이 담겨 있었다. 이런 김성립과 결혼한 지 몇 해가 지난 1582년 난설헌의 나이 19세에 하곡 허봉은 난설헌의 문학적 재능을 키우고 싶었고 그 재능을 아끼고 사랑하는 마음으로 『두율杜律』 시집을 난설헌에게 주어 시를 배우도록 권하게 된다.

– 送筆妹氏(송필매씨) –	– 누이에게 붓을 전하며 –
仙曺舊賜文房友 (선조구사문방우)	신선나라에서 옛날 내려준 글방 벗
奉寄秋閨綴景餘 (봉기추규완경여)	가을날 규중에 보내 경치를 그리게 하네
應向梧桐描月索 (응향오동묘월색)	오동나무를 바라보며 달빛도 그리고
肯隨燈火注虫魚 (긍수등화주충어)	등불을 따라 다니며 벌레며 물고기도 그려보아라

【註解】 누이를 글방 벗이라고 한 것이나 이것저것 사물들을 그려보라고 하는 화자의 마음은 다정다감하게 느껴진다. 그것은 난설헌이 결혼 후에도 꾸준히 시를 공부하고 지었다는 이야기가 된다.

또한 허봉은 그의 집을 자주 왕래하던 자신의 글벗이나 서얼출신인 손곡 이달에게서 난설헌과 교산 허균이 시를 배울 수 있도록 하였으니 이미 수세기를 앞서서 열린 시대를 걷고 있었으며 난설헌에게 있어 그의 가족은 문학을 꽃 피울 수 있는 최고의 환경이었던 것이다. 현재 남아있는 시 속에 담긴 전고典故들을 통해서도 그의 박식한 독서력은 난설헌이 천여 편이 넘는 시를 썼다는 것을 짐작해 볼 수 있다.

난설헌은 남편을 향한 사랑과 그리움을 다음과 같이 표현 하였는데

– 기부강사독서(奇夫江舍讀書) –

燕掠斜簷雨雨飛(연략사첨우우비) 제비는 처마 비스듬히 짝 지어날고
落花撩亂撲羅衣(낙화요난박라의) 지는 꽃은 어지럽게 비단 옷 위를 스치는구나
洞房極目傷心處(동방극목상심처) 규방에서 홀로 기다리는 마음 아프기만 한데
草綠江南人未歸(초록강남인미귀) 봄풀은 푸르러져도 강남에 가신님은 여태 돌아오시질 않네

【註解】 짝지어 나는 제비를 보면서 님을 생각하는 마음을 그려 보기도 했다. 강남에 공부하러 떠난 낭군이 봄풀이 푸르도록 오지 않자 남편을 기다리는 여인의 안타까운 마음이 잘 나타나 있다. 그러나 이수광은 채련곡과 함께 이 시가 방탕하다하여 시집에도 실리지 않았다고 했다.

– 채련곡(采蓮曲) –

秋淨長湖碧玉流 (추정장호벽옥류) 가을 맑은 호숫물 옥돌처럼 흘러가고

蓮花深處繫蘭舟 (연화심처번란주)	연꽃 피는 깊은 곳에 난초 배 매어 놓고
逢郎隔水投蓮子 (봉랑격수투연자)	당신 보고 물 건너로 연꽃 따 던졌는데
或彼人知半日羞 (혹피인지반일수)	혹여 남이 보았을까 반나절 부끄럽네

【註解】 이 시의 내용은 남녀간의 사랑을 담은 연정시이지만 연꽃 따는 풍습은 민요풍의 악부시樂府詩로 난설헌 독창적이라기보다 감정이입을 담은 시라고 보아야 할 것이다.

이러할 무렵 난설헌은 다음과 같은 시를 써야만 했다.

어린 자식의 죽음에 비통하지 않은 부모가 어디 있으랴만 난설헌의 곡자는 유난히 더 슬프다. 그것은 지난해에 딸을 잃었는데 다음해 또 아들까지 잃는 어미의 슬픔이 느껴지기 때문이다. 더군다나 연이어 불행을 겪은 난설헌은 몸이 극도로 쇠약해지자 뱃속의 아이도 지킬 수 있을까 하는 불안감을 떨칠 수 없었기 때문이다.

－곡자(哭子) －

去年喪愛女 (거년상애녀)	지난해에는 사랑하는 딸을 여의고
今年喪愛子 (금년상애자)	올해는 사랑하는 아들까지 잃었네
哀哀廣陵土 (애애광릉토)	슬프디 슬픈 광릉 땅
雙墳相對起 (쌍분상대기)	두 무덤 나란히 마주하고 있구나
蕭蕭白楊風 (소소백양풍)	백양나무에 쓸쓸히 바람은 일고
鬼火明松楸 (귀화명송추)	소나무 숲에는 도깨비 불 반짝이는데
紙錢招汝魄 (지전초여백)	지전을 태워서 너희 혼을 부르고
玄酒奠汝丘 (현주전여구)	네 무덤에 맑은 술을 올린다
應知弟兄魂 (응지제형혼)	그래 안다 너희 남매의 혼이
夜夜相追游 (야야상추유)	밤마다 서로 따르며 함께 놀고 있음을
縱有腹中孩 (종유복중해)	비록 지금 뱃속에 아이가 있다지만
安可冀長成 (안가기장성)	어찌 제대로 자랄지 알겠는가

浪吟黃臺詞 (랑음황대사)　하염없이 슬픔의 노래 부르며
血泣悲呑聲 (혈읍비탄성)　피눈물 나오는 슬픈 울음 삼키고 있네

【註解】 경기도 기념물 제 95호 지정. 행정 구역상 초월리에 위치. 1985년 중부 고속도로 개설로 인하여 500m 떨어진 곳에서 현재 장소로 이장함. 김성립과 후처 홍씨의 묘가 나란히 있고 난설헌은 맨 아래쪽에 따로이 안장되어 있음. 그러나 오른편에 두 아이의 묘가 나란히 함께하고 있어 외롭지는 않으리라

어린 두 아이의 작은 무덤 앞에는 외삼촌인 하곡 허봉이 비문을 지은 묘비가 있다

피어 보지도 못하고 죽은 희윤아 희윤의 아버지 성립은 나의 매부요 할아버지 첨瞻은 나의 벗이로다. 눈물을 흘리면서 쓰는 비문 맑고 맑은 얼굴에 반짝이던 그 눈, 만고의 슬픔을 이 한 곡哭에 부치노라.

라고 씌어있다

재주가 뛰어난 동생을 유난히 사랑하여 남편감까지 골라 주었지만 매부 김성립과 사이가 나쁘다는 소식만 들려오고 게다가 사랑스런 조카까지 잃었으니 허봉도 그 슬픔이 여간 크지 않았을 것이다. 이러한 슬픔에 더하여 시어머니에게 인정받지 못했다고 하니 며느리로서 아내로서 어머니로서 난설헌의 결혼생활은 아픔의 연속이었을 것이다.

이 무렵 난설헌은 친정집안의 불행을 연이어 겪게 되는데 "몽유광상산시"를 짓기 5년 전에 이미 아버지가 돌아가셨고 아이들의 죽음 이후 3년이 지나서 둘째오빠 허봉이 정치적 실각의 고통과 과음으로 황달이 생겨 38세의 나이로 죽게 된다. 그런 허봉의 죽음은 난설헌보다 1년 전의 일이었다.

－몽유광상산시(夢遊廣桑山詩) －

碧海侵瑤海 (벽해침요해)　푸른 바닷물이 구슬바다에 스며들고
青鸞倚彩鸞 (청난의채난)　파란 난새가 채색 난새와 어울렸구나
芙蓉三九朶 (부용삼구타)　연꽃 스물일곱 송이 붉게 떨어지니
紅墮月霜寒 (홍타월상한)　달빛 서리위에서 차갑기만 하여라

【註解】 꿈속에 신선이 사는 광상산까지 왔으니 이를 기념하려고 지은 시가 곧 몽유광상산시이니 이 중에 -부용삼구타 : 연꽃 스물일곱송이 붉게 떨어지고- 라고 하니 그것이 죽음의 씨앗이 되었는지 27세의 나이로 요절하게 된다.

그러면서 난설헌은 죽기 전에 천여 편이 넘는 시를 불태워 없앴다. 불행했던 자신의 삶이 배여 있던 시를 남겨놓는다는 것이 얼마나 허망한 것인가를 알고 있었기 때문일까. 허균도 그의 『성소부부고』의 『훼벽사』에서 누이 난설헌에 대한 안타까움을 이렇게 표현한다.

돌아가신 나의 누님은 어질고 문장이 있었으나 그 시어머니에게 인정받지 못하였다. 또 두 아이를 잃었으므로 한을 품고 돌아가셨다. 언제나 누님을 생각하면 가슴 아픔을 어쩔 수 없다. 황태사黃太辭의 애사를 읽게 되었는데 그가 홍씨에게 시집간 누이동생을 슬퍼한 정이 너무나 애절하고 슬퍼서 그로부터 천년이 지난 후 동기간을 잃은 슬픔이 이처럼 서로 같기 때문에 그 문장을 본떠서 슬픔을 펴본다.

또한 『학산초담』에서도

살아있을 때는 부부사이가 좋지 않더니 죽어서도 제사를 받들어 모실 아들 하나도 없이 되었구나. 아름다운 구슬이 깨어졌으니 그 슬픔이 어찌 끝나리.

김성립은 난설헌이 죽던 해에 문과에 급제했다. 그리고 홍씨 성의 여자에게 다시 장가를 들었으나 등과한 3년 뒤 임진왜란의 소용돌이 속에서 전사하게 된다. 때문에 입신양명의 기회도 얻지 못하고 정9품인 정자(正字)에 그친다. 난설헌과의 사이에서 태어났던 아이도 죽었고 홍씨 부인과의 사이에서도 자식을 보지 못하였으며 또한 입신양명의 기회와 뜻도 펴지 못한 채 죽었으니 그만큼 김성립의 삶도 불행했다고 할 수 있을 것이다.

허균은 누이가 세상을 뜬 다음해인 1590년에 난설헌의 친정에 또는 허균의 기억 속에 남아있는 시들을 모아 서애 유성룡에게 발문을 부탁하게 된다. 유성룡이 발문을 쓴 것은 1590년(경인년) 11월로 기록되어 있는데 허균의 『성소부부고』에는 1591년(신묘년)에 받은 것으로 되어있다. 허균은 이 발문을 넣은 사본을 몇 권 만들어 지인들에게 나누어 주고 시집 간행을 준비하려 했으나 1592년 임진왜란으로 인해 원본을 잃어 버려 10여년이 지난 1604년 다른 사람에게 주었던 유성룡의 발문사본이 첨부된 필사본을 얻게 된다.

5. 난설헌의 시가 중국에서 더 많이 알려지게 된 이유는 무엇일까

난설헌의 시들은 『난설헌집』에 수록되기 전 이미 정유재란이 일어났던 1597년에서 1598년까지 명나라의 군인 신분으로 조선에 원정 나왔던 오명제(吳明濟)가 채집하여 엮은 『조선시선』에 58수나 수록되어 중국에서 알려지게 된 것이다. 뿐만 아니라 오명제보다 조금 늦게 조선에 원군으로 온 장수 남방위도 시를 수집한 후 시집을 편찬하여 『조선고시』라 이름

지었는데 이 시집에도 난설헌의 시가 25수나 실려 있었다고 하니 그 만큼 중국인들에게 난설헌은 조선의 최고시인으로 대접 받았던 것이다. 중국 문인 오명제나 남방위가 스스로 조선 시에 대한 호기심과 수집의욕을 가지고 신라에서 조선 선조까지의 문인들과 그의 시들을 모아놓은 시선집이라는 점에서 그 의미가 색다르다. 당시 중국 명나라의 문학사적 배경은 옛것의 모방에 치중하는 의고주의가 성행하여 전칠자前七子 후칠자後七子라는 말도 이 시대에 생겨났으며 이는 복고운동을 선구했던 시인들을 지칭하던 말이었다.

그 무렵 조선에도 학당파 시인들이 있었지만 『조선시선』의 시를 선별했던 허균은 개성을 중시했던 시인이었다. 그는 자신의 시를 사람들이 읽고 "아! 이것은 허균의 시다"라고 말한다면 흡족할 것이라고 말할 만큼 자의식이 강했던 사람이었다. 이러한 가운데 중국의 명 말기부터 청나라까지 여성시인들이 대거 출현했고 그들의 활약과 여성시문집의 대량유통은 명·청시대에 여성시의 큰 유행을 일으켰다. 이런 유행 속에서 난설헌의 시가 『조선시선』이나 『조선고시』에 대거 실려 있었기 때문에 중국인들에게 난설헌의 시가 알려지게 되었다.

그러한 시기에 명나라 3대 문사로 꼽히는 주지번朱之藩이 명의 신종황제의 장손이 태어난 소식을 알리기 위해 양유년梁有年과 함께 조선에 사신으로 오게 된다. 이때 원접사로 유근이 임명되나 주지번에게 문장으로 대적할 수 있는 인물로 허균을 청하자 선조는 "의흥위대호군"이라는 임시 벼슬을 내려 중국 사신들을 접대하게 한다. 이때가 1606년(병오년) 정월이었다. 이미 주지번이 사신으로 오기 10여년 전부터 난설헌의 시들은 중국에서 시집으로 엮어져 많은 사람들에게 읽혀져 왔기에 중국에서 유행했던 난설헌 시집을 보고 싶어 하였다.

이때 허균은 출간하려고 준비해 놓았던 난설헌 시집 초고를 서애 유성룡의 발문을 다시 얻고 1606년(병오년)에 중국 사신 주지번과 양유년이 써준 서문을 받아 책의 판본을 완성하여 자신이 쓴 발문을 함께 붙여 누이의 시집 『난설헌집』을 세상에 내놓게 된다. 주지번과 같은 당대의 최고 시인이 『난설헌집』을 얻어 자국에 가지고 간 것은 더 많은 난설헌의 시가 중국에 알려지는 계기가 되었을 것이다. 청나라 왕사록의 『연지집燃脂集』에서 인용한 심무비沈無非 여사의 서문이 『경번집』의 서문으로 추정되는데 그 내용은 다음과 같다.

> 이것은 조선 사대부 여성 경번景樊 허난설헌의 시 약간수를 편찬 한 것이다. 수려함이 경탄의 소리를 낼 만하며 여성의 분 냄새를 느낄 수 없다. …이하 생략…

또한 반지항潘之恒의 '긍사'에 난설헌의 문집인 '취사원창'을 '조선혜녀허경번시집서朝鮮彗女許景樊詩集序 1608년(선조41)'이라 씌여 있고 서문과 '취사원창 조선사녀허경번저聚沙元倡 朝鮮士女許景樊著'라고 기술해 놓았다.

그리고 조선 숙종37년(1711 신묘년)에 허난설헌 시집이 일본에서 분다이야 지로베이에 의해 간행되었다고(역대 조선여류시가선 : 신구현편 학예사 1939) 한다. 그 모든 상황들은 난설헌이 이미 동아시아의 대표적인 여류시인이 되었다는 반증이기도 하다.

조선조말 1910년 일본에게 나라를 빼앗기자 절명시를 남기고 순국했던 매천梅泉 황현黃玹은 그의 저서 『매천집』에 다음과 같은 시를 남기게 된다.

三株寶樹草堂門 (삼주보수초당문)
　　초당가문의 보배로운 세 그루 나무

第一仙才屬景樊 (제일선재속경번)
　　첫 번째 신선의 재주를 가진 이는 경번이라네
料得塵寶難久住 (요득진보난구주)
　　티끌의 속된 세상 오래 살기 어려웠음인가
笑蓉凄帶月霜痕 (소요처대월상흔)
　　쓸쓸한 연꽃에 서릿달만 비추고 있네

난설헌 허초희 시선

제3집

제1장 雪(天)

乙酉春 (을유춘)

余丁憂 寓居于外舅家 (여정우 우거우외구가)

夜夢登海上上山皆瑤琳珉玉 (야몽등해상상산개요림민옥)

衆峯俱疊 白壁青滎明滅 眼不可定視
(중봉구첩 백벽청형명멸 현불가정시)

霱雲籠其上五彩姸鮮 (율운롱기상오채연선)

瓊泉數派 瀉於崖石間激激作環玦聲
(경천수파 사어애석간격격작환결성)

을유년 봄

내가 상을 입어 외삼촌댁에 머무르고 있을 무렵

어느 날 꿈에 바다 한 가운데 있는 산을 오르고 있었다

산봉우리가 첩첩이 늘어섰는데 하얀 벼랑에 푸른 실개울이
나타났다가 사라지곤 하여 자세히 볼 수는 없었다

위로는 곱고 산뜻한 무지개가 서려있었고

절벽 사이로 쏟아지는 물줄기는 옥패물 부딪히는
소리처럼 아름다웠다

有二女年俱可二十許顔皆絶代
(유이녀년구가이십허안개절대)

一披紫霞襦一服翠霓衣
(일피자하유일복취예의)

手俱持金色葫蘆步屣輕躡檝余
(수구지금색호노보사경섭즙여)

從澗曲而上奇卉異花 (종간곡이상기훼이화)

羅生不可名 (나생불가명)

鸞鶴孔翠翶舞左右 衆香馩馥於林端
(난학공취고무좌우 중향분복어림단)

그때 두 여인이 나타났는데 나이는 모두 스무 살 가량
보였으며 얼굴은 절세미인이었다

한 여인은 자줏빛 노을 옷을 입고 있었고
또 한 여인은 비취빛이 감도는 무지개 옷을 입고 있었다

손에는 금빛 호로병 박을 들고 발은 슬리퍼 같은 짚신을
신었는데 사뿐히 내게로 걸어오더니 따라 오라는
손짓을 하였다
계곡물이 흐르는 골짜기를 따라가니
기이한 꽃들이 여기저기 피었는데

모두 이름을 알 수 없는 것들이었고

난새와 학 그리고 공작과 물총새들도 좌우에서
춤을 추듯 날아다니는데 그 무리들에게서
고운 향기가 피어올랐다

遂躋絶頂東南大海接天一碧
(수제절정동남대해접천일벽)

紅日初昇 波濤浴暈 (홍일초승파도욕훈)

峯頭有大池湛泓 (봉두유대지담홍)

蓮花色碧葉大被 霜半褪
(연화색벽엽대피상반퇴)

二女曰 (이녀왈)

此廣桑山也 在十洲中第一
(차광상산야재십주중제일)
君有仙緣故敢到此境盍爲詩紀之
(군유선연고감도차경합위시기지)

마침내 정상에 오르니 동남쪽의 큰 바다는
하늘과 맞닿아 있고

붉은 해가 조금씩 떠오르는데 마치 파도에서
씻겨 나오는 듯이 주변에는 해무리가 일고 있었다

봉우리 위의 큰 못에는 물이 가득 담겨있고 깊었으며

연꽃과 잎은 푸르렀으나 절반은 서리를 맞아
시들어 있었다

두 여인이 말하기를

"여기는 해가 떠오르는 광상산입니다. 신선들이 사는
십주 중에서 가장 아름다운 곳입니다. 당신은 신선의
인연이 있기에 이곳에 이르렀으니 어찌 시로써 이를
기록하지 않겠습니까"라고 하였다

지형상 조선을 중심으로 동남향의 바다는 어디를 지칭하는지 한번쯤 돌아볼 일은 아니었는지.

余辭不獲巳卽吟一絶 (여사불획사즉음일절)
二女拍掌軒渠曰 (이녀박장헌거왈)
星星仙語也 (성성선어야)
俄有一朶紅雲從天中 (아유일타홍운종천중)

下墜罩於峯頂擂 (하추조어봉정뢰)

鼓一響醒然而悟 (고일향성연이오)
枕席猶有烟霞氣 (침석유유연하기)

未知太白天姥之遊能逮 此否聊記之云
(미지태백천모지유능체 차부요기지운)

사양하였지만 받아들여지지 않기에 즉시 한 수를 읊자
두 여인이 손뼉을 치고 웃으며 내게 말하기를
"글자마다 모두 신선의 말씀입니다."라고 하였다
그러자 갑자기 붉은 구름 한 점이
하늘 한 가운데로 치솟더니

물고기 떼를 잡는 가리처럼 산봉우리 꼭대기로 떨어지자
멧돌을 가는 듯이 우르릉하는 소리에 비명을 질렀는지

누군가 흔들어서 깨어나니 꿈이었다
자리에서 일어났어도 마치 현실처럼
아른거리며 남아있기에

이태백의 천모산 놀이가 여기에 미칠지 모르겠으나
다만 이것을 적어 보리라

조罩는 물고기 떼를 잡는 '가리'라고 하는데 통발과는 다르게 상하가 트인 것이라고 한다.
'俄有一朶紅雲從天中(아유일타홍운종천중) 下墜罩於峯頂擂(하추조어봉정뢰)'의 표현은 마치 폭팔하는 화산과도 같다.

詩曰 (시왈)

碧海侵瑤海 (벽해침요해)

青鸞倚彩鸞 (청난의채난)

芙蓉三九朶 (부용삼구타)

紅墮月霜寒 (홍타월상한)

그 시는 이러하다

옥돌 빛의 푸른 바다가 북두자루의 바다를 침범하니

푸른 난새는 채색 난새에게 의지하고

연꽃 삼세번 떨어지고 나니

달빛 찬 서리에 붉게 무너져 내리는구나

우리는 이 시에서 1행의 …侵…과 2행의 …倚…를 그리고 그 양옆 날개의 은유를 잘 살펴 볼 필요가 있다고 본다. 이것은 침범과 의탁인데 1583년 계미삼찬과 더불어 9년 뒤인 1592년 임진란이 발발했는데 이는 난설헌 사후(1589) 3년이므로 역사적 상황을 암시적으로 그린 건 아닐까

姉氏於巳丑春捐時年二十七

(자씨어축춘연세시년이십칠)

其"三九紅墮"之語乃驗

(기삼구홍타지어내험)

夫人姓許氏自號蘭雪軒於筠爲第

(부인성허씨자호난설헌어균이제)

三姉'嫁著作郎金君誠立'早衣無嗣

(삼자 '가저작랑김군성립'조의무사)

平生著述'甚當遺命茶毘之所傳'至

(평생저술 '심당유명다비지소전'지)

尠俱出 '於筠臆記恐其久而愈忘'先

(선구출 '어균억기공기구이유망'선)

우리 누님이 기축년(1589) 봄에 돌아 가셨으니
그때 나이가 27세였다

그의 시에 “삼구홍타”가 이것을 증험함이다

부인의 성은 허씨요 허균의 셋째 누이이며 스스로를
난설헌이라 불렀다

누이는 저작랑 김성립에게 시집을 갔다가 상속자 없이
일찍 세상을 떠났지만

평생 동안 저술하였기에 저작이 많았으나 유언에 따라
시詩를 불태우고 말았다

전하는 작품이 적은데 그나마 모두가 동생 허균이 베껴서
적어 놓은 것으로부터 나왔다

爰灾(災)於木 以廣其傳云 旹(時)

(원재(재)어목이광기전운시(시))

萬曆紀元之三十六載孟夏上浣

(만력기원지삼십육재맹하상완)

弟許筠端甫書于披香堂 (제허균단보서우피향당)

하여서
그것이 오래 되었고 더구나 망실되거나 화재를 입을까
염려하여 나무에 새겨서 널리 전하는 바이다

만력 기원 36년(1608) 맹하(4월) 상완上浣

동생 허균 단보가 피향당에서 쓰다

築城怨 (1)

千人齊抱杵 (천인제구저)

土底隆隆響 (토저륭륭향)

努力好操築 (노력호조축)

雲中無魏尙 (운중무위상)

축 성 원 (1)

천만 명의 사람들이 일제히 달구를 잡고

땅 밑까지 크게 울리도록

힘을 다해 축성을 쌓고 있으나

위상朝政은 구름 속에 가려서 보이지 않는구려

築 城 怨 (2)

築城復築城　　(축성부축성)

城高遮得賊　　(성고차득적)

但恐賊來多　　(단공적래다)

有城遮未得　　(유성차미득)

축 성 원 (2)

성을 쌓고 또 쌓으면

높은 성은 도적이야 막겠지만

추측컨대 많은 무리들이 몰려온다면

쌓은 성으로도 막아낼 수 없을 것이니

夜夜曲(1)

蟪蛄切切風騷騷　　(혜고절절풍소소)

芙蓉香褪氷輪高　　(부용향퇴빙륜고)

佳人手把金錯刀　　(가인수파금착도)

桃燈氷夜縫征袍　　(도등빙야봉정포)

야 야 곡 (1)

바람 사이로 들려오는 가을 풀벌레 소리 애달프고

연꽃 향 사라진 연못위로 달은 높이 떠 있건만

아름다운 여인은 옷을 마름질 하여

등잔불 아래서 차가운 밤을 지새우며 군복을 짓는다오

도포가 아니라 밤을 지새며 군복을 짓고 있는 여인의 마음은 이미 때가 다 가온 현실(국가, 사회, 개인적인)을 본 것이다.

夜夜曲 (2)

玉漏微微燈耿耿	(옥루미미등경경)
羅幃寒逼秋宵氷	(라위한핍추소빙)
邊衣裁罷剪刀冷	(변의재파전도냉)
滿窓風動芭蕉影	(만창풍동파초영)

야 야 곡 (2)

어느새 물시계소리도 조용하고 등잔불만 깜박이니

서늘한 밤 비단휘장 사이로 가을을 재촉하는 듯하여

서둘러 변방에 보낼 옷을 마치고나니

창가에는 바람결에 어른거리는 파초 그림자만 가득하구나

사랑하는 사람에게 입힐 군복을 서둘러 마치고 나서 난설헌은 죽음을 맞게 된다. 국가의 창에는 밝은 빛이 비추어야 하는데 커다란 그림자가 가득 드리워지니 다가올 역사의 암울함을 암시하였다.

夜 坐

金刀剪出篋中羅 (금도전출협중라)

裁就寒衣手屢呵 (재취한의수루가)

斜拔玉釵燈影畔 (사발옥채등영반)

剔開紅焰救飛蛾 (척개홍염구비아)

야 좌

바구니 속에 든 비단을 꺼내 마름질 하여

겨울옷을 짓노라니 손끝이 시려우나

옥비녀 뽑아들고 등잔가 젓는 것이

불나비 구하려 등잔불 돋우는 것과 같음이라

옥비녀 뽑아들고 등잔가를 저으며 심지를 돋우는 것은 불나방 같은 우리의 현실 즉 예견되는 국운國運에 대한 메아리가 아니었을까.

夢 作

橫海靈峰壓巨鰲　　(횡해영봉압거별)

六龍晨吸九河濤　　(육룡신흡구하도)

中天樓閣星辰近　　(중천루각성진근)

上界烟霞日月高　　(상계연하일월고)

金鼎滿盛丹井水　　(금정만성단정수)

玉壇晴晒赤霜袍　　(옥단청쇄적상포)

蓬萊鶴駕歸何晚　　(봉래학가귀하만)

一曲吹笙老碧桃　　(일곡취생노벽도)

몽 작

바다를 가로질러 큰 자라가 떠있는 듯한
신령스런 봉우리에 오르니
여섯마리의 용이 굽이쳐 흐르는 구하의 물을 삼키고 있었다

누각의 중천에는 별들이 닿을 듯하고

그 위로 아득히 안개가 끼었으나 해와 달도 볼 수 있었다

솥에 붉은 우물물을 가득 채우고

날이 맑게 개이기에 제단 앞에서 적상포를 말리면서

봉래산으로 간 학을 기다리니 어이 그리 더디던지

한 곡조 피리를 부노라면 어느새 벽도화도 시드는 것을

註解 자라가 떠있는 듯한 봉우리는 섬을 말하는 듯하고 물에는 용이 사는데 그 용이 온 천하의 물을 다 삼키고 있다고 한다. 고대인들의 개념에 십十은 가장 완전한 수數인데 구九는 거의를 표현한다고 보겠다.

次 孫內翰 北里 韻

初日紅欄上玉鉤 (초일홍난상옥구)

丁香千結織春愁 (정향천결직춘수)

新粧滿面猶看鏡 (신장만면유간경)

殘夢關心懶下樓 (잔몽관심라하루)

誰鎖彫籠護鸚鵡 (수쇄조롱호앵무)

自垂羅幕倚箜篌 (자수라막의공후)

嫣紅落粉堪惆悵 (언홍락분감추창)

莫把銀盆洗急流 (막파은분세급류)

차 손내한 북리 운

이른 아침 떠오른 해가 붉은 난간에 걸릴 때까지

수많은 정향나무와 봄 시름에 젖다가

거울 보며 곱게 단장을 하고

무심히 누대를 내려오는데 꿈속의 일이 마음에 걸렸다

누가 조롱 속에 앵무새를 가두었을까

휘장을 치고 공후를 뜯는다

슬픔에 넘쳐 곱게 단장한 분이 지워질까

복받치며 흐르는 눈물을 다듬듯 쓸어내린다

次 仲氏 高原望高臺 韻(1)

層臺一柱壓嵯峨	(층대일주압차아)
西北浮雲接塞多	(서북부운접새다)
鐵峽霸圖龍已去	(철협패도룡이거)
穆陵秋色鴈初過	(목륙추색안초과)
山回大陸呑三郡	(산회대륙탄삼군)
水割平原納九河	(수할평원납구하)
萬里登臨日將暮	(만리등임일장모)
醉憑長劒獨悲歌	(취빙장검독비가)

차 중씨 고원망고대 운 (1)

오라버니
기둥하나가 층층으로 된 정자를 떠받치려는데 높이 솟아
험난하기만 한 산이 눌러버리니
서북향의 변방으로 가시는 길이 기약없는 구름과 같군요

패기 어린 철협의 용은 이미 떠났는데

이 땅에 찾아든 가을은 본연의 색을 넘었습니다

대륙을 감싸고돌아야 할 산은 세 고을을 삼키고

물은 평원을 가로질러 구하로 보내지니

떠나신 곳 만 리 길에 해가 저물면

홀로 슬픈 노래라도 취하여 쓰라린 마음을 거두어 보소서

山回大陸呑三郡(산회대륙탄삼군)이라. 높은 덕은 낮은 골짜기와 같다. 골짜기는 낮지만 온갖 초목이 살고 온갖 짐승과 벌레가 산다. 덕德이란 이런 골짜기와 같다. 목숨을 이롭게 하고 우주만물에 두루 통하는 길이 상덕上德이다. 그러나 높이 솟아 험난한 산에는 초목이 잘 자랄 수 없다.

— 노자老子의 상덕약곡上德若谷 —

次 仲氏 高原望高臺 韻 (2)

巃嵸危棧切雲霄	(롱종위잔절운소)
峰勢侵天作漢標	(봉세침천작한표)
山脉北臨三水絶	(산맥북임삼수절)
地形西壓兩河遙	(지형서압량하요)
烟塵晩捲孤城出	(연진만권고성출)
苜蓿秋肥萬馬驕	(목숙추비만마교)
東望塞垣鼙鼓急	(동망새원비고급)
幾時重起霍嫖姚	(기시중기곽표요)

차 중씨 고원망고대 운 (2)

가파른 산(巃=島)이 천기(天氣=雲霄)를 끊을 듯
위태로이 사다리를 걸치려 하니
그 기세가 하늘을 찔러 은하수의 표식을
새로 만들 것 같다고 아뢰었는데
이렇듯 북쪽의 산맥으로는 세 개의 물줄기를 끊었고

서쪽 지형이 강물을 덮쳐 아득히 갈라 놓았습니다

저물녘에 조금씩 안개가 걷히기에 외로이 성을 나가보니

가을이 되어 목숙이 풍부한지 말은 교만에 빠져있더군요

변방의 울타리에서 동쪽을 바라보며 급히 북을 울리지만

언제쯤 곽표요가 다시 쓰일 수 있을 런지요

1.2행은 국가와 민족을 위한 정언正言으로 국난에 대한 예언이었다고 본다. 섬巃=島이 사다리를 걸쳐 놓고 들어와 뿌리를 뽑으려 한다는 예언은 1592년에서 1910년경에 사실화 되었던 것은 아닐까.
목숙은 마소의 사료인데 난설헌의 글은 보여지는 현상만이 아니라 그 이상을 보아야(종합적 분석) 비로소 난설헌 허초희를 이해할 수 있을 것이다.

次 仲氏 高原望高臺 韻 (3)

侵雲石磴馬蹄穿	(침운석등마제천)
陟盡重岡若上天	(척진중강약상천)
秋晩魚龍豗大壑	(추만어룡회대학)
雨晴虹蜺落飛泉	(우청홍예락비천)
將軍鼓角行邊急	(장군고각행변급)
公主琵琶說怨偏	(공주비파설원편)
日暮爲君歌出塞	(일모위군가출새)
劍花騰躍匣中蓮	(검화등약갑중련)

차 중씨 고원망고대 운 (3)

만일 붉은 구름이 침범한다면 우리는 구멍이 뚫린
말발굽으로 돌 비탈길을 오르는 형국이며
진력을 다하여 언덕을 오를 즈음
위에는 하늘(明나라)이 있어
가을이 저물 무렵 큰 골짜기에서
어룡이 서로 맞부딪힐 것이니
비 개인 뒤 폭포위에는 곱게 쌍무지개가 뜰 것입니다

장군은 북과 호각을 울려 변방의 위급을 알리지만

나라님의 치우침이 한스러워 가슴은 비파를 뜯는 듯하여

해가 기울면 임금을 위한 출새곡을 부르니

연꽃과 연밥이 이어져 자라듯
칼집 속에 든 검의 날카로움은 숨길 수 없을 것입니다

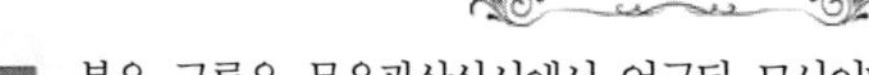

붉은 구름은 몽유광상산시에서 언급된 묘사이며 秋晚魚龍匯大壑(추만어룡회대학)은 임진란 당시 함경도 국경까지 피난 갔다가 명나라의 원정을 받게 되는 상황의 예견이 아닐까. 日暮爲君歌出塞(일모위군가출새) 임금께 나라의 위급을 상소하려는 것으로 보이며 이 출새곡은 곧 난설헌의 시(출새 새하 입새곡)에서도 잘 나타나 있다.

次 仲氏 高原望高臺 韻 (4)

萬里翩翩一劍裝 (만리편편일검장)

倚天危閣掛斜陽 (의천위각괘사양)

河流西坼連三郡 (하류서탁련삼군)

山勢南回隔大荒 (산세남회격대황)

脚下片雲生冉冉 (각하편운생염염)

眼中溟海入茫茫 (면중명해입망망)

登高落日時回首 (등고락일시회수)

塞馬嘶風殺氣黃 (새마시풍살기황)

차 중씨 고원망고대 운 (4)

만 리길을 새가 날 듯 검 하나에 의지하여 가셨으나

위태롭기 만한 누각에는 해가 지고 있습니다

서쪽으로 흐르던 강이 세 개의 고을을 덮치고

남쪽을 감아 돌던 산세는 큰 황무지가 되었습니다

다리 아래에 있던 조각구름도 서서히 떠나가니

망망대해의 어둠뿐이라 차라리 눈을 감습니다

둘러보았으나 해가 떨어지니 산을 오르기가 너무 높아

바람결에 들리는 변방의 말 울음소리만 가슴을 저미는군요

일검장一劍裝이라 함은 의지 굳은 소신이라고 볼 수 있으며, 의천위각倚天危閣은 용상이며 괘사양掛斜陽은 지는 해를 은유한다.

정오(12시)의 위치에 있어야 빛은 그림자 없이 고루 영향을 미치게 되는데 이러한 비유는 예견되는 국운을 표현했다고 보겠다.

次 仲氏 見星庵 韻 (1)

雲生高嶂濕芙蓉	(운생고장습부용)
琪樹丹崖露氣濃	(기수단애로기농)
板閣梵殘僧入定	(판각범잔승입정)
講堂齊罷鶴歸松	(강당제파학귀송)
蘿懸古壁啼山鬼	(라현고벽제산귀)
霧鎖秋潭臥燭龍	(무쇄추담와촉룡)
向夜香燈明石榻	(향야향등명석탑)
東林月黑有疎鍾	(동림월흑유소종)

차 중씨 견성암 운 (1)

금강산 높은 봉우리에 감돌던 구름이 연꽃에 스며들 즈음

벼랑 끝에 선 붉은 나무는 진한 이슬을 머금고

판각에 남아있는 불경을 읽으며 선정에 들어 계셨다

법당에서 재계를 마친 백학이 소나무 위로 돌아가니

낡은 벽에 얽힌 담쟁이 사이로 혼귀가 나올 것만 같은데

안개 가득한 가을 못가에는 촉룡이 누워있었다

부처님의 가르침으로 밤이 되면 석탑에 불을 밝히듯

어둠이 지나면 동쪽 숲 속에도 종소리가 울려 퍼지리라

벼랑 끝에 선 붉은 나무는 허봉의 실체이며 그 실체의 행위는 짙은 이슬이다. 이슬은 맑음이고 투명이니 비워냄이라. 안개 가득한 가을 연못은 역사적 상황이며 촉룡은 사회적 사상을 은유한 것이다.

次 仲氏 見星庵 韻 (2)

淨掃瑤壇禮上仙 (정소요단례상선)

曉星微隔絳河邊 (효성미격강하변)

香生岳女春遊襪 (향생악녀춘유말)

水落湘娥夜雨絃 (수락상아야우현)

松韻冷侵虛殿夢 (송운냉침허전몽)

天花晴濕石樓烟 (천화청습석루연)

玄心已悟三三境 (현심이오삼삼경)

盡日交床坐入禪 (진일교상좌입선)

차 중씨 견성암 운(2)

정갈하게 제단을 닦아내고 신선께 예를 올리니

은하수 강가의 붉은 새벽별이 소리 없이 내린다

선녀는 큰 산에서 봄 길을 걷기만 한 것 같아

상강의 아황이 흘리는 눈물이 되어 비 오듯 흘러 내렸다

대궐을 향한 소나무의 울림은 한 낮 꿈이련가

비 개인 하늘로 피워 올린 꽃은
안개 낀 돌 누각에 묻히니

고요한 마음은 이미 법열의 깨달음에 이르러

종일토록 참선에 들어 계셨다

曉星微隔絳河邊(효성미격강하변)은 아픈 눈시울이니 오라버니의 처한 현상을 본 난설헌으로서는 어찌 아황의 피눈물보다 짙지 않으리.

出 塞 曲 (1－1)

烽火照長河	(봉화조장하)
天兵出漢家	(천병출한가)
枕戈眠白雲	(침과면백운)
驅馬到黃沙	(구마도황사)
朔吹傳金柝	(삭취전금탁)
邊聲入塞笳	(변성입새가)
年年長結束	(년년장결속)
幸苦逐輕車	(행고축경거)

출 새 곡 (1－1)

봉화대 불빛이 황하강에 비치자

천자의 군대는 한나라의 궁성을 떠난다

창을 베개 삼아 눈 위에서 잠을 자고

말을 몰아 황사를 일으키며 당도한 곳에는

북풍이 날카로운 쇳소리를 내며 몰아치니

갈대 잎 사각이는 국경부근의 요새로 들어간다

해마다 결속을 다지며 지낸다지만

승패는 누가 수레를 더 빨리 몰 수 있는가에 달렸다

출새곡 1은 외침이다. 잦은 국경부근의 외침을 말하는 건 아닐까. 곡曲은 굽고 휘어진 것을 나타냄으로 바르지 아니함으로 표현된다. 하여 난설헌이 출새곡, 새하곡, 입새곡에서 은유하려는 것은 유비무환의 그림자가 아니었을까. 난설헌 사후(1589) 3년(1592)만에 임진왜란이 일어나 큰 곤란을 겪게 되었으니 예견하신 바가 크다고 보겠다.

出塞曲 (2-2)

昨夜羽書飛	(작야우서비)
龍城報合圍	(용성보합위)
寒笳吹朔雪	(한가취삭설)
玉劍赴金微	(옥검부금미)
久戍人偏老	(구수인편노)
長征馬不肥	(장정마불비)
男兒重義氣	(남아중의기)
會繫賀蘭歸	(회계하난귀)

출 새 곡 (2—2)

지난 밤 격문을 묶은 화살을 쏘아

용성이 포위되었음을 알렸다

갈대 잎 서걱이는 북풍의 차가운 눈보라를 뚫으며

검을 빼어들고 금미산으로 달려왔다

이제 국토방위로 오랜 세월의 뼈가 굳어지니

그 시간동안 말도 함께 단련되어 졌다

군사들에게 남아는 의로운 힘을 중히 여길진데

하란산 적들을 이기고 돌아가자고 하였다

전쟁에 출정하려는 장군의 입장에서 국방의 모습을 투사하였으며 이를 통하여 우리의 현실을 짚어 보려하지 않았을까

塞 下 曲 (1—3)

前軍吹角出轅門 (전군취각출원문)

雪撲紅旗凍不翻 (설박홍기동불번)

雲暗磧西看候火 (운음적서간후화)

夜深遊騎獵平原 (야심유기렵평원)

새 하 곡 (1—3)

앞의 군사가 뿔피리를 불며 출정을 하는데

눈보라에 붉은 깃발이 얼어붙어 나부끼지 않는다

적서에 어두운 구름이 드리우니 봉화를 살피러

깊은 밤을 틈타 날쌘 기병들이 평원으로 달려갔다

출새곡, 새하곡, 입새곡을 읽으면서 모래바람 가득한 황야를 지나고 갈대 우거진 늪을 지나서 송화강 유역까지 진격하여 요동반도에서 시베리아와 광활한 만주벌판을 누볐던 우리 고구려 군사가 떠오른다.

塞 下 曲 (2－4)

隴戍悲笳咽不通　　(롱수비가인불통)

黃雲萬里塞天空　　(황운만리새천공)

明朝蕃帳收殘卒　　(명조번창수잔졸)

探馬歸來試擘弓　　(탐마귀래시벽궁)

새 하 곡 (2－4)

롱 고개에서 들려오는 슬픈 갈잎소리에 목이 메이고

변방 주위의 만 리길 하늘에는 황사구름만 가득하다

내일 아침이면 남은 병졸들을 거둘 것이라고

정탐병이 화살을 쏘아 알리고 왔다

塞 下 曲 (3-5)

虜馬千群下磧西 (로마천군하적서)

孤山烽火入銅鞮 (고산봉화입동제)

將軍夜發龍城北 (장군야발용성북)

戰士連營擊鼓鼙 (전사련영격고비)

새 하 곡 (3-5)

말과 병졸들을 포로로 잡아 적서로 내려오니

고산의 봉화는 동제로 전해진다

적장은 야밤에 용성의 북쪽으로 달아나고

군사들은 연이어 북을 쳐서 기세를 누른다

塞 下 曲 (4−6)

寒塞無春不見梅　　(한새무춘불견매)

邊人吹入笛聲來　　(변인취입적성래)

夜深驚起思鄉夢　　(야심경기사향몽)

月滿陰山百尺臺　　(월만음산백척대)

새 하 곡 (4—6)

춥기만 한 요새는 봄이 없으니 매화도 피지 않고

변방사람들이 부르는 피리소리만 들려올 뿐

깊은 밤 고향 꿈에 놀라 깨어나

망루에 서니 백 척이나 되는 음산에 달빛만 가득하구나

塞 下 曲 (5-7)

都護防秋掛鐵衣	(도호방추괘철의)
城南初解十重圍	(성남초해십중위)
金戈渫盡單于血	(금과설진단우혈)
白馬天山踏雪歸	(백마천산답설귀)

새 하 곡 (5—7)

도읍을 수호하려 철갑옷을 입고

겹겹이 둘러쳐진 성의 남쪽을 비로소 뚫었다

이제 물 밑을 쳐내 듯 적장을 쳐 전란을 끝내고

백마를 타고 천산의 눈을 밟으며 돌아가리라

이곳에서의 백마라 함은 평화로 볼 수 있는데 독자는 난설헌의 시詩 곳곳에 은유된 진실을 본다면 우리의 모습이 투영되어 있다는 것을 느낄 수 있으리라. 백두산의 천제단은 고조선이며 눈을 밟으며 돌아감은 깨끗이 누명을 벗고 제자리를 찾고자 하는 염원이다.

入 塞 曲 (1－8)

戰罷臨洮敗馬鳴 (전파임조패마명)

殘軍吹角宿空營 (잔군취각숙공영)

回中近報邊無事 (회중근보변무사)

日暮平安火入城 (일모평안화입성)

입 새 곡 (1－8)

전쟁은 임조에서 끝났다 패한 말들의 울음소리 들리고

남은 군사들은 뿔피리를 불며 빈 막사에 머물렀다

회중을 돌며 변방근처는 무사하다 알리고

해 저무는 평안성으로 봉화가 들어간다

入 塞 曲 (2－9)

新復山西十六州　(신복산서십육주)

馬鞍懸取月支頭　(마안현취월지두)

河邊白骨無人葬　(하변백골무인장)

百里沙場戰血流　(백리사장전혈류)

입 새 곡 (2—9)

산의 서쪽 열여섯 고을을 새로 수복하고

말안장에는 월지의 머리를 매달았다

황하 강변에 쌓인 백골은 묻어 줄 사람도 없이

사방 백리의 모래벌판으로 전쟁의 붉은 피가 흐르고 있다

임진란을 앞두고 전쟁에 대한 비유를 은유로 투사한 예언적 장시長詩이다.

入 塞 曲 (3－10)

落日狼煙度磧來　　(락일낭연도적래)

塞門吹角探旗開　　(새문취각탐기개)

傳聲漠北單于破　　(전성막북단우파)

白馬將軍入塞回　　(백마장군입새회)

입 새 곡 (3－10)

해가 지자 적서에서도 봉화가 들어오고

군막 앞에서는 깃발 나부끼며 군사를 모으는
뿔피리가 울렸다

사막의 북쪽에서도 선우(적)를 격파하였다 하니

적장이 백마를 타고 요새로 들어온다

적장이 백마를 타고 요새로 들어온다 함은 항복을 의미한 것이다.

入 塞 曲 (4－11)

騂弓白羽黑貂裘	(성궁백우흑초구)
綠眼胡鷹踏錦鞲	(록안호응답금구)
腰下黃金印如斗	(요하황금인여두)
將軍初拜北平侯	(장군초배북평후)

입 새 곡 (4—11)

적장은 붉은 활과 흰 화살 그리고 검은 가죽옷을 입었고

토시를 감은 왼팔에는 녹색 눈을 가진 그의 매가 서있다

허리에 찬 황금인장은 별과 같으므로

처음으로 적장에게 북평후의 벼슬을 내린 것이다

入 塞 曲 (5－12)

漢家征旆滿陰山 (한가정패만음산)

不遣胡兒匹馬還 (불견호아필마환)

幸苦總戎班定遠 (행고총융반정원)

一生猶望玉門關 (일생유망옥문관)

입 새 곡 (5－12)

은하수처럼 승리의 깃발이 음산 곳곳에 나부끼니

말들은 돌려보냈으나 포로는 보내지 않았다

모든 전쟁의 승패는 멀리 내다보아야 한다

일생을 오직 요새의 성문만을 지키는 장수처럼

중국中國의 강은 동서로 흐르는데 한수漢水만은 희귀하게도 남북으로 흐른다고 하며 은하수도 남북으로 흐르는 듯이 놓여 있으므로 그 뜻으로도 쓰이게 된다. 한나라의 한漢과 은하수의 한수漢水의 공통점을 찾아 비유로써 은유를 파악해야 하겠다. 따라서 출새곡(1) 입새곡(5)의 기起와 결結에서 난설헌의 국가관을 볼 수 있다. 나라를 지키는 것이 민족을 지켜내는 것이니 그리하자면 각 분야에 전문적 인재를 육성해야 한다는 예시이다.

제 2 장 蘭(地)

제2장과 제3장에서는 통치자와 백성들의 생활상을 모았다.
老子는 자연을 본받아서 사회를 자연처럼 만들면 사회의 불평등 현상은 제거된다고 하였다. 그것은 백성의 타락함과 배고픔은 통치자의 사치와 착취와 불합리에서 비롯되기 때문이다. 즉 天地사이에 음양의 기가 서로 합하면 단이슬이 내린다. 그러므로 백성은 명령하지 않아도 고루 잘 살게 된다는 것이다.

少年行

少年重然諾	(소년중연낙)
結交遊俠人	(결교유협인)
腰間玉轆轤	(요간옥녹로)
錦袍雙麒麟	(금포쌍기린)
朝辭明光宮	(조사명광궁)
馳馬長樂坂	(치마장락판)
沽得渭城酒	(고득위성주)
花間日將晩	(화간일장만)
金鞭宿倡家	(금편숙창가)
行樂爭留連	(행락쟁유련)
誰憐楊子雲	(수련양자운)
閉門草太玄	(폐문초태현)

소 년 행

소년은 언행이 신중하여야 하며

의로운 사람과 어울려야 하는데

허리에는 옥녹로 노리개를 차고

쌍기린이 수 놓인 비단옷을 입었건만

아침이면 명광궁으로 간다 하며

장락궁 언덕으로 말을 달려서

위성주를 주고받으니 취기가 오르고

그러는 사이 하루가 꽃잎 지듯 저무는데

돌아오는 길에는 기방에 들러

지칠 줄 모르고 놀기를 즐겨하니

그 누가 양자운을 가련타 않겠는가

책장이 덮여있는 태현경이 가치 없게 되었으니

註解 양자운楊子雲은 서한西漢의 문학가인 양웅으로 태현경은 그의 저서이다.

題 沈孟鈞 中溟風雨圖

虹掣中宵百尺梯　　(홍철중소백척제)

仙人素足踏雙霓　　(선인소족답쌍예)

獰風吹壁海濤立　　(영풍취벽해도립)

驟雨暗空雲色低　　(취우암공운색저)

龍抱火珠潛水宅　　(용포화주잠수택)

鵬翻逸翮隱坤倪　　(붕번일핵은곤예)

沈沈深殿鬼神泣　　(침침심전귀신읍)

彩筆淋漓元氣迷　　(채필림리원기미)

제 심맹균 중명풍우도

무지개는 백 척 사다리를 당겨 놓은 듯 하고

신선은 맨발로 쌍무지개를 밟고 있으며

사나운 바람이 부는 바다에는 큰 파도가 일고 있는데

폭풍우 내리는 어두운 하늘에는 구름마저 낮게 드리우고

용은 불을 뿜었으나 여의주를 품고 물속에 잠겨있다

붕새는 깃촉을 숨기며 유약한 모습으로 땅을 향하고

어두침침한 대궐에는 귀신의 울음소리 들리는 듯하니

붓 끝에 피땀이 서려있기는 하나
미혹함이 원뜻을 가려 버렸구나

심맹균의 "저녁 무렵에 내리는 비바람"을 표현한 그림을 보고 평론하신 것 같다. 한 폭의 한정된 공간이기는 하지만 작가의 표현의도가 2차적 사고에만 머무름이 아닐 것을 간파하였기에 조금은 강하게 채찍하였음을 볼 수 있다. 비단 그것이 그림의 부조화에 국한된 것이겠는가.

宮　詞 (1)

千牛閣下放朝初　　(천우각하방조초)

擁箒宮人掃玉除　　(옹추궁인소옥제)

日午殿頭宣詔語　　(일오전두선조어)

隔簾催喚女尙書　　(격렴최환여상서)

궁 사 (1)

대궐의 천우각에 아침 해가 떠오르면

궁인들은 뜨락을 깨끗이 쓸기 시작하고

정오쯤 대전에서 조서가 내려지면

주렴 앞에 서있던 여상서들이 바쁘게 움직이기 시작하지요

궁사에서는 임금의 생활상을 묘사하였으며 또한 어느 궁인을 통해 궁궐 이야기를 서술해 나가며 역으로 정치에 관한 또는 통치권자에 관한 일침을 가함이 엿보인다.

宮 詞 (2)

龍輿初幸建章臺	(용여초행건장대)
六部笙歌出院來	(육부생가출원래)
試向曲欄催羯鼓	(시향곡난최갈고)
殿頭宮女奏花開	(전두궁녀주화개)

궁 사 (2)

왕께서 건장대로 행차 하시자

육부에서는 생황을 불어 알리고

굽이진 난간을 돌아 어귀로 나오시니 북이 울리며

대전궁녀들의 가무가 마치 꽃잎 피어나듯 아름답지요

宮　詞 (3)

紅羅袱裏建溪茶　　(홍라복리건계차)

侍女封緘結出花　　(시녀봉함결출화)

斜押紫泥書勅字　　(사압자니서칙자)

內官分送大臣家　　(내관분송대신가)

궁 사 (3)

붉은 비단 보자기 속에 건계차를 담아

시녀들이 곱게 싸서 꽃매듭을 묶으면

그 옆에 왕의 인장이 찍힌 칙서를 넣어

내관은 대신들의 집으로 나눠 보내기도 하지요

宮 詞 (4)

鸚鵡新調羽未齊　　(앵무신조우미제)

金籠鎖向玉樓栖　　(금롱쇄향옥루서)

閑回翠首依簾立　　(한회취수의렴립)

却對君王設隴西　　(각대군왕설농서)

궁 사 (4)

새로이 고른 앵무새를 길들이고자

황금조롱에 넣어 누각에 깃들여 살게 하였더니

(어느날) 주렴 가까이에 서서 물총새빛 머리를 조아리며

오히려 군왕을 향해 농서말로 우지 짖더랍니다

농隴은 한漢나라의 지명이고 앵무새는 길들임이 강한 새인데 농서말로 맞선다는 것의 은유를 더듬어 보면 역사의 혹은 위정자의 모습을 연상케 한다.

宮 詞 (5)

儺罷宮庭彩炬明 (나파궁정채거명)

景陽樓外曉鍾聲 (경양루외효종성)

君王受賀朝元殿 (군왕수하조원전)

日熙彤闈拜九卿 (일희동위배구경)

궁 사 (5)

횃불로 궁궐 뜨락을 환히 비추며 나례의식을 끝내고 나면

경양루 밖에서 새벽 종소리가 들려 오지요

군왕께서는 하례 받기 위해 조원전으로 드시고

해가 떠오를 때쯤이면 대궐의 쪽문에는
아홉 분의 대신께서 계시지요

나례의식 : 궁전이나 민간에서 악귀를 쫒는 의식.

宮 詞 (6)

黃昏金鎖鎖千門	(황혼금쇄쇄천문)
一面紅粧侍至尊	(일면홍장시지존)
阿監殿前持密詔	(아감전전지밀조)
問頻知是最承恩	(문빈지시최승은)

궁 사 (6)

해가져서 어두워지면 대궐의 모든 문은 굳게 잠기고

미리 점지한 시녀가 곱게 단장하고 왕을 모신답니다

하여서 아감의 방 앞에는 늘 은밀한 말들이 오고가니

왕의 승은을 받을 수 있는 일을 자주 묻곤 한답니다

宮 詞 (7)

金爐獸炭欲回春　　(금로수탄욕회춘)

八字眉山澁未匀　　(팔자미산삽미균)

共怪滿身珠翠暖　　(공괴만신주취난)

六宮新賜辟寒珎　　(육궁신사피한진)

궁 사(7)

황금화로 위에 말린 고기를 올려놓고
봄이 돌아오기를 기다렸으나

동산 같은 여인의 팔자눈썹을 매끄럽게 다듬기도 어려우니

온 몸에 휘감을 노리개로 마음을 어루만지고

육궁에 들것을 명하시며 허물을 피하셨지요

宮 詞 (8)

淸齊秋殿夜初長	(청제추전야초장)
不放宮人近御床	(불방궁인근어상)
時把剪刀裁越錦	(시파전도재월금)
燭前閑繡紫鴛鴦	(촉전한수자원앙)

궁 사 (8)

청명한 가을이 왔건만 대궐의 밤이 그리도
길다는 것을 처음으로 알게 되었지요

궁인들은 왕께 함부로 근접을 할 수 없기에

때로는 월금에서 들여온 좋은 비단을 잘라

등촉 앞에서 하염없이 원앙을 수놓으며 지내곤 하지요

宮 詞 (9)

長信宮門待曉開　　(장신궁문대효개)

內官金鎖鎖門回　　(내관금쇄쇄문회)

當時會笑他人到　　(당시회소타인도)

豈識今朝自入來　　(기식금조자입래)

궁 사 (9)

장신궁 문이 새벽에라도 열리길 기다렸지만

내관이 돌아가며 금쇄문을 꼭꼭 잠그곤 하지요

이전에는 다른 사람들의 입궁을 비웃었으나

어찌 알았겠어요 지금 내가 들어오게 될 줄을

宮 詞 (10)

披香殿裏會宮粧　　(피향전리회궁장)

新得承恩別作行　　(신득승은별작행)

當座綉琴彈一曲　　(당좌수금탄일곡)

內家令賜綵羅裳　　(내가령사채라상)

궁 사 (10)

피향전의 회동에서 시중을 들던 한 궁녀가

새로이 선택을 받아 왕의 승은을 얻게 되었지요

다소곳이 마주앉아 거문고 한 곡조 올리니

내관을 불러 오색 비단 치맛감을 하사하시더군요

宮 詞 (11)

避暑西宮罷受朝　　(피서서궁파수조)

曲欄初展碧芭蕉　　(곡난초전벽파초)

閑隨尙藥圍碁局　　(한수상약위기국)

賭得珠鈿綠玉翹　　(도득주전녹옥교)

궁 사 (11)

더위를 피하려고 서궁으로 옮겼던 조회를 끝내시면

굽은 난간 너머로 펼쳐진 파초가 더욱 푸르게 보였지요

여유로이 내의원과 바둑을 두시기도 하는데

내기로 건 비녀와 머리꾸미개를 모두 얻기도 하였어요

宮 詞 (12)

天廚進食簇金盤　　(천주진식족금반)

香果魚羹下筋難　　(향과어갱하근난)

徐喚六宮分退膳　　(서환육궁분퇴선)

旋推當直女先飡　　(선추당직녀선손)

궁 사 (12)

수라간에서 올린 음식이 황금쟁반에 가득한데

왕께서는 맛있는 과일과 생선국을 꺼려하시기에

육궁들이 가져와 차례로 나누어 맛을 보고

당직궁인에게 되 물리면 수라간 상궁은
그 날 저녁밥으로 먹게 되지요

육궁六宮 : 왕비를 비롯한 후궁들

宮 詞 (13)

氷簟寒多夢不成	(빙점한다몽불성)
手揮羅扇撲流螢	(수휘라선박류형)
長門氷夜空明月	(장문빙야공명월)
風送西宮笑語聲	(풍송서궁소어성)

궁 사 (13)

그 많던 꿈도 이루지 못하고 서늘한 대자리에 냉기만 도니

손수 부채질 하다가 공연히 날아다니는
반딧불만 쫓아내지요

기나긴 밤하늘에 달빛은 밝은데

어디선가 도란거리는 웃음소리가 바람결에
실려 오곤 하였어요

宮 詞 (14)

綵羅帷幙紫羅茵　　(채라유막자라인)

香麝霏微暗襲人　　(향사비미암습인)

明日賞花留玉輦　　(명일상화유옥련)

地衣簾額一時新　　(지의렴액일시신)

궁 사 (14)

화려한 비단휘장에 자줏빛 보료를 깔아

곳곳에 사향을 뿌려 향기가 온 몸에 은은히 스미게 하고

다음날 궁녀를 맞이하실 때 왕께서 머무르실 곳에는

깔개와 주렴과 편액도 새로이 장만하여 놓지요

宮 詞 (15)

看修水殿種芙蓉　　(간수수전종부용)

舁下羅函出九重　　(여하라함출구중)

試著綵衫迎詔語　　(시저채삼영조어)

翠眉猶帶睡痕濃　　(취미유대수흔농)

궁 사 (15)

대궐연못을 돌아보시더니 연꽃을 더 심어야겠다며

함을 내려 주시니 궁인은 그것을 받들고 궁궐을 나갔지요

간택된 여인에게 비단옷을 입히고 조서를 받들라하니

파르란 눈썹엔 아직 여린 티가 역력한 것을요

宮 詞 (16)

鴨爐初委水沉灰	(압노초위수침회)
侍女休粧掩鏡臺	(시녀휴장엄경대)
西苑近來巡幸少	(서원근래순행소)
玉簫金琵半塵埃	(옥소금비반진애)

궁 사 (16)

오리모양의 향로에 재를 담고 물로 축여서

단장을 마치면 시녀가 경대를 덮어주곤 하였지요

그즈음 서궁에는 발길이 뜸하셔서

퉁소와 비파에는 먼지만 가득하였지요

宮 詞 (17)

新擇宮人直御床　　(신택궁인직어상)

錦屛初賜合歡香　　(금병초사합환향)

明朝阿監來相問　　(명조아감래상문)

笑指胸前小佩囊　　(소지흉전소패낭)

궁 사 (17)

새로 간택된 궁녀가 임금을 모시게 되니

비단병풍을 치고 합환 예가 이루어졌지요

다음날 아침 아감께서 지난일 물으시기에

웃으며 앞가슴에 매달린 패물 주머니만 가리켰을 뿐

宮 詞 (19)

西宮近日萬機煩	(서궁근일만기번)
催喚昭容啓殿門	(최환소용계전문)
爲報榻前侍燭女	(위보탑전시촉녀)
漏聲三下紫薇垣	(루성삼하자미원)

궁 사 (19)

최근에 서궁에서 이런 괴로움이 있었어요

소용이 궁문을 열며 화급히 달려오더니

어전시녀들이 등촉을 들고 서궁으로 오고 있다고 하더군요

자미원의 물시계가 삼경을 알리고 있을 때였지요

宮 詞 (20)

當夜中官抱御書 (당야중관포어서)

玉籤抽付卷還舒 (옥첨추부권환서)

慇懃護惜金蓮燭 (은근호석금연촉)

學士歸時送直廬 (학사귀시송직려)

궁 사 (20)

야근을 하는 당직중관이 어서를 가지고 와서

말음대를 흔들며 제비뽑기를 권하였지요

그리고 안쓰럽고 측은하였던지 금연촉을 들고는

학사님이 데리러 올 때까지 숙직방에 있으라고 보내더군요

宮 詞 (18)

金鞍玉勒紫遊韁	(금안옥륵자유강)
跨出西宮入未央	(과출서궁입미앙)
遙望午門開雉扇	(요망오문개치선)
日華初上赭袍光	(일화초상자포광)

궁 사 (18)

말안장에 앉아 옥으로 된 굴레의 붉은 고삐를 잡고

서궁(장신궁)에서 나와 미앙궁으로 들어가려다가

멀리 남문을 바라보니 부채처럼 활짝 펼쳐진 담장이

아름답게 보이지만 비로소
죄인의 옷 빛이라는 것을 알았지요

送 宮人 入道

拜辭清禁出金鑾 (배사청금출금란)

換却鴉鬟着玉冠 (환각아환착옥관)

滄海有緣應駕鳳 (창해유연응가봉)

碧城無夢更驂鸞 (벽성무몽갱참난)

瑤裙振雪春雲暖 (요군진설춘운난)

瓊珮鳴空夜月寒 (경패명공야월한)

幾度步虛銀漢上 (기도보허은한상)

御衣猶似奉宸懽 (어의유사봉신환)

송 궁인 입도

태청궁에서 하직하고 금란전으로 물러나와

쪽을 지었던 머리를 풀어내어 화관을 쓰고

신선의 인연으로 봉황을 타고 창해를 가려 하네

꿈이 없는 궁궐을 떠나 다시 난새의 곁마가 되려고

차가운 얼음길을 마치 봄 구름 위를 걷듯

밤 이슥토록 노리개 부딪히는 소리를 허공에 울리며

몇 번이고 은하의 강가를 거닐고 있으니

대궐에서 어의를 받드는 기쁨이 저리 할까나

註解 대궐에서 나온 궁인이 수도의 길을 준비하고 있는 모습이다.

宿 慈壽宮 贈 女冠

燕舞鶯歌字莫愁 (연무앵가자막수)

十三嫁與富平侯 (십삼가여부평후)

厭携瑤琴彈珠閣 (염휴요금탄주각)

喜著花冠禮玉樓 (희저화관예옥루)

琳館月明簫鳳下 (림관월명소봉하)

綺窓雲散鏡鸞收 (기창운산경난수)

焚香朝暮空壇上 (분향조모공단상)

鶴背冷風一陣秋 (학배냉풍일진추)

숙 자수궁 증 여관

춤추고 노래 잘 하기로 으뜸인 막수는

열셋의 나이에 부평후에게 시집을 갔는데

누각에서 지치도록 거문고를 뜯다가

후작께 예를 올리기도 하고

객사에 밝은 달이 떠오르면 퉁소를 불어 서로 만났다지만

창가에 머물던 구름이 흩어지면 난새가 거울을 거두듯

아침부터 저녁까지 제단에 향을 사르니

이제는 차가운 바람을 헤쳐 나온 성숙한 학의 모습입니다

제 3 장 軒(人)

사람 사람 사람들의
그러나 우리들의 이야기

제 3 장 軒

난설헌은 각양 각처에서 동 시대를 살아가는 사람들의 모습을 통해 사람의 시대를 살펴보고자 하였다. 표면적으로는 지명이나 인명이 중국의 모습을 그린 듯 보여지나 이면에는 우리의 모습이 보여진다. 먼저 樂(악), 吟(음), 行(행) 詞(사)라는 어미를 통한 의미성을 분석하면 이것은 중국 악부체의 곡명이거나 문체라고 하지만 난설헌은 투사기법으로 재창출하였다고 볼 수 있다. 樂은 풍요로운 즐거움을 吟은 억압된 괴로움을 行은 평범한 생활의 모습을 曲에서는 어긋남을 詞에서는 바름을 각 인물이나 지명을 실례로 들어 나타내었다.

사랑방에 모여앉아 깊도록 도란거리며 각자 경험하고 돌아본 세상이야기를 나누는 모습이 보여지기에 더욱 정겨운 대화체의 시 모음이다. 이것을 어찌 담장 안 부인의 붓끝에서 나온 글이라고만 하겠는가. 정치적, 사회적, 국방 그리고 신앙적, 학문적인 부분까지 두루 살피고 있었으니 난설헌 허초희 선생의 정신적 문학세계에 깊이 빠져들수록 신비로움을 깨닫게 된다.

莫 愁 樂 (1)

家住石城下	(가주석성하)
生長石城頭	(생장석성두)
嫁得石城壻	(가득석성서)
來往石城遊	(래왕석성유)

막 수 악 (1)

내가 살던 집은 석성 아래에 있고

태어나고 자란 곳은 석성 윗마을이었지요

시집 또한 석성 사람을 얻었으니

석성에서만 오가며 지냈답니다

막수의 이야기에 악樂을 붙여 비교적 평범하게 인생을 살아가는 여인의 모습을 제시한다.

莫愁樂 (2)

儂住白玉堂 (농주백옥당)

郎騎五花馬 (랑기오화마)

朝日石城頭 (조일석성두)

春江戲雙舸 (춘강희쌍가)

막 수 악 (2)

백옥당에서 지내고 있을 때

낭군님께서는 오화마를 타고 오시곤 했어요

석성에 해가 비치는 아침이면

포근한 강에서 쌍돛배 놀이를 하곤 하였지요

貧 女 吟 (1)

豈是乏容色 (기시핍용색)

工鍼復工織 (공침복공직)

少小長寒門 (소소장한문)

良媒不相識 (량매불상식)

빈 녀 음 (1)

용모인들 남에게 빠지겠는지요

바느질과 길쌈도 잘하지만

어려서부터 가난한 집안에서 자랐더니

매파도 알아주지 않는걸요

어느 가난한 여인의 한숨 어린 이야기를 듣는 듯하다. 서민의 애환이 시대적으로 겹쳐서 다가온다.

貧女吟 (2)

夜久織未休	(야구직미휴)
戛戛鳴寒機	(알알명한기)
機中一匹練	(기중일필련)
終作阿誰衣	(종작아수의)

빈 녀 음 (2)

밤이 깊도록 쉬지 않고 길쌈을 하니

삐걱이는 베틀소리는 더욱 차갑게 들리고

정성들여 짜놓은 비단 한 필은

누구의 옷감으로 짓게 되려는지요

貧女吟 (3)

手把金剪刀　　(수파금전도)

夜寒十指直　　(야한십지직)

爲人作嫁衣　　(위인작가의)

年年還獨宿　　(년년환독숙)

빈 녀 음 (3)

부지런히 가위질하니

추운 밤이면 열 손가락이 더욱 시리지만

다른 여인이 시집 갈 옷을 지으면서도

나는 해마다 홀로 잠을 청한답니다

長 干 行 (1)

家居長干里	(가거장간리)
來往長干道	(래왕장간도)
折花問阿郎	(절화문아랑)
何如妾貌好	(하여첩모호)

장 간 행 (1)

사는 집이 장간마을 이었어요

장간리길을 오고가며

꽃을 꺾는 임에게 물어 보았지요

어떤가요 내 모습이 고운가요

장간마을 이야기

長 干 行 (2)

昨夜南風興　　(작야남풍흥)

船旗指巴水　　(선기지파수)

逢着北來人　　(봉착북래인)

知君在楊子　　(지군재양자)

장 간 행 (2)

지난밤에 남풍이 불어오자

배는 돛대를 파수강으로 향하였다지요

북쪽에서 오는 사람에게 물어보니

낭군은 양자강에서 머물고 있다네요

江 南 曲 (2)

人言江南樂	(인언강남락)
我見江南愁	(아견강남수)
年年沙浦口	(년년사포구)
腸斷望歸舟	(장단망귀주)

강 남 곡 (2)

사람들은 강남이 즐거움의 도시라지만

내게는 시름을 안겨줄 뿐이라오

해마다 포구의 모래밭에서

돌아오는 배를 바라보며 애를 태운다오

註解 강남마을은 비교적 풍요로운 도시이지만 그 또한 진정한 행복만은 아닐 수도 있다는 것이다.

江南曲 (3)

湖裏月初明 (호리월초명)

采蓮中夜歸 (채련중야귀)

輕橈莫近岸 (경요막근안)

恐驚鴛鴦飛 (공경원앙비)

강 남 곡 (3)

호수에 초저녁달이 떠오르면

연밥을 따서 한밤중에 돌아옵니다

쉬이 노 저어 못가에 가지들 마오

원앙이 놀라 날아갈까 두려우니

江 南 曲 (4)

生長江南村	(생장강남촌)
少年無別離	(소년무별리)
那知年十五	(나지년십오)
嫁與弄潮兒	(가여농조아)

강 남 곡 (4)

태어나고 자란 곳이 강남마을이라

어린 시절에는 이별을 몰랐다오

그러나 어찌 알았겠소 열다섯의 나이에

시집을 가서 조롱 받을 줄을

賈客詞 (1)

朝發宜都渚	(조발의도저)
北風吹五兩	(북풍취오량)
船頭各澆酒	(선두각요주)
月下齊盪槳	(월하제탕장)

고 객 사 (1)

아침에 의주나루를 떠나면

조금씩 북풍이 불어오기 시작하는데

뱃머리에서 술을 마시기도 하고

달빛을 받으며 일제히 노를 젓기도 하지요

상인의 이야기

賈客詞 (2)

疾風吹水急 (질풍취수급)

三日住層灘 (삼일주층탄)

少婦船頭坐 (소부선두좌)

焚香學筭錢 (분향학산전)

고 객 사 (2)

바람이 세차고 물살이 거세지는 날이면

강 한가운데 모래섬에서 사흘 동안 묶여 있기도 하는데

젊은 아낙들은 뱃전에 꿇어 앉아

향을 피우고 지전을 태우며 간절히 기도를 하지요

4행은 지전을 세듯 한 장 한 장 불을 사르며 축원을 담아 빈다는 뜻인 듯하다.

賈客詞 (3)

掛席隨風去　　(괘석수풍거)

逢灘卽滯留　　(봉탄즉체류)

西江波浪惡　　(서강파랑악)

幾日到荊州　　(기일도형주)

고 객 사 (3)

(하여서 그날도) 돛을 올리고 바람 따라 가다가

강 한가운데 모래섬을 만나서 즉시 배를 대었지요

서강의 물결이 사나우니

언제쯤에나 형주에 도착하려는지 하면서요

相 逢 行 (1)

相逢長安陌	(상봉장안맥)
相向花問語	(상향화문어)
遺却黃金鞭	(유각황금편)
回鞍走馬去	(회안주마거)

상 봉 행 (1)

장안거리에서 우연히 만나

서로 이야기를 주고 받다보니

황금채찍을 잊고 왔기에

급히 말을 돌려 그곳으로 달려갔지요

우연히 길거리에서 만나 서로 이야기를 주고 받다보니 시간 가는 줄 모르게 마음이 통하여 아낌없이 비싼 옷을 맡겨가며 정담을 나누었던 만남의 경험을 이야기하는 모습이 그려진다.

相 逢 行 (2)

相逢靑樓下	(상봉청루하)
繫馬垂楊柳	(계마수양류)
笑脫錦貂裘	(소탈금초구)
留當新豊酒	(유당신풍주)

상 봉 행 (2)

청루근처에서 서로 만났기에

능수버들 드리워진 나무에 말을 매어놓고

함께 반가워하며 입고 있던 가죽옷을 벗어서

신풍주 술값으로 맡겨 놓았답니다

青樓曲

夾道青樓十萬家 (협도청루십만가)

家家門巷七香車 (가가문항칠향거)

東風吹折相思柳 (동풍취절상사류)

細馬驕行踏落花 (세마교행답낙화)

청 루 곡

청루의 좁은 골목에는 색주가도 많아서

집집마다 문 앞에 칠향수레 머문다지만

봄바람만 몰고 와서 사모하는 마음 꺾어 버리고

꺾여진 꽃잎 밟으며 유유히 행차들 하시지요

색주가의 풍경이다.

大堤曲 (1)

淚墮羊公碑	(루타양공비)
草沒高陽池	(초몰고양지)
何人醉上馬	(하인취상마)
倒著白接䍦	(도저백접리)

대 제 곡 (1)

양공의 비문에 떨어진 눈물이

봄풀이 우거진 고양연못에 잠기는데

어떤 사람들은 취한채로 말을 타고

흰 두건마저 거꾸로 쓰고 다니지요

대제는 호북성 양양 남쪽의 유명한 유흥가이며 이곳 현산에 진나라의 양양 태수인 양공의 비를 세웠는데 두예가 이 비문을 읽고 눈물을 흘려 연못을 메울 정도였다고 한다. 그런데 애주가인 산간이 이곳에 태수로 부임하여 호화롭게 놀았다는 대비를 통해 사회상을 암시한다.

大 堤 曲 (2)

朝醉襄陽酒	(조취양양주)
金鞭上大堤	(금편상대제)
兒童拍手笑	(아동박수소)
爭唱白銅鞮	(쟁창백동제)

대 제 곡 (2)

아침부터 양양술에 취하여

황금채찍 휘두르며 대제마을로 가는데

아이들은 웃으며 박수치고

서로들 백동제를 부르며 조롱하기도 하지요

西 陵 行 (1)

蘇小門前花正開	(소소문전화정개)
柳香和酒撲金杯	(류향화주박금배)
夜闌留得遊人醉	(야난유득유인취)
油壁車輕月裏回	(유벽거경월리회)

서 릉 행 (1)

소소의 집 문 앞에 꽃이 활짝 피어 반기니

버들향기 가득 담아 술잔을 비우고

밤이 늦어서야 취한 벗과 함께

달빛 속에서 홀연히 수레를 타고 돌아오신다오

西 陵 行 (2)

錢塘江上是儂家	(전당강상시농가)
五月初開菡萏花	(오월초개함담화)
半嚲烏雲睡新覺	(반타오운수신각)
倚欄閑唱浪陶沙	(의난한창낭도사)

서 릉 행 (2)

전당강 어귀에 살았던 나의 집은

오월이면 연꽃들이 봉우리를 맺기 시작하지요

검은 머리를 반쯤 드리운 채 졸다가 깨어나서

목란을 바라보며 낭도사를 부르곤 하였다오

遣 興 (3)

我有一端綺 (아유일단기)

拂拭光凌亂 (불식광릉난)

對織雙鳳凰 (대직쌍봉황)

文章何燦爛 (문장하찬란)

幾年篋中藏 (기년협중장)

今朝持贈郎 (금조지증랑)

不惜作君袴 (불석작군고)

莫作他人裳 (모작타인상)

견 흥 (3)

제게 있는 단정한 비단 한 필

정성껏 손질하였더니 참 곱기도 한 것을

봉황 한 쌍을 마주보게 수놓았더니

문양 또한 어찌나 찬란한 지요

몇 해를 장롱 속에 고이 간직하였다가

오늘 길 떠나는 당신께 드리오니

임께서 사용하는 데는 아끼지 마시옵고

행여 다른 여인에게 쉬이 전하지 마시어요

遣　興 (4)

精金凝寶氣	(정금응보기)
鏤作半月光	(루작반월광)
嫁時舅姑贈	(가시구고증)
繫在紅羅裳	(계재홍라상)
今日贈君行	(금일증군행)
願君爲雜佩	(원군위잡패)
不惜棄道上	(불석기도상)
莫結新人帶	(막결신인대)

견 흥 (4)

잘 다듬어진 황금 노리개

아로 새겨있는 반달무늬가 더욱 빛나는 것은

시집올 때 시부모님께서 주셨기에

이제껏 붉은 치마에 차고 있었던 까닭입니다

오늘 길 떠나는 임께 드리오니

바라건데 임께서 정표로 지녀 주시어요

혹여 길 위에 버리시더라도

다른 여인에게 쉬이 전하지 마옵소서

遣 興 (6)

仙人騎綵鳳	(선인기채봉)
夜下潮元宮	(야하조원궁)
絳幡拂海雲	(강번불해운)
霓衣鳴春風	(예의명춘풍)
邀我瑤池岑	(요아요지잠)
飮我流霞鐘	(음아유하종)
借我綠玉杖	(차아녹옥장)
登我芙蓉峰	(등아부용봉)

견 흥 (6)

신선께서 봉황을 타고

그날 밤 조원궁으로 내려오시는데

진홍 깃발이 펄럭이자 바다구름이 걷어지면서

무지개빛 고운 옷이 봄바람인 듯 나부꼈다

요지잠에서 나를 맞으며

유하주를 권하시더니

푸른 옥지팡이를 건네주시며

부용봉으로 오르라 하셨다

遣　興 (7)

有客自遠方　　(유객자원방)

遺我雙鯉魚　　(유아쌍리어)

剖之何所見　　(부지하소견)

中有尺素書　　(중유척소서)

上言長相思　　(상언장상사)

下問今何如　　(하문금하여)

讀書知君意　　(독서지군의)

零淚沾衣裾　　(령루첨의거)

견 흥 (7)

먼 곳에서 오신 손님이 나를 찾더니

잉어 한 쌍을 전해주기에

배를 갈라서 그 안을 살펴보니

하얀 비단에 쓴 편지가 놓여있었다

첫 문장에는 그립다 하시고

그 아래에는 어찌 지내냐고 하셨다

글월을 읽고 나니 임의 마음 헤아릴 수 있기에

하염없이 눈물이 옷깃을 적시었다

洞仙謠

紫簫聲裏彤雲散 (자소성리동운산)

簾外霜寒鸚鵡喚 (렴외상한앵무환)

夜闌孤燭照羅帷 (야란고촉조라유)

時見疎星度河漢 (시견소성도하한)

丁東銀漏響西風 (정동은루향서풍)

露滴梧枝語夕虫 (로적오지어석충)

鮫綃帕上三更淚 (교초파상삼갱루)

明日應留點點紅 (명일응유점점홍)

동 선 요

자줏빛 퉁소소리 사이로 구름이 흩어지고

찬 서리 내리는 주렴 밖에서 앵무새 소리 들려오니

홀로 어둠을 사르며 휘장에 드리우는 등촉처럼

은하수 강가의 성근별을 바라본다

가을 바람결에 스치운 물시계소리는

풀벌레와 이야기를 나누듯 벽오동 가지 끝에서 떨어지고

밤을 지새우며 손수건에 흘린 내 눈물들은

아침이면 점점이 붉은 자욱으로 남아 있으리니

竹枝詞 (1)

空舲灘口雨初晴　　(공령탄구우초청)

巫峽蒼蒼烟靄平　　(무협창창연애평)

長恨郎心似潮水　　(장한랑심사조수)

早時纔退暮時生　　(조시재퇴모시생)

죽 지 사 (1)

공령 여울목 어귀에 내리던 비가 개이니

맑기만 하던 무산의 골짜기에 안개가 자욱히 끼고 있네

임 그리는 마음이 기나긴 한에 젖어 있기에 밀물처럼

아침에 잠시 물러갔다가 저녁이면 되돌아오길 바라건만

죽지사의 죽竹은 일차 뜻풀이로 대나무이다. 그러나 죽지사의 연작시를 잘 살펴보면 가족사인 듯하다. 먼저 죽竹은 형제들의 이름에 속한 변자이다. 허許筬, 봉篈, 균筠은 모두 대나무이다. 또한 지枝는 한 나무에서 나온 가지이니 형제들이다. 그러므로 사詞는 보고픈 가족에 대한 간절한 바램이다.

竹 枝 詞 (2)

瀼東瀼西春水長　　(양동양서춘수장)

郎舟去歲向瞿塘　　(랑주거세향구당)

巴江峽裏猿啼苦　　(파강협리원제고)

不到三聲已斷腸　　(불도삼성이단장)

죽 지 사 (2)

양동과 양서에는 봄기운이 넘치는데

임을 실은 배는 지난해에 구당으로 떠났으니

파수강 골짜기에서 들려오는 구슬픈 잔나비 울음소리가

세마디도 듣기 전에 이토록 애를 끊는구나

아버지이거나 작은 오라버니이거나 (좌천되거나 귀양을 간) 그들의 모습을 애타하는 마음이다.

竹枝詞 (3)

家住江陵積石磯　　(가주강릉적석기)

門前流水浣羅衣　　(문전류수완라의)

朝來閑繫木蘭棹　　(조래한계목란도)

貪看鴛鴦相伴飛　　(탐간원앙상반비)

죽 지 사 (3)

집은 강릉 땅 돌 쌓인 갯가에 있어서

문 앞의 강물에 비단 옷을 빨기도 하고

아침이면 한가로이 목란배 노 저으며

짝지어 날아가는 원앙새를 부럽게 바라보기도 하였어라

註解 원앙이 어찌 부부 금실 만이랴. 고향인 강릉은 어머니의 품과도 같은 곳이기에 형제이거나 부모이거나 자식이거나 오래도록 함께 행복을 나누었으면 하는 기도의 마음인 듯하다.

竹枝詞 (4)

永安宮外是層灘　　(영안궁외시층탄)

灘上舟行多少難　　(탄상주행다소난)

潮信有期應自至　　(조신유기응자지)

郎舟一去幾時還　　(랑주일거기시환)

죽 지 사 (4)

영안궁 밖의 강물은 겹겹으로 여울지는데

여울진 물 위로 배가 지나야하니 근심이련만

밀물이야 기약이 있어 되돌아오지만

한번 가버린 임의 배는 언제나 돌아오려는지

기다림이다. 시류에 휘말려 떠난 가족을 기다리고 있다.

鞦 韆 詞 (1)

隣家女伴競鞦韆　(린가녀반경추천)

結帶蟠巾學半仙　(결대반건학반선)

風送綵繩天上去　(풍송채승천상거)

佩聲時落綠楊烟　(패성시락록양연)

추 천 사 (1)

이웃집 여인들이 서로 나뉘어져 그네뛰기를 하는데

머리에는 수건을 쓰고 치마에는 띠를 묶어 신선인양

바람도 그네에 실어 하늘로 오를 때면

노리개 부딪히는 소리가 푸른 버드나무 사이로 퍼지는구나

鞦 韆 詞 (2)

蹴罷鞦韆整綉鞋　　(축파추천정수혜)

下來無語立瑤階　　(하래무어립요계)

蟬衫細濕輕輕汗　　(선삼세습경경한)

忘却教人拾墜釵　　(망각교인습추채)

추 천 사 (2)

서서히 그네차기를 멈추어서 꽃신을 신고

숨을 고르며 섬돌에 내려서니

얇은 속적삼 사이로 촉촉이 땀방울이 흘러내려

떨어진 비녀를 주워달라는 말도 잊고 있었네

步虛詞 (1)

乘鸞夜下蓬萊島 (승난야하봉래도)

閑輾麟車踏瑤草 (한전린거답요초)

海風吹折碧桃花 (해풍취절벽도화)

玉盤滿摘安期棗 (옥반만적안기조)

보 허 사 (1)

한밤중에 난새를 타고 봉래섬에 내려와

잠시 기린수레로 아름다운 풀밭을 거니는데

바닷바람이 불어와 벽도화를 꺽으니

소반에는 안기의 대추가 가득 담겨진다

步 虛 詞 (2)

九霞裙幅六銖衣	(구하군폭육수의)
鶴背冷風紫府歸	(학배냉풍자부귀)
瑤海月明星漢落	(요해월명성한락)
玉簫聲裏霱雲飛	(옥소성리율운비)

보 허 사 (2)

아홉 폭 노을치마에 얇은 육수의를 입었으나

돌아오지 않는 학을 기다리니 바람은 차갑기만 하고

달 밝은 하늘을 가로질러 바다로 떨어지는 유성처럼

삼색구름 속으로 옥퉁소 소리 곱게 퍼지는구나

皇帝有事天壇

羽盖徘徊駐碧壇　　(우개배회주벽단)

璧堦淸夜語和鑾　　(벽개청야어화란)

長生錦誥丁寧設　　(장생금고정령설)

延壽靈方仔細看　　(연수령방자세간)

曉露濕花河影斷　　(효로습화하영단)

天風吹月鶴聲寒　　(천풍취월학성한)

齊香燒罷敲鳴磬　　(제향소파고명경)

玉樹千重遶曲欄　　(옥수천중요곡난)

황제유사천단

옥황께서 깃을 내리고 천단 주위를 잠시 배회 하다가

계단을 오르시니 수레의 방울소리가 밤하늘에
맑게 울려 퍼졌다

불로장생 금고경을 편안히 설법하시고

장수하는 신령한 방술도 자세히 보여주셨다

어느덧 꽃이 새벽이슬을 머금듯 은하수도 보이지 않으니

월학소리와 함께 하늘에서 스산한 바람이 일며

경쇠가 울리자 재계를 하며 피워 올렸던 향의 연기가

아주 서서히 계수나무를 굽이돌고 있었다

난설헌 허초희 시선

제2집

遊仙詞 신선의 마음으로 이 세상을 잠시 다녀가며

유선사遊仙詞란 무엇이며 작가는 유선사를 통해 무엇을 보려 하였으며, 나타내려 하였을까라는 의구심으로 한 발 한 발 문자의 바다에 들어가기 시작했다.

그러면서 도저히 해독 불가능한 암초에 부딪힐 때마다 선계仙界라는 또 다른 섬에 대한 연민의 갈증을 느끼게 되었다. 그건 지식이 닿을 수 없는 한계라는 선線이었는데 그 선의 경계를 넘을 수 있는 건 결국 마음의 움직임이라는 것을 깨닫게 되었다.

그 마음 움직임이 곧 길임을 인식하며 신화와 철학과 문학 그리고 인간과의 상관관계 측면에서 접근하였다. 그렇다면 신화神話란 무엇일까. 신화 발생의 주체가 되는 고대인들의 사상관념은 무엇을 통해서 인류와 개인의 생활을 더욱 더 사랑하게 되는데 근본을 두었을 것인가.

신화 속에서의 신은 자연발생적이다. 자연발생적인 신은 선과 악을 주관한다.

그렇다면 이러한 신은 모든 것을 아우르는 구조성을 갖고 있을 것이다. 그러면 자연과 인간을 관장하는 신은 하늘에 주재할 것인데 이 하늘과 땅을 중개하는 중간자는 무엇인가.

이 중심 공간이 곧 인간세계라는 것인데 현재까지도 인간 의식 속에는 하늘의 뜻을 전하는 매개자가 하늘의 아들로 나타난다. 즉 인간인 여성의 몸에서 태어난 신의 아들로 서양의 예수가 있으며 종교적 의미에서 동양의 석가가 있다.

그렇다면 동양의 정신사상으로 인도의 불교를 먼저 들고 다음으로 중국의 유교사상이라면 우리 고유 토착사상의 원류는 어디에 두어야 할 것인가.

우리민족은 중국의 문화나 종교 또는 학문 등을 일방적으로 수용하여 후세에게 전하지는 않았을 것이다.

그들의 문화를 토대로 하여 발전시켰을 것이나 우리는 우리민족고유의 사상이 살아있는 우리만의 것을 발견해야 할 것이다. 그러면 우리 신화의 주체는 무엇인가. 단군이다. 단군의 탄생설화가 엮어지는 곳은 백두산이다. 하여 유선사遊仙詞의 선仙을 풀이하면 산에 사람이 있어 신선 선仙이니 자연에 마음의 근원을 두었다고 볼 수 있을 것이다. 하면 난설헌은 조선인임에도 불구하고 왜 중국의 선인들을 인용하였을까. 각각의 선인들을 굳이 도입하여야 하는 필요성은 무엇이었을까.

그 각각의 선인들은 유선사 87수 전편에서 지속적으로 상호 연결이 되어 있는 것일까.

그것이 아니라 스타카토연결이라면 어떤 의미가 담겨있을까.

하여 다시 제1수를 들어가 보았다. 상계上界로 돌아감은 하늘 즉 절대권능자의 세계로 들어감을 의미하는데 여기에 목왕과 유랑이 등장한다.

중국신화에 나오는 여신으로 서왕모가 있는데 목왕과 유랑이 이를 추종하였다고 한다. 왜 서왕모를 빌렸을까. 여신이며 여성성은 모태이다.

하여 난설헌은 사상 이전에 모성에 접근하였다고 본다. 그러면 왜 중국 여신인가. 그것은 당시의 현실이 사회적 시대적 역사적 암흑기였기 때문일 것이다. 사람이 사람을, 생각이 생각을 표현할 수 없는 현실이었을 것이다.

제2수에서는 중계中界의 다스림으로 적송자를 통해 생명의 잉태를 암시하였다. 이는 자연의 원리를 바탕에 둔 아우름으로 볼 수 있을 것이다.

제3수는 생명탄생으로 금호金虎를 은유하였는데 이 금은 오행의 하나로 계절은 가을이며 방위는 서쪽이니 여성을 나타낸다. 즉 난설헌의 탄생을 연상해 보았다.

제4수에서도 역시 생명탄생인데 소모군을 빌렸다. 소모군은 동생들과 함께 신선이 되어 이를 삼모군이라 부른다고 한다. 이는 난설헌의 삼남매(봉 초희 균) 또는 (환인 환웅 단군)의 고조선 신화에 대입해 볼 수도 있을 것이다. 왜냐하면 바로 뒤의 제5수에서 천단에서 제를 지내는 학창의를 입은 우리민족이 나오기 때문이다.

또한 백호白虎를 도입하였다. 백호는 금성金星을 뜻하며 폐와 대장을 관장하는 의미라 하며 이 금金은 유교적 의미에서는 의義라고 한다. 의는 사람과 사람의 관계이다.

이것을 상호 연결하여 보면 한 나무에서 뻗어 나온 가지와도 같다. 즉 금호와 백호는 한 남매들이다.

우리 민족의 의식구조 안에는 조상－산－산신－호랑이 사이에 고리가 있게 되는데 이는 산을 중심으로 형성된다.

곧 우리의 산신제가 그것이라 할 수 있겠다. 그렇다면 난설헌이 말하고자하는－나는 누구인가－라는 답이 가늠이 된다. 단군의 후손임을 이야기하고자 하였다고 보아진다.

유선사 87수 전편에 스며있는 하늘소리를 들을 수 있다면 충분히 우리의 정신문화를 실감할 수 있을 것이다.

그러면서 작품 전체에 깃들어 있는 아우름의 우주적 철학관을 볼 수 있는 것이 삼신오제三神五帝(삼;天地人 오;木火金水土)의 은유적 표현이므로 자연의 원리를 바탕으로 한 우리민족 고유의 토착사상인 신선도神仙道를 기저에 둔 철학시라고 보아야 할 것이다.

또한 이 유선사를 잘 들여다보면 난설헌의 자국애가 녹아있다. 유선사 전편에 학의 은유가 자주 사용되며 또 한 겹 들어가면 한 인간으로의 삶에 대한 사랑이 그대로 스며있기 때문이다.

하여 5수에서는 하계下界 즉 땅에서의 존립을 뜻하고 있다고 볼 것이며 이상 5수까지를 보면 나는 어디서 왔으며 누구인지에 대한 자문을 들을 수 있을 것이다.

그리고 제 5장에서는 가을을 주로 표현하였는데 가을은 열매 추수 수확의 계절이며 귀의의 시간이다. 돌아감, 맺은 열매를 거두어들인 후 가지의 물관은 뿌리로 돌아간다. 곧 본원으로의 회귀 같은 것이다.

그렇게 난설헌은 조용히 자신을 정리하며 스물일곱 천재적인 생을 마감하게 된다.

한 인간을 이해하는 방법에 있어 자아 형성된 원리 즉 한 인간의 개체성에 주어진 외부적 요소들을 먼저파악 한다면 접근의 폭이 더 좁혀지리라 생각한다.

그러므로 선계라는 이 현실의 세계에 잠시 다녀가며 남겨진 그 흔적에서(유선사) 후대의 우리는 우리적인 것을 찾아야 하지 않을까.

난설헌은 유선사에서 고전에 대응하는 독창성의 실현을 보여주었다.

그것은 중국의 선인을 빌려서 독자적으로 재구성하여 재생산한 주체적인 탐구문학이라고 할 수 있다. 그것은 우리의 생각과 우리의 시각으로 우리 자신을 보는 것이었으며 또한 우리의 삶을 발전시키고 변화시키려는 문학적 철학의 한 획을 이루었다 할 것이다.

인간의 일상적 조건은 궁극의 존재가 아니며 인간 속에는 숨결 영靈, 영혼靈魂 또는 정신精神이라고 불리우는 보다 깊은 자아가 있다는 믿음이며 그 각각의 존재 속에는 어떠한 힘으로도 소멸시킬 수 없는 빛이 살고 있다. 그러기에 그 빛의 본성을 아는 자는 하늘을 안다고 한다.

유선사에 표현된 모든 사물들과는 구별 될지라도 분명 그들 속에 내재된 실재로서의 자아를 영속시키고 있음을 느낄 수 있었다. 따라서 그것의 상징적 힘은 작품을 통해 묘사하고자 하는 인물이나 사물의 내재적 정신본질을 표현하는 전신(傳神)에 두었다고 보며 사물의 어느 고유한 속성이 인간과 신화적 인물의 덕성 또는 특성과 유사한 면모를 지녔다면 그 사물을 예술 소재로 삼아 그의 연관관계를 비유 혹은 은유 혹은 이입이라는 문학기법을 사용하여 풀어냈다고 본다. 그러므로 작가 자신의 고유개성이나 지향의 유사성을 해석하고 채취해내므로 작품 구성의 동기를 형성하여 자신을 표현하려고 했던 부분을 인지한다면 작품에 베여있는 즉, 형상 너머에 있는 실제 본질의 진정한 의미에 좀 더 가까이 다가갈 수 있으리라 생각한다.

작가는 꿈과 현실을 동일성에 놓고 주어진 현실을 인정하여 수용하며 사랑하는 삶의 방식을 선택하였다는 것을 장편 대서사시 유선사라는 인식의 강을 통해 알 수 있었다.

인간은 진실의 신을 떠나서는 살 수 없다. 그 진실을 향하려는 매개체가 무엇이든. 여기 난설헌의 유선사 전역을 독자 스스로 몰입해 보라. 또 다른 세계가 보일 것이다.

그것은 독자 자신만이 그려갈 수 있는 독자의 세계이다. 문자와 문자 사이의 호흡 행과 행사이의 침묵 그러면서 전체 시와의 유기적인 맥락으로 읽어 주기 바란다.

이처럼 난설헌의 유선사는 일대일의 대응이 아니라 일대다 즉 자아적이고 문자적이며 정신적인 대응형식을 취했다는 점을 이해한다면 이 유선사는 비로소 독자 자신의 글로 되돌아 갈 것이다. 이 글을 역하게 된 본인은 참으로 보잘 것 없고 작은 사람이다.

그러한 사람에게 유선사라는 인식의 강은 커다란 진실의 물결로 다가왔고 지금 그 강을 따라 진실의 섬으로 가고 있다. 그 섬은 나의 완성일 것이기에. 한 작가가 만들어 낸 작품을 파악한다는 것은 쉽지 않다.

그러나 시대성 개인성 민족성의 상황들을 추체험한 작품을 통해 한 인간을 만나 볼 수 있다는 것이 나의 우리의 믿음이다.

본 작품 전편에서의 작가관점은 인간은 무엇이며 어디서부터 왔으며 어떻게 살아가야 하며 또한 어디로 가는 것인지에 대한 화두를 유선사라는 문자의 틀에 대입하여 집대성 하였다.

오늘을 사는 우리에게 이러한 시학문은 시대를 사상을 초월하여 제 시기와 사람에 따라 또 다른 해석을 가져다주리라 생각한다. 하여 본 유선사에는 작가의 생애가 농축되어 있다고 판단되었기에 그 흐름을 독자에게 더 가까이 전하고자 원본의 순서에는 어긋나지만 장별로 구분하여 보았다.

삭막한 문명의 변화 속에서 앞만 보며 살아가는 우리들에게 제시되는 물음 인간은 어디서 왔으며 무엇을 위한 삶을 살며 어디로 가는 것인가를 다시금 마음깊이 새기며 문학의 본질이 철학적인 깨달음에 있다면 그것을 이해하며 사랑할 수 있는 계기를 주신 조선시대 여류 대문호 난설헌 허초희 선생님께 차 한 잔 헌다하며 감사의 마음을 드린다.

아울러 복사꽃 향기 가득한 하늘길을 함께 토론하고 연구하고 이해하며 동행하여준 백훈 김용기님과 스승이신 조영수 선생님께도 지극한 고

마음을 전한다.

또한 유선사 전역에 걸친 해독 과정에서 인류의 또는 개인의 역사를 발견하였기에 한시의 율격을 넘어 서술형으로 하여 유·청소년들도 쉽게 접근할 수 있도록 한 점을 양해 바라며 할머니 무릎에서 옛날이야기 듣던 향수를 그리워하며 들려줄 수 있으리라 믿는다.

달빛 푸른 경포에서 난새를 타고 노니는
아름다운 선녀를 만난

이천칠년의 첫 보름날에 文茶仙 함종임

遊仙詞에 등장하는 대표적인 신화 인물

○ 목왕穆王 : 주나라의 임금으로 『태평광기太平廣記』에 의하면 신선을 좋아하여 여덟 마리의 말을 타고 신선을 찾아 나섰다가 요지에서 서왕모를 만났다고 한다. 목왕이 서방에서 서왕모를 만난 신화적 소재를 문학 작품화 한 목천자전穆天子傳은 신화적 재료를 운용하고 또 약간의 역사적 사실에 근거하여 붓 가는대로 써내려간 소설이다. 이 작품은 목왕이라는 주나라 임금이 세상구경을 하며 돌아다닌 것을 기록한 책인데 그 가장 주된 부분이 서왕모와의 관계에 있다. 그 기록은 한 위대한 여행가가 보고 온 광활한 세상을 펼쳐 보임으로서 독자들의 가슴을 확 트여준다. 어떤 의미에서 목천자전은 신화의 적극적인 낭만주의 정신을 아낌없이 보여주고 있다고 할 수 있다.

○ 서왕모西王母 : 산해경 이후의 목천자전에 나오는 서왕모는 주나라의 목왕과 시를 주고받는 인간세계의 왕으로 나타나며 이 시기에 서왕모의 배우신配偶神인 동왕공東王公이 등장 하는데 이때부터 서왕모의 색채도 아름다운 신선의 모습을 띠게 된다. 나이 삼십여 세에

얼굴이 너무나 아름다운 여선女仙의 모습으로 묘사되며 서왕모가 관장했던 불사약은 선도仙桃로 바뀌며 청조인 세 마리의 파랑새는 동쌍성, 왕자등이라는 천진난만한 시녀로 변하게 된다.

○ 유랑劉郎 : 한무제 때 신선을 몹시 좋아하던 유철劉徹을 말하며 신선들을 위해 칠석날 잔치를 베풀었는데 이 때 서왕모의 심부름꾼인 청조가 날아왔다고 한다.

○ 적송赤松 : 일명 적송자赤松子라고도 하며 고대 신농씨 때에 비를 관장하던 신으로 수옥水玉을 먹고 신선이 되었다고 한다. 가끔 곤륜산에 가서 서왕모의 석실에서 쉬고 풍우를 따라 산을 오르내렸으며 염제 신농씨의 막내공주와 함께 신선이 되어 자취를 감추었다고 한다.

제 1 장 天

계수나무 꽃잎에 맺힌 이슬이 붉게 난새의 깃을 적시우네

桂花烟露濕紅鸞 계화연노습홍난 (詩5)

'장자' 에서는 하늘 즉 자연이 된 사람을 진인眞人이라고 한다.
자유로운 존재이며 보여 지는 대상과 보는 주체가 분리되지 않는다는 말이다.
제1장에서는 천지간 만물의 생성본연으로 되어짐을 의미한다는 것을 알 수 있다.
하늘과 땅 사이에는 사람이 있다. 그 되어짐이라함은 사람의 정신 변화체계이다.
이것은 인간은 무엇이며 어디로부터 온 것인가에 대한 문제를 제시한 것이다.
땅을 바탕으로 하늘을 이해하려는 인간 본연의 정신적 삶의 원형이 마치 연못에
떨어지는 빗방울처럼 파장을 이룬다.

遊仙詞 (1)

千載瑤池別穆王　　(천재요지별목왕)

暫教青鳥訪劉郎　　(잠교청조방유랑)

平明上界笙簫返　　(평명상계생소반)

侍女皆騎白鳳凰　　(시녀개기백봉황)

유 선 사 (1)

천년을 이어온 아름다운 연못에서 목왕을 배웅하고

잠시 파랑새를 앞세워 유랑의 연회에도 참석하였다가

날이 밝아서야 하늘로 돌아가려고 풍악을 울리며

시녀들과 함께 흰 봉황새에 올랐다

상계上界란 하늘 즉 절대권능자의 조화로 돌아감을 뜻한다.
목왕과 유랑은 서왕모를 추종하였다. 서왕모는 여성으로 대변된다. 여성은 모태이다. 하여 난설헌은 사상을 떠나 모성에 접근하였다.
플라톤은 '파에도'에서 생명의 영원성에 대해 다음과 같이 말하였다.
"영혼이 자신으로 되돌아가면 다른 영역 속으로 들어간다. 그 영역은 순수하고 영원하며 불사이고 불변이다. 거기에서 스스로 동질감을 느끼며 자신의 조절 아래 머물면서 방황을 멈추고 휴식을 취한다. 또한 영혼은 그것이 다루는 대상과 하나가 된다." 모든 진실은 언제나 우리 영혼 속에 있다.

遊 仙 詞 (2)

瓊洞珠潭貯九龍　　(경동주담저구룡)

彩雲寒濕碧芙蓉　　(채운한습벽부용)

乘鸞使者西歸路　　(승난사자서귀로)

立在花前禮赤松　　(입재화전예적송)

유 선 사 (2)

골짜기에 들어서자 아홉 마리의 용이 산다는
깊은 못이 나왔다

계곡을 감도는 구름은 스산하게
부용봉을 적시고 있었다

난새를 타고 천국의 사자를 따라 서쪽으로 가는 길에

화단 앞에 서서 잠시 적송자께 예를 올렸다

비를 관장하는 신인 적송자에게 예를 올린다함은 생명을 말한다. 즉 탄생을 주관하니 다스림(中界)이다.

비는 하늘에서 산으로 계곡으로 강으로 흩어졌던 각각의 물줄기들이 하나의 바다를 이루었다가 다시 승화된다. 난설헌은 이러한 대자연의 순환의 이치가 생명이며 성장이고 환생이며 윤회라고 보는 것이다. 자연의 원리에 바탕을 둔 아우름이다. 이것은 화담에서 초당으로 초당에서 율곡과 난설헌에게로 흐르는 기氣의 영향과도 같은 것이 아닐까.

遊仙詞 (3)

露濕瑤空桂月明　　(노습요공계월명)

九天花落紫簫聲　　(구천화락자소성)

朝元使者騎金虎　　(조원사자기금호)

赤羽麾幢上玉淸　　(적우휘당상옥청)

유 선 사 (3)

이슬이 허공에 스며드니 나무 위에 뜬 달은 더욱 밝아

하늘에서 울리는 퉁소소리 꽃잎 날리는 듯 하여라

이른 아침 사자는 금 호랑이를 타고

붉은 깃 휘당을 나부끼며 옥청궁으로 향하는구나

하늘에서 울리는 퉁소소리는 생명탄생의 기쁨이다. 말구유의 아기예수이든 황실의 석가이든 생명의 참 이치는 진실추구이다. 또한 금호金虎의 금金은 오행의 하나로 계절은 가을이며 방위는 서쪽이니 여성이다. 하여 난설헌은 선계를 통하여 "흐름" 곧 "法 "의 이치인 天地人을 말하고자 하였다. 삼신오제三神五帝(삼; 天地人 오; 木火金水土)를 은유하므로 자연의 원리를 바탕으로 한 우리민족 고유의 토착사상인 신선도를 기저에 둔 철학시로 볼 수 있다.

遊仙詞 (4)

瑞風吹破翠霞裙	(서풍취파취하군)
手把鸞簫倚五雲	(수파난소의오운)
花外玉童鞭白虎	(화외옥동편백호)
碧城邀取小茅君	(벽성요취소모군)

유 선 사 (4)

신비로운 바람이 불어와 푸른 옷자락 날리며

난새가 새겨진 퉁소를 들고 오색구름에 기대어서니

꽃구름 밖에 옥동자는 백호를 채찍하며

신선이 계신 성문에서 소모군을 맞이하고 있었다

백호白虎는 금성金星을 뜻하며 폐와 대장을 관장하는 의미라 하며 이 금金은 유교적 의미에서는 의義라고 한다. 의는 사람과 사람의 관계이다. 이것을 상호 연결하여보면 한 나무에서 뻗어 나온 가지와도 같다. 즉 금호와 백호는 한 남매들이다.

소모군은 두 동생(고.충)과 함께 신선이 되었다하여 이를 삼모군이라 부르는데 이것은 난설헌의 삼남매(봉 · 초희 · 균)의 탄생과 환생을 또는 삼신(한인 한웅 단군)을 예시적으로 표현한 듯하다.

遊仙詞 (5)

焚香遙夜禮天壇 (분향요야예천단)

羽駕翻風鶴氅寒 (우가번풍학창한)

淸磬響沉星月冷 (청경향침성월냉)

桂花烟露濕紅鸞 (계화연노습홍난)

유 선 사 (5)

밤 새워 향불 피우며 천단에서 예를 올리니

알싸한 바람이 옷깃을 펄럭여 학창의는 차가웁고

풍경소리 낮고 맑게 울려 퍼지니 달과 별은 더욱 서늘하여

계수나무 꽃잎에 맺힌 이슬이 붉게 난새의 깃을 적시우네

우리 민족의 고조선 건국시조인 단군왕검의 시대에 단군은 참성단에 단을 쌓고 하늘에 제를 올리며 복본複本 즉 인간 스스로를 하늘 사람이라고 믿었다. 하여 난설헌은 학창의를 의미 있게 입을 줄 아는 조선백성임을 굳은 의지로써 천단에 예를 갖추고 기원하는 마음으로 주어진 생의 길을 걷게 된다. 이는 하계下界 즉 땅에서의 존립을 말하려한다.

遊仙詞 (6)

宴罷西壇星斗稀　　(연파서단성두희)

赤龍南去鶴東飛　　(적룡남거학동비)

丹房玉女春眠重　　(단방옥녀춘면중)

斜倚紅闌曉未歸　　(사의홍난효미귀)

유 선 사 (6)

서쪽 천단에서 잔치가 끝나니 하늘에 북두칠성도
어느새 희미하여

적룡은 남쪽으로 학은 동쪽으로 날아갔다

단약을 달이던 약방의 시녀는 단잠에 겨운 듯

난간에 기댄 채 새벽이 되어도 돌아갈 줄 모르고
졸고 있었다

천단에서 제가 끝난 뒤 별빛이 희미해지면서 '적룡은 남쪽으로 학은 동쪽으로'에서 느낄 수 있는 것은 단군 이래로 태평성대를 유지하며 학창의를 즐겨 입던 우리민족은 세월과 더불어 대내외적으로 또는 관념론적 사고로부터 분파의 고통을 겪으며 살아감을 시사하며 이는 곧 사회와 제도의 굴레를 말하려 한다.

遊仙詞 (10)

烟銷瑤空鶴未歸　(연소요공학미귀)

桂花陰裏閉珠扉　(계화음이폐주비)

溪頭盡日神靈雨　(계두진일신영우)

滿地香雲濕不飛　(만지향운습불비)

유 선 사 (10)

하늘에는 안개도 걷혔건만
학은 아직 돌아올 줄 모르고

계수나무 꽃그늘 속에 사립문은 고요히 닫혀 있구나

작은 시냇가에는 종일토록 신령스런 비가 내리니

땅 위에 가득 어려 있는 구름에 젖어
날지 못하는가 보다

당시의 가정적이거나 사회적인 현상을 직시한 문체이며 또한 시대적으로 진정한 학鶴의 성품을 요한다는 묵언이기도 하다.

遊仙詞 (9)

瓊樹玲瓏壓瑞烟	(경수영롱압서연)
玉鞭龍駕去朝天	(옥편용가거조천)
紅雲塞路無人到	(홍운색로무인도)
短尾靈尨藉草眠	(단미영방자초면)

유 선 사 (9)

환희 빛나는 성스러운 계수나무에
신비한 안개가 드리워졌다

채찍을 내리치며 용수레를 타고 하늘로 조회 가는데

붉은 구름이 자욱하게 깔리고
길에는 다니는 사람 없으니

꼬리 짧은 삽살개만 풀밭에서 졸고 있다

길은 사람의 확인이다. 즉 움직여 행行 할 수 있는 길이니 이는 사회적 실천이다. 그것이 영적이든 육적이든. 영육간의 그 길을 다닐 수 없다면 두려운 길이리라. 이 시에서는 사회적인 음습한 분위기가 느껴진다.

遊仙詞 (11)

青苑紅堂鎖泬漻　　(청원홍당쇄혈료)

鶴眠丹竈夜迢迢　　(학면단조야초초)

仙翁曉起喚明月　　(선옹효기환명월)

微隔海霞聞洞簫　　(미격해하문동소)

유 선 사 (11)

길바닥에 괸 물이 치솟아
　　푸른 동산에 붉은 집의 문을 굳게 걸어 잠그려 하니

화로 앞에서 졸며 지새우는 학의 밤은 길기만 한 것을

이른 새벽에 일어난 늙은 신선께서 명월을 부르시니

바다 노을 아득한 곳에서도 퉁소소리 들리는구려

길바닥에 고인 물이라 함은 의식의 흐름이 닫혀있음을 뜻한다. 푸른 동산은 의식의 열림이며 붉은 집은 혈기왕성한 몸인데 그러한 정신과 몸이 묶여있다. 화엄경에서는 산은 산이고 물은 물이라 한다. 또 금강경에선 산은 산이 아니요 물은 물이 아니라 한다. 그러나 왼쪽 눈으로 본 것과 오른쪽 눈으로 본 것을 각각 말했을 뿐 그게 다 같은 세상임을 깨닫게 된다.

遊仙詞 (79)

鰲峀雲低日欲斜　　(오수운저일욕사)

水宮簾箔捲秋波　　(수궁염박권추파)

楓香月鶴經年夢　　(풍향월학경년몽)

腸斷閶門蕚綠華　　(장단창문악록화)

유 선 사 (79)

오수산에 구름이 낮게 드리우며 해가 기울기 시작했다

수정궁에 물결치던 가을도 발처럼 걷히고

단풍향기 속에서 월학과 꿈같은 세월을 보내노라니

궁궐 문 앞에서 악록화가 괴로워하고 있었다

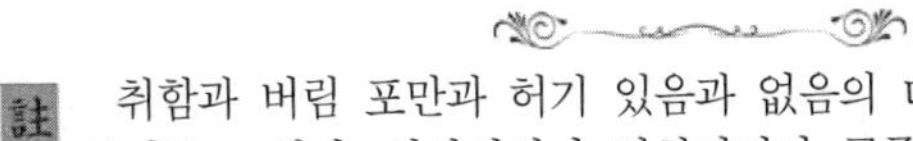

註解 취함과 버림 포만과 허기 있음과 없음의 대비를 문의 안과 밖을 대조하여 보여주고 있다. 역사이거나 정치이거나 군주이거나 백성이거나 자연적인 우주가 정신적인 우주이므로 진리는 하나인데 채워짐과 비워짐이라 즉 관계의 공空에 대한 안타까움이다.

遊 仙 詞 (12)

香寒月冷夜沉沉　　(향한월냉야침침)

笑別嬌妃脫玉篋　　(소별교비탈옥잠)

更把金鞭指歸路　　(갱파금편지귀로)

碧城西畔五雲深　　(벽성서반오운심)

유 선 사 (12)

서늘한 달빛에 찬 기운마저 감도는 밤은
더욱 깊어만 갔다

아름다운 왕비는 옥비녀를 빼면서
길 떠날 채비를 하고

다시금 채찍 잡으며 돌아갈 길 바라보니

서쪽의 푸른 성곽에는 오색구름이 자욱하였다

이 시에서 난설헌이 다시 세상과의 인연 속으로 들어가는 모습이 그려진다. 그대는 산으로 들어가던 날을 잊었는가. 그대는 다시 예전의 낡은 모습으로 돌아가고자 하는가. 왜 그대는 햇빛 찬란한 봉우리를 떠나 아래로 내려가려 하는가. 계곡에는 어둠뿐이라는 것을 그대는 알고 있다. 도대체 그대가 내려가는 목적은 무엇인가. 자라투스트라가 대답했다. “나는 인간을 사랑한다.”

제 2 장 道

오래된 이끼를 그대로 두었더니 신발에 물이 들었다
彤軒碧瓦飾瑤墀 동헌벽와식요지 不遣靑苔染履綦 부견청태염이기 (詩54)

제2장에서는 인식의 강. 그 흐름을 이해할 수 있다.
인식이 지력을 통해 사물을 뛰어넘어 그것을 묘사할 수 있는 것이라면 이것은 현상의 경험 즉 봄으로 느끼고 이상의 경험 즉 느낌으로 보는 것이다.
그러므로 현상과 이상의 조화 곧 두루 관통觀通하므로 常生상생 한다는 불변의 이치인 앎의 도道를 말하고자 함이 아닌가한다.

遊仙詞 (34)

海畔紅桑幾度開 (해반홍상기도개)

羽衣零落暫歸來 (우의영락잠귀래)

東窓玉樹三枝長 (동창옥수삼지장)

知是眞皇別後栽 (지시진황별후재)

유 선 사 (34)

동해 바닷가에 붉은 뽕나무는 몇번이나 피었을까

조용히 내리는 비처럼 깃털 옷이 닳았기에
잠시 돌아와 보니

동쪽 창가에 있던 나무가 세 줄기나 자라 있었다

그 나무는 진황과 이별한 후에 심은 나무였다

동쪽은 해가 뜨는 곳이다. 미명의 시대에 동쪽 창가에 심어놓은 나무 세 줄기(허봉 허초희 허균)가 자라있다.

그것은 진황(스승 이달)이 심어놓은 나무이다. 어느 정도의 세월이 흘러서 제 모습을 갖추고 있는 나무를 볼 수 있는가에 대한 미래 예시적 의지의 글인 듯싶다.

遊 仙 詞 (38)

天花一朶錦屛西　　(천화일타금병서)

路入藍橋匹馬嘶　　(로입남교필마시)

珎重玉工留玉杵　　(진중옥공류옥저)

桂香烟月合刀圭　　(계향연월합도규)

유 선 사 (38)

비단병풍을 펼쳐보니 서쪽으로는 하늘꽃
한 송이 늘어져 있고

남교로 가는 길가에는 한필의 말이 울고 있기에

옥공이 절구공이에 옥구슬을 놓고 소중히 다루듯이

달빛 아래에서 환희 피어오르는 계수나무
꽃향기를 그려 넣었다

예술과 철학은 불가분의 관계다. 그 두 분야는 각기 저마다의 고유한 풍토를 갖고 있으면서도 서로 맞물리지 않으면 창작을 할 수 없기 때문이다. 감성과 이성의 창조적인 건축물(정치 경제 사회 문화 예술…). 그러므로 난설헌은 비단병풍에 그려진 그림들을 우리의 삶으로 보고 이러한 상생의 융합적인 고뇌에 의해 사람의 삶도 가치있는 것으로 가꾸어 가기를 기도하였다.

遊仙詞 (29)

宓妃閑製赤霜袍 (복비한제적상포)

素手頻回玉剪刀 (소수빈회옥전도)

眉銷睡痕花影午 (미쇄수흔화영오)

紫皇令賜碧葡萄 (자황영사벽포도)

유 선 사 (29)

한가로운 날 복비께서 붉은색 겨울도포를 마름질하여

생명주 같은 흰 손으로 부지런히 가위질 하시는데

꽃 그림자가 한 낮이라 눈썹도 졸음에 겨워 감겨드니

옥황상제께서 푸른 포도송이를 하사 하셨다

겨울도포의 마름질이라 함은 사물이나 현상의 그 목적이나 가치성에 대한 이해와 판단이며 가위질은 실천과 책임이다. 따라서 그러한 결과물이 곧 신의 선물이다. 난설헌은 신에게서 받은 포도의 양에 따른 인간의 이기 그 효용의 적절성을 파고든 것 같다. 무릇 무엇이든 적당하면 유익하나 과하면 취하여 혼란에 빠진다는 묵언이 아닐지.

遊 仙 詞 (41)

群仙相引陟芝田　　(군선상인척지전)

暫向珠潭學採蓮　　(잠향주담학채련)

斜日照花瓊戶閉　　(사일조화경호폐)

碧烟深鎖大羅天　　(벽연심쇄대라천)

유 선 사 (41)

신선과 함께 지초밭을 오르다가

잠시 연못에 들러 연밥 따는 것을 배웠다

연꽃에 비추던 햇살이 조금 비껴갈 무렵 꽃잎이 닫히더니

푸른 안개가 자욱히 대라천을 감돌았다

연꽃을 통하여 본 인식의 연못.
연꽃을 비추던 햇살로 인한 인식의 열림과 닫힘 그리고 하늘을 감도는 푸른 안개인 깨달음의 신비로움. 인간의 정신적인 진화이다. 마치 영혼의 순례를 경험하듯.

遊 仙 詞 (42)

玲瓏花影覆瑤碁　　(영롱화영복요기)

日午松陰落子遲　　(일오송음락자지)

溪畔白龍新賭得　　(계반백룡신도득)

夕陽騎出向天池　　(석양기출향천지)

유 선 사 (42)

맑고 밝은 꽃그림자만이 바둑판을 가리워도

한낮의 소나무 그늘이 드리워지길 기다리며 천천히 두었다

바둑내기로 이겨서 시냇가에 있는 백룡을 얻어

해질 무렵 등에 타고 하늘연못으로 향하였다

바둑은 요임금이 아들 단주의 지혜를 개발하기 위해 사용하였던 것으로 이 바둑판의 구조는 주역의 이치와 상통한다. 바둑판의 세계가 곧 삼라만상이라. 그러므로 난설헌은 인간의 동경에 따라 하나의 현실세계를 창조하는 것 즉 인간의 세계를 바둑판에 한정하여 여러 가지 이치로 갇혀있는 상황들을 유추하므로 승패가 없는 상생의 원리를 말하고 있다.

遊 仙 詞 (44)

騎鯨學士禮瑤京　　(기경학사례요경)

王母相留宴碧城　　(왕모상류연벽성)

手展彩毫書玉字　　(수전채호서옥자)

醉顔猶似進清平　　(취안유사진청평)

유 선 사 (44)

고래를 타고 하늘로 올라가 신선이 된 이백이
요경에서 예를 올리니

서왕모께서 친히 어울리며 벽성에서 잔치를 베푸셨다

이백이 비단을 펼치며 글을 지으니

얼굴은 취기가 있었으나 역시 청평사를 바칠 때와
다름없이 훌륭한 문장가였다

알베르 카뮈는 시지프스의 신화에서 이렇게 논파한다.
—현실세계에 대한 의식이 가장 날카로워지는 허구의 세계에서 판단하고자 하는 욕망에 희생됨이 없이 부조리에 계속 충실 할 수 있을까—여기서 말하는 이백은 현실에 대한 비판의식이 강했던 그 시대의 선비들을 은유한 것 같다.

遊 仙 詞 (45)

皇帝初修白玉樓　　(황제초수백옥루)

璧階璇柱五雲浮　　(벽계선주오운부)

閑呼長吉書天篆　　(한호장길서천전)

挂在瓊楣最上頭　　(괘재경미최상두)

유 선 사 (45)

옥황상제께서 처음 백옥루를 다스릴 때

둥근 옥으로 만들어진 계단으로 오르자
북두칠성 두 번째 별의 기둥주위로 오색구름이 감도니

인자로이 장길을 불러 전서를 쓰게 하여

하늘 문 한 가운데에 우뚝 걸어 놓으셨다

낙락장송이거나 대궐의 기둥이거나 대들보이거나 지팡이거나 모든 것은 작은 씨앗에서 시작되어 자연의 섭리에 의해 성장되면 장인의 쓰임에 따라 선택되거나 버려지게도 됨이니, 천지인 즉 하늘과 땅 그 한 가운데 으뜸은 사람의 되어짐이라.

따라서 건축물에는 훌륭한 자재와 장인이 필요하듯 그 건축물에 아름다움을 찬미할 수 있는 문사도 필요함이니 이는 적재적소에 따른 제 만큼의 몫과 쓰임을 말하는 것은 아닌지.

遊仙詞 (46)

芙蓉城闕錦雲香 (부용성궐금운향)

別詔曼卿主畵堂 (별조만경주화당)

朝日駕龍千騎女 (조일가룡천기녀)

白蘭叢裏合笙簧 (백난총이합생황)

유 선 사 (46)

부용성 궁궐에 감도는 구름이 비단처럼 아름다운 날

옥황상제께서 화실주인인 만경신선에게 말씀하시기를

해 뜨는 아침에 선녀가 천마리의 용이 끄는 수레를 타고

하얀 난초 꽃더미 속에서 생황을 부는
모습을 그리라 하셨다

朝日駕龍千騎女 白蘭叢裏 合 笙簧
合. 이것은 어울림과 조화의 미학이다. 어울림은 물의 용해이고 흐름이며 조화는 추구이다. 물은 산과 계곡을 흐르면서 발견하고 통찰한다. 발견과 통찰은 성장이다. 이것은 또한 정신의 모험이며 행복이다. 그러므로 유선사 45. 46. 47에서 상생의 원리로 조화의 아름다움을 발견하게 된다.

遊仙詞 (47)

別詔眞人蔡小霞　　(별조진인채소하)

八花磚上合丹砂　　(팔화전상합단사)

金爐壁炭成圓汞　　(금로벽탄성원홍)

白玉盤盛向帝家　　(백옥반성향제가)

유 선 사 (47)

채소하에게 조서가 내려졌다

벽돌위에 여덟 송이의 꽃과 단사를 섞어서

숯불 담긴 금화로에 올려놓으니 수은이 되었다

그것을 채소하가 백옥반에 담아서 대궐로 향하고 있다

벽돌은 이미 정형된 지식의 틀이며 꽃과 단사는 심미적 감성의 향기에 재료 즉 앎이 존재할 수 있는 지적능력의 합을 은유하는데 이것은 앎의 성장을 말한다. 고정된 사고(벽돌)의 이기 아래는 뜨거운 생명실존(화로)이 있다. 그 위에는 상생의 아름다움(꽃과 단사)이 있다. 이렇게 생명과 지식과 앎은 수은이 되었다. 이 수은은 쓰임에 따라 약과 독이 되기도 한다. 따라서 난설헌은 시대적 반영과도 같은 이 시에서 균형적인 발전과 상생과 헤겔의 변증법의 원리(正－反－合)를 말하고 있다.

遊 仙 詞 (48)

玉女羣中價最高　　(옥녀군중가최고)

十隨王母喫仙桃　　(십수왕모끽선도)

閑持玉管白於手　　(한지옥관백어수)

道是月宮霜兎毫　　(도시월궁상토호)

유 선 사 (48)

옥청궁의 선녀들 가운데 가장 으뜸인 일은

열흘 동안 서왕모를 모시고 선도복숭아도 먹으면서

손보다 더 하얀 붓을 우아하게 들고서

월궁의 하얀 토끼털이라고 자랑하는 것이란다

그릇. 그릇과도 같은 것이 사념이고 삶이다. 그러나 그릇에 담기는 내용물에 따라 그릇의 가치는 다른 것이듯. 이 시에서는 인간의 속성적인 현상을 간파하여 자기정체성에 관해 던져지는 질문이다. 실리추구의 비유를 제시함으로 논어의 미자편에 나오는 신중청 폐중권身中淸 廢中權을 미루어 짐작하게 한다.

遊仙詞 (54)

彤軒碧瓦飾瑤墀 (동헌벽와식요지)

不遣青苔染履綦 (부견청태염이기)

朝罷列仙爭拜賀 (조파열선쟁배하)

內家新領八霞司 (내가신령팔하사)

유 선 사 (54)

푸른기와에 난간은 붉게 칠하고 뜨락은 옥구슬로 꾸몄지만

오래된 이끼를 그대로 두었더니 신발에 물이 들었다

조회가 끝나자 신선들이 하례를 올리고 물러나

대궐 안에서 새로 정비한 팔하사를 다스리고 있다

彤軒碧瓦飾瑤墀　不遣青苔染履綦. 청소를 하고 집을 새로이 단장을 하였지만 바뀌지지 않는 사용자들의 정신적 이끼. 즉 사고의 전환이며 지성과 감성. 이론과 실제. 영리함과 지혜로움. 인공과 자연. 법전과 사람의 대비를 통한 그 시대의 역사적 문체이다. 노을에 대한 명상이 책에서만 이루어진다면 얼마나 삭막할 것인가. 문을 열고 하늘을 보며 대자연의 경이로움으로 세상을 보라는 침묵의 언어이다.

遊 仙 詞 (55)

海上寒風吹玉枝　　(해상한풍취옥지)

日斜玄圃看花時　　(일사현포간화시)

紅龍錦襜黃金勒　　(홍룡금첨황금륵)

不是元君不得騎　　(불시원군부득기)

유 선 사 (55)

차가운 바닷바람이 나뭇가지를 스치는

현포의 저녁 햇살 속에서 꽃구경을 하였다

황금 굴레와 비단 휘장을 두른 붉은 용

이것은 원군이 아니면 결코 탈 수 없으리라

오쇼는 이렇게 말한다.
갈증을 해소하기 위한 물을 찾기 위하여 학자는 도서관으로 신비주의자는 우물로 간다고. 굴레와 고삐 그리고 휘장은 다스림의 도구이다. 시대의 진정한 원군은 이 도구를 어떻게 다스릴 것인지를 되짚어 보게 하는 부분이다.

遊仙詞 (59)

瓊海茫茫月露溥　　(경해망망월로부)

十千宮女駕青鸞　　(십천궁녀가청난)

平明去赴瑤池宴　　(평명거부요지연)

一曲笙歌碧落寒　　(일곡생가벽락한)

유 선 사 (59)

끝없이 펼쳐진 바다에 떠오른 달이
일렁이는 물빛에 이슬 맺히듯 퍼지니

마치 일만 궁녀가 푸른 난새를 타고 다니는 모습이라

날이 밝아 요지에서 열리는 잔치에 달려가니

한가락 생황소리가 푸른 하늘을 가르고 있다

달이 수많은 강에 비쳐져 그 모습을 나누건만 달은 하나이듯 진리는 천지자연에 고루 미친다 하였던가.
인간도 번뇌의 파도를 잠재우면 이 진리가 자신의 마음에 달빛이 비치 듯 선명하게 비침이니 인간은 곧 하나하나가 해인海印이 찍힌 화엄의 실체라. 하니 우주만물 생성변화의 이치를 담은 큰 그릇의 모습을 깨닫게 된다.

遊仙詞 (61)

綠章朝奏十重城　　(녹장조주십중성)

飮鹿嵩溪訪叔卿　　(음록숭계방숙경)

宴罷紫微人上鶴　　(연파자미인상학)

九天環佩月中聲　　(구천환패월중성)

유 선 사 (61)

열 겹으로 둘러싸인 십중성에서 조회 때 녹장을 아뢰고

숭산에 있는 시냇물에서 사슴에게
물을 먹이는 숙경을 찾았다

때마침 자미궁에서 연회가 끝난 신선들이
학을 타고 날아오르니

구천에서 청아하게 울리는 옥패물 소리가
달 속에서도 환히 들릴 것만 같다

삶의 학문을 연구하는 선비들이 사랑채에 모였다가 헤어지는 모습에 감화를 받는 모습이 아름답다.

제3장 德

여섯 폭 비단치마 오늘에 물들인 듯
六葉羅裙色曳烟 육엽나군색예연 (詩87)

본3장에서는 혼인생활을 모아 보았다. 하늘에는 계절이 있고 땅에는 자원이 있으며 인간에게는 스스로의 질서가 있다. 이것을 일러 三才를 이룬다고 한다. 결국 만남이란 덕의 공유성이어서 가슴에 붙어 있는 물꽃과 같다.
바람이 대금을 불며 물을 길러 올리는 저 강.
노을을 보면 거기 붉게 타는 강이 흐르고 강을 보면 노을이 젖어 있으니 서로 모습을 비추지 않으면 살 수 없는 가슴이 하나뿐인 물꽃이다.

遊仙詞 (40)

烟盖歸來小有天	(연개귀래소유천)
紫芝初長水邊田	(자지초장수변전)
瓊筐採得英英實	(경광채득영영실)
遺却紅綃制鶴鞭	(유각홍초제학편)

유 선 사 (40)

잠시 머물렀던 하늘에서 구름을 타고 돌아오는 길이었다

물가에 있던 자주색 지초의 어린 싹이 어느새 자라서

꽃처럼 예쁜 열매를 맺었기에 그것을 따서 광주리에 담아

붉은 보자기로 싸다가 그만 학채찍을 잃어 버렸다

난설헌은 이 시의 각 행에서 생명−지혜−성숙−자아의 발전단계로 존재의 가치명상을 하고자 했으며 이는 육신−마음−가슴−의식의 단계로 구분하여 존재의 명상을 구하였던 고타마 붓다와도 통한다고 본다. 그러므로 정신적인 가치에 관한 모든 언어는 암시의 꽃인듯 보이는 현상으로 형태만을 이야기 한다면 어리석음에 지나지 않을 것이다.

遊 仙 詞 (13)

新詔東妃嫁述郎	(신조동비가술랑)
紫鸞烟盖向扶桑	(자난연개향부상)
花前一別三千歲	(화전일별삼천세)
却恨仙家日月長	(각한선가일월장)

유 선 사 (13)

새로운 분부를 받은 동비가 술랑에게 시집가려고

자줏빛 난새가 끄는 수레를 타고 안개를 헤치며
부상을 향해 떠났다

벽도화는 한번 떨어지면 삼천년이 걸려야 다시 핀다하니

신선세계 긴긴 세월이 도리어 한스럽기만 한 것을

공자는 중용론에서 '극단에 치우치지 말고 중심에 머무르라'고 한다. 그러나 극의 중심은 전체적인 경험의 가슴으로 행동할 수 없게 된다. 언어의, 시대의, 경험의 꽃이 떨어져 재생되는 윤회가 인정이 된다면 현재의 불완전한 경험이 무엇으로 화되어서 미래의 완성으로 연역될 것인가. 본인의 의지와는 무관한 결합으로 잉태만을 위한 시간이 허락된 시대였음이 보인다.

遊仙詞 (8)

閑解靑囊讀素書	(한해청낭독소서)
露風烟月桂花踈	(로풍연월계화소)
西妃小女春無事	(서비소녀춘무사)
笑請飛瓊唱步虛	(소청비경창보허)

유 선 사 (8)

청낭에서 책을 꺼내어 한가로이 소서를 읽다보니

이슬과 바람과 안개와 달빛에 계수나무 꽃이
성글게 피었구나

서왕모를 모시는 어린 소녀도 봄이라 여유로운지

미소 지으며 비경시녀에게 보허사를 읊어 달라하네

난설헌은 성숙한 사람들을 대상으로 유선사를 그려 나갔다. 그 성숙의 정신연령이 이해가 된다면 각각의 이 작품들은 서로 끊어질 듯 연결되어 의미가 함축된 문체를 사용하였기에 새로운 통찰력으로 읽어야 할 것이다.

遊仙詞 (15)

星影沉溪月露沾 (성영침계월로첨)

手挼裙帶立瓊簷 (수뇌군대립경첨)

丹陵羽客辭歸去 (단릉우객사귀거)

自下珊瑚一桁簾 (자하산호일항염)

유 선 사 (15)

별 그림자 잠긴 계곡에 달빛은 이슬처럼 촉촉하였다

옷매무새 여미며 옥구슬 맺혀 있는 처마아래
잠시 서 있다가

단릉에 계신 신선께 굳게 말씀드리고 돌아서려는데

신선께서 산호 한 꾸러미를 하사하셨다

라이너 마리아 릴케의 시詩『장미의 꽃받침』중에는 이러한 말이 있다. '무엇을 담을 수 있을까. 그릇은 스스로만을 담고 있으면서 만약 더 담는 것이 있다면 저 바깥의 세계를 그것은 바람과 비와 봄의 인내와 복면을 한 운명과 저녁 대지의 어둠과 구름의 변화와 먼 별들의 영향까지를 한줌의 내면적인 것으로 바꾸는 것을 뜻한다면 이제 그것은 이 열린 장미들 속에서 아무런 근심이 없을 것이다.'

遊 仙 詞 (14)

閑携姉妹禮玄都　　(한휴자매예현도)

三洞眞人各見呼　　(삼동진인각견호)

敎著赤龍花下立　　(교저적룡화하입)

紫皇宮裏看投壺　　(자황궁이간투호)

유 선 사 (14)

한가로이 자매의 손을 잡고 현도에서 예를 올리니

삼신산 신선들이 서로들 보고자 부르시지만

적용이 끄는 수레를 꽃나무 아래 세워놓고

자황궁 안에서 투호놀이를 구경하였다

따스한 날 난설헌의 손을 잡고 나들이를 나온 자매의 웃음소리가 꽃잎 위에 쏟아지는 봄 햇살처럼 눈부시다.

遊 仙 詞 (16)

瑞露微微濕玉虛 (서로미미습옥허)

碧牋偸寫紫皇書 (벽전투사자황서)

靑童睡起捲珠箔 (청동수기권주박)

星月滿壇花影踈 (성월만단화영소)

유 선 사 (16)

가늘게 내리는 이슬비가 옥청궁의 허공에
조금씩 스며들 무렵

옥황상제의 문향을 닮으려고 글을 익히다가

살풋 잠이 든 어린동자를 깨우려 주렴을 걷으니

천단에 별빛과 달빛이 가득 쏟아지며
성근 꽃 그림자를 비추었다

할아버지와 손자의 글 읽는 소리가 별빛을 따라 하늘 가득 울려 퍼지니 참으로 정겨운 모습이다. 인식을 깨우치지 못한 사람들의 갈증을 자극하고 일깨울 수 있는 방법으로 신화적인 인물들의 비유와 상징을 사용하였다.

遊仙詞 (7)

冰屋珠扉鎖一春 (빙옥주비쇄일춘)

落花烟露濕綸巾 (낙화연로습윤건)

東皇近日無巡幸 (동황근일무순행)

閑殺瑤池五色麟 (한쇄요지오색린)

유 선 사 (7)

하얀 집 사립문은 봄철 내내 닫혀있고

꽃잎 떨어지듯 아롱이는 이슬방울은
비단수건에 스며든다

동황께서 요즈음 발걸음 뜸하시니

요지의 오색기린에게도 한가로움만 밀려든다

난설헌은 삶에 맞서지 않고 삶을 긍정하였다. 그리고 그의 신은 다른 어떤 곳에 존재하는 것이 아니라 삶 그 자체의 다른 이름일 뿐이었다. 그러기에 문장 하나하나가 상징적인 이유를 들었으나 함축적이므로 더욱 의미가 깊다 하겠다.

遊 仙 詞 (17)

西漢夫人恨獨居 (서한부인한독거)

紫皇令嫁許尙書 (자황령가허상서)

雲杉玉帶歸朝晩 (운삼옥대귀조만)

笑駕靑龍上碧虛 (소가청룡상벽허)

유 선 사 (17)

은하계에 살고 있는 서한부인 홀로의 삶을 안쓰럽게 여긴

옥황상제께서 허상서에게 시집을 보내려는 영을 내리셨다

고운 적삼에 구슬옥대 두르고 서둘러 채비를 하지만
아침까지는 돌아오기 어렵기에

미소 지으며 청룡이 끄는 수레를 내어주시니
그제야 푸른 하늘로 날아올랐다

만남이 단지 잉태의 강을 건너기 위한 시간이라면 그 무미건조한 혼탁의 늪에서 별을 탄생시켜야 하는 목적성만이 삶의 전부일까.

遊仙詞 (19)

滿酌瓊醪綠玉巵　　(만작경요녹옥치)

月明花下勸東妃　　(월명화하권동비)

丹陵公主休相妬　　(단릉공주휴상투)

一萬年來會面稀　　(일만년내회면희)

유 선 사 (19)

비취옥잔 가득히 술을 따라서

달빛 밝게 비추이는 복사꽃 아래서 동비에게 권하나니

단릉의 공주께선 서로 샘내지 마시어요

일만 년이 지나도 만나기 드문 일이오니

스스로가 가장 아름다운 시간이라고 느낄 때 그 어떤 종교보다도 거룩한 순간이 아닐까.

遊 仙 詞 (20)

愁來自著翠霓裙　　(수래자저취예군)

步上天壇掃白雲　　(보상천단소백운)

琪樹露華衣半濕　　(기수로화의반습)

月中閑拜玉眞君　　(월중한배옥진군)

유 선 사 (20)

시름에 겨워 무지개빛 긴 치마를 입고

천단을 오르며 흰 구름을 쓸어내렸다

옥처럼 청초하고 아름다운 나무는 더욱 빛나지만
옷은 절반이 젖은 채로

달 속의 옥진군에게 다소곳이 절을 드렸다

우파니샤드는 드위즈를 거론하면서 첫 번째 태어남은 육신의 탄생이요 두 번째 태어남은 의식의 탄생이라고 한다. 따라서 달 속의 옥진군을 신성시한 것은 곧 그의 현실 삶의 한 모습이었다고 본다.

遊仙詞 (22)

花冠蘂帔九霞裙	(화관예피구하군)
一曲笙歌響碧雲	(일곡생가향벽운)
龍影馬嘶滄海月	(용영마시창해월)
十洲閑訪上陽君	(십주한방상양군)

유 선 사 (22)

아홉 폭 채단치마에 꽃술로 장식한 화관을 쓰고

한 곡조 생황을 부니 구름 속으로 울려 퍼지네

어디선가 들려오는 말울음 소리는
용 그림자 비치는 달 밝은 바다에 여울지니

이제야 선계의 십주에서 여유로이 상양군을 찾는구나

난설헌은 감각의 느낌과 정신의 인식을 하늘과 바다 즉 하늘바다에서 구하고자 하였다.

遊仙詞 (23)

樓鎖彤霞地絶塵	(누쇄동하지절진)
玉妃春淚濕羅巾	(옥비춘루습라건)
瑤空月浸星河影	(요공월침성하영)
鸚鵡驚寒夜喚人	(앵무경한야환인)

유 선 사 (23)

붉은 노을이 누각에 잠기고
　　　　땅에는 띠끌조차 보이지 않는 어둠이 밀려드니

어여쁜 선녀는 그리움의 눈물을 흘리는데

허공으로 달빛만 스며들고 은하수는 그림자도 없으니

추위에 겁먹은 앵무새가 이 밤을 깨우는구나

노을 누각 어둠 그리움 허공 달 은하수 그리고 추위에 겁먹은 앵무새……
가끔 이런 생각을 해본다. 외로움의 아름다움을, 앎도 선택의 지혜였다는 것을.

遊 仙 詞 (24)

新拜眞官上玉都	(신배진관상옥도)
紫皇親授九靈符	(자황친수구령부)
歸來桂樹宮中宿	(귀래계수궁중숙)
白鶴閑眠太乙爐	(백학한면태을로)

유 선 사 (24)

새로이 진관을 제수 받아 옥청궁에 오르니

옥황상제께서 친히 구령부를 내리셨다

계수나무가 아름다운 궁전으로
돌아오니 여정을 풀고 있는

한 마리 흰 학이 화로 앞에서 졸고 있었다

후원으로 돌아드니 바람비가 소리 없이 내리고 있는데 무정한 사람의 뒷모습은 어쩌면 한 번도 본적 없던 들판처럼 낯설기만 하다.

동등한 인격체로써의 합혼이 아니라면 (무엇에 의해 그럴 수밖에 없는) 생명의 허구적인 영원성을 지속해야 했을까.

遊 仙 詞 (27)

催呼滕六出天關	(최호등육출천관)
脚踏風龍澈骨寒	(각답풍룡철골한)
袖裏玉塵三百斛	(수리옥진삼백곡)
散爲飛雪落人間	(산위비설락인간)

유 선 사 (27)

등육신선께서 서둘러 빗장을 열고 하늘 문을 나오셨다

추위가 뼛속으로 스며드는데 용을 타고 바람을 밟으며

삼백 섬이나 되는 소매 속에 든 먼지 같은 구슬을

인간 세상에 뿌리니 하얀 눈송이가 되어 흩날렸다

遊仙詞 (35)

催龍促鳳上朝元　　(최룡촉봉상조원)

路入瑤空敞八門　　(로입요공창팔문)

仙史殿頭宣詔語　　(선사전두선조어)

九華王子主昆崙　　(구화왕자주곤륜)

유 선 사 (35)

봉황과 용을 급히 몰아 조회하러 올라가니

하늘 높은 곳에 있는 여덟개의 문이 모두 열려 있었다

옥황상제 앞에서 선사가 조서를 공포하는데

이제부터 구화궁 왕자에게 곤륜산을
맡기신다는 내용이었다

遊仙詞 (36)

粧鏡孤鸞怨上元　(장경고난원상원)

雲車春暮下天門　(운거춘모하천문)

封郎大是無情者　(봉랑대시무정자)

翠袖歸來積淚痕　(취수귀래적루흔)

유 선 사 (36)

거울 속에 외로이 있는 난새 한 마리
상원부인임을 원망하며

늦은 봄 구름수레를 타고 하늘문을 나서네

벼슬 얻은 낭군은 너무도 무정하게 내치시니

돌아오는 길 푸른 옷소매에 눈물 자욱만 가득하여라

상원부인임을 원망한다함은 여염집 아낙처럼 밖으로 겉도는 남편에게 투정 한 번 마음대로 할 수 없는 자신의 처지를 은유한 듯하다.

遊 仙 詞 (37)

青童孀宿一千年　　(청동상숙일천년)

天水仙郎結好緣　　(천수선랑결호연)

空樂夜鳴簷外月　　(공락야명첨외월)

北宮神女降簾前　　(북궁신녀강염전)

유 선 사 (37)

청동자의 홀어미로 천년을 지내니

물빛 같은 하늘의 신선과 좋은 인연을 맺게 한다

밤하늘에 퍼지는 풍악소리 달에게 울렸는가

북궁에 사는 선녀도 내려와 주렴 앞에 서서
함께 기뻐하고 있다오

늘 엄명이 있어야만 합방이 가능하였으니 수 백 년의 세월이 지나고 난 뒤 지금의 후손들로서는 이 행운을 어찌 아름다이 가꾸지 않으리오.

遊 仙 詞 (39)

東宮女伴罷朝回　　(동궁녀반파조회)

花下相邀入洞來　　(화하상요입동래)

閑倚玉峰吹鐵笛　　(한의옥봉취철적)

碧雲飛遶望天臺　　(벽운비요망천대)

유 선 사 (39)

동궁에서 조회를 마치고 나온 선녀들이 짝을 지어

꽃나무 아래에서 서로 만나 골짜기로 가며

아름답게 산봉우리에서 피리를 부니

어디선가 푸른 구름이 날아올라
망천대를 두르기 시작했다

학문을 가까이 하는 학동을 본다는 것은 그 자체만으로도 가슴 벅차는 일이다.

遊仙詞 (43)

珠洞銀溪銷瑞烟	(주동은계쇄서연)
大郎多病罷朝天	(대랑다병파조천)
雲謠讀盡靑鸞去	(운요독진청난거)
日午紅龍戶外眠	(일오홍룡호외면)

유 선 사 (43)

골짜기에는 신비스런 안개가 감돌고
흐르는 시냇물은 은빛처럼 고운데

대랑은 병이 깊어서 조회를 쉬고 있다

그의 병상 옆에서 운요를 읽고 나니
어느새 청난새도 날아가고

한낮의 문 밖에서는 붉은 용이 꾸벅꾸벅 졸고 있었다

遊 仙 詞 (49)

西歸公子幾時迴　　(서귀공자기시회)

南岳夫人早晩來　　(남악부인조만래)

巡歷十洲猶未遍　　(순력십주유미편)

夜闌笙鶴降蓬萊　　(야난생학강봉래)

유 선 사 (49)

서쪽으로 가신 공자님은 돌아올 줄 모르고

이른 아침이면 남악부인 오실텐데

십주를 돌아야 하건만 다 돌지 못하고

밤이 늦어서야 학을 타고 생황 불며 봉래산에 오셨구나

월담을 하며 세상구경을 즐기는 낭군의 모습을 보는 듯하다.

遊仙詞 (51)

絳闕夫人別玉皇　　(강궐부인별옥황)

洞天深閉紫霞房　　(동천심폐자하방)

桃花落盡溪頭樹　　(도화락진계두수)

流水無情賺阮郎　　(유수무정잠완랑)

유 선 사 (51)

한 선녀가 옥황상제를 뵙고 대궐에서 내려와

하늘골짜기에 있는 자하방문을 굳게 닫았다

시냇가에 피었던 복사꽃잎 다 지도록
닫힌 문은 열릴 줄 모르지만

완랑은 아무 일 없는 듯
흐르는 강물처럼 무정하기만 하구나

시부媤父의 어떠한 언질로 상심하였을까. 오라버니(허봉)의 죽음으로 인한 소식은 아니었는지.

遊仙詞 (21)

雲角青龍玉絡頭　　(운각청룡옥락두)

紫皇騎出向丹丘　　(자황기출향단구)

閑從璧戶窺人世　　(한종벽호규인세)

一點秋烟辨九州　　(일점추연변구주)

유 선 사 (21)

옥으로 머리를 꾸미고 피리를 부는 청룡을

옥황상제께서 타시고 단릉으로 향하셨다

유유히 둥근 옥구슬에 비치는 인간세상 보시면서

구주를 가르는 한 점 가을 연기 같다고 하신다

사람의 일을 하늘이 알고 있으니 항상 마음가짐을 바로 해야 한다는 교화이며 깊은 강물은 안으로 물결을 숨기며 흘러야만 하는 역사적 상황이 암시된 계절이었음을 느끼게 된다.

遊 仙 詞 (26)

廣寒宮殿玉爲梁 (광한궁전옥위량)

銀燭金屛夜正長 (은촉금병야정장)

欄外桂花凉露濕 (난외계화양노습)

紫簫聲裏五雲香 (자소성리오운향)

유 선 사 (26)

대들보를 옥으로 만든 옥황상제의 광한궁전

금병풍 앞에 불을 밝힌 은촛대의 밤은 길기만하고

난간 밖 계수나무 꽃은 싸늘하게 이슬에 젖었는데

오색구름 속으로 퍼지는 옥퉁소 소리 곱기만 하구나

죽음은 새로운 삶에 대한 시작이다. 잠들어 있는 세상의 정적 속에서 오색구름을 가르는 한 줄기 퉁소소리를 발견함으로 그것은 희망이기 때문이다. 새로움에 대한 삶의 의지의.

遊 仙 詞 (52)

乘龍長伴九眞遊	(승룡장반구진유)
八島朝行夕已周	(팔도조행석이주)
深夜講壇風雨定	(심야강단풍우정)
小仙歸去策靑虯	(소선귀거책청규)

유 선 사 (52)

아홉 신선들이 종일토록 용을 타고

아침에 떠나서 저녁까지 팔도를 두루 돌아보고 있었다

비바람이 그치자 강단에도 밤이 깊어지니

어린신선들은 작은 용을 채찍하며
집으로 돌아가고 있었다

서당에서 공부를 마치고 나오는 학동들의 모습이 그려진다.

遊 仙 詞 (53)

鳧伯閑乘白鹿游	(부백한승백녹유)
折花來上五雲樓	(절화래상오운루)
丹經滿案藥堆鼎	(단경만안약퇴정)
何事玉郎霜滿頭	(하사옥랑상만두)

유 선 사 (53)

부백신선은 한가롭게 흰 사슴을 타고 놀기만 하다가

꽃을 꺾어 들고서 오운루에 오른다

경전은 책상에 가득히 쌓여만 있고 솥에 선약도 밀쳐둔 채

어찌하려고 옥랑은 깊은 시름에 빠져있을까

丹經滿案藥堆鼎(단경만안약퇴정) 경전은 지식과 환경이고 솥에 가득한 선약은 지혜와 건강을 말 할 수 있음이니 지식은 책상에 쌓아 놓는 것이 아니라 솥에 약을 넣고 정성을 다해 달이듯 잘 활용해야 한다는 교화이다.

遊 仙 詞 (56)

蟠桃結子宴崑崙　　(반도결자연곤륜)

滿酌瓊醪勸上元　　(만작경요권상원)

催喚彩鸞東去疾　　(최환채난동거질)

玉峰邀取老軒轅　　(옥봉격취노헌원)

유 선 사 (56)

곤륜산에 있는 선도 복숭아가 열매를
맺었기에 잔치를 열었다

귀한 술도 잔에 가득 따라서 상원님께 드리고 싶어

오색 난새를 재촉하여 동쪽으로 바삐 갔더니

연로한 헌원께서는 기다렸다는 듯
아름다운 산봉우리에서 반가이 맞이하셨다

귀한 것은 귀한 사람과 나누고 싶어 하는 마음은 아름답다. 그 대상이 무엇이든. 이 글은 자연(그것이 신이거나 사람이거나)에 대한 감사를 느끼게 된다. 더불어 그 자연의 중재자인 각자의 섬김과 함께.

遊仙詞 (58)

氷屋春回桂有花　　(빙옥춘회계유화)

自驂孤鳳出彤霞　　(자참고봉출동하)

山前逢著安期子　　(산전봉저안기자)

袖裏携將棗似瓜　　(수이휴장조이고)

유 선 사 (58)

봄이 되니 찬바람에 얼어있던 집에도
계수나무 꽃이 피어났다

외로이 있는 봉새를 타고 붉은 노을을 따라 나섰다가

신선산 앞에서 안기자를 만났는데

소매 속에서 오이만한 대추를 꺼내 놓는다

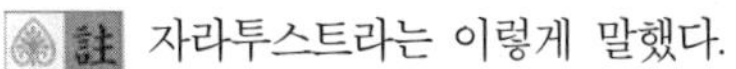

註解 자라투스트라는 이렇게 말했다.
아! 하늘과 땅 사이에는 시인들만이 꿈 꿀 수 있는 것들이 많다.

遊 仙 詞 (60)

瓊樹扶踈露氣濃　　(경수부소로기농)

月侵簾室影玲瓏　　(월침염실영영롱)

閑催白兎敲靈藥　　(한최백토고영약)

滿臼天香玉屑紅　　(만구천향옥설홍)

유 선 사 (60)

수려한 나무에 깊은 숨을 내쉬듯이 이슬방울 아롱이니

주렴 드리워진 방에 비치는 달빛도 더욱 영롱하다

평화로운 달 속에서는 하얀 토끼가 선약을 지으니

붉은 옥가루가 담긴 절구에서 하늘향이 가득 피어오른다

遊仙詞 (66)

后土夫人住玉都 (후토부인주옥도)

日中笙笛宴摩姑 (일중생적연마고)

韋郎年少心慵甚 (위랑연소심용심)

不寫輕綃五岳圖 (불사경초오악도)

유 선 사 (66)

후토의 부인이 백옥궁에서 지내면서

한낮에는 마고선녀와 함께 생황과
피리를 불며 잔치를 열고

젊은 위랑은 마음이 느긋하고 게을러서

비단 폭에 오악도를 그리다 말았다오

모든 사람들이 살아감에 있어 생활지표와도 같음이 아닌지. 놀기를 즐기지 말며 학문에 게으르지 말며 시간을 아껴야 한다는.

사람과 사람의 관계가 시들하게 빛이 바래지지 않으려면 공통적인 지적 관심사가 바탕이 되어야 자신이 지닌 빛과 향기를 전하며 서로 살아있는 아름다운 삶의 의미를 이루게 될 것인데 난설헌은 그 정신적인 공유를 나눌 수 있는 실제 환경이 충족치 못하였다.

遊仙詞 (68)

紫陽宮女捧丹砂　　(자양궁여봉단사)

王母令過漢帝家　　(왕모령과한제가)

窓下偶逢方朔笑　　(창하우봉방삭소)

別來琪樹六開花　　(별래기수육개화)

유 선 사 (68)

자양궁의 궁녀들과 단사를 받들고

왕모의 영으로 무제의 궁성을 지나고 있었다

우연히 창 아래에 서있는 동방삭을 만나 기뻐하고

헤어져 돌아오니 옥처럼 아름다운 복사꽃이
여섯 송이나 피어 있었다

그리움을 만난다는 것. 설령 그것이 추구하는 실제가 다를지라도. 가령 굳어 있는 것이라거나 부드러운 것일지라도. 그리움을 만난다는 것 그것은 꽃을 피우기에 충분하다.

遊仙詞 (72)

羽客朝升碧玉梯	(우객조승벽옥제)
桂巖晴日白鷄啼	(계암청일백계제)
純陽道士歸何晩	(순양도사귀하만)
定向蟾宮訪羿妻	(정향섬궁방예처)

유 선 사 (72)

동이 틀 무렵에 날개달린 손님이 사다리를 오르기에

날이 밝아 살펴보니 계수나무 옆에 있는
바위 위에서 흰닭이 울고 있었다

순양도사는 어찌하여 늦으시는지

아마도 섬궁에 있는 예의 아내를 보러 가셨나보다

遊仙詞 (83)

楡葉飄零碧漢流	(유엽표영벽한류)
玉蟾珠露不勝秋	(옥섬주로불승추)
靈橋鵲散無消息	(영교작산무소식)
隔水空看飮渚牛	(격수공간음저우)

유 선 사 (83)

느릅나무 잎사귀 하나 둘 떨어지고
　　　　　푸른 하늘에는 은하수 고요히 흐르는데

달과 이슬도 가을을 어쩌지 못하는가

오작교를 놓던 까치들은 흩어져 소식이 없고

은하수 저 멀리서 물을 마시고 있는 견우만 바라보네

비어있음의 끝에 이르러 고요함을 지켜낸다. 그리하여 만물이 일어나 성장하다 소멸하여 왔던 곳으로 돌아감을 본다. 만물은 무성하게 자란 뒤 다시 그 뿌리로 돌아간다. 뿌리로 돌아감을 일러 정靜이라 한다. 이는 명을 쫓는다는 뜻이다.(노자의 『도덕경』 제16장) 난설헌의 마음에 이는 가을 그 가을을 잘 들여다보면 그곳에 도道라는 강이 흐르고 있다.

遊仙詞 (18)

閑住瑤池吸彩霞　　(한주요지흡채하)

瑞風吹折碧桃花　　(서풍취절벽도화)

東皇長女時相訪　　(동황장녀시상방)

盡日簾前卓鳳車　　(진일염전탁봉거)

유 선 사 (18)

아름다운 요지에서 살며 한가로이 노을을
마시고 있던 어느 날

상서로운 바람이 불어와 가지를 꺾어 놓으니
불길한 생각이 들었다

하여서 동황의 장녀를 시시때때로 찾아뵙고자

종일토록 주렴 앞에 봉황수레를 세워 놓았다

동황의 장녀라 함은 난설헌의 장녀로 볼 수 있을 것이다.
바람이 불어와 가지를 꺾어 놓으니 생명의 위태로움이 느껴진다.

遊仙詞 (57)

足下星光閃閃高 (족하성광섬섬고)

月篩溪影濕龍毛 (월사계영습용모)

臨霞笑喚東方朔 (임하소환동방삭)

休向氷園摘玉桃 (휴향빙원적옥도)

유 선 사 (57)

발아래 있던 별이 어느새 하늘 드높은 곳에서 반짝이고

달빛을 채에 거르니 시냇물 흐르듯 은하수가
용의 수염을 적시고 있다

신선께서는 미소 띤 얼굴로 노을을 내려다보며
동방삭을 부르시더니

얼음동산의 선도복숭아를 이젠 따먹지 말라하셨다

선도 복숭아.
삶과 죽음의 경계와도 같은.
만약 우리 자신들이 삶의 연장선을 더 이상 지속시킬 의미를 잃는다면.

제4장 行

도롱이에 삿갓 쓰고 달빛을 벗 삼아피리 불며 세상살이 말 하리
烟蓑月篴人間事 연사월축인간사 (詩31)

제4장에서는 순행의 궤도로 오행(수 화 목 금 토)을 비유하여 묶어 보았다.
봄비에 적셔진 씨앗이 불이 타오르듯 싹을 틔우면 성장하여 주체인 나무가 되고 또한 이것을 바람과 빛과 물과 정성으로 쇠를 단련하듯 잘 가꾸면 사랑이라는 추수를 할 수 있음이니 음양의 우주론으로 세상살이의 화목을 뜻함이 아닌가.
그러므로 자연적인 정신의 결과는 법을 초월한다.

遊仙詞 (30)

華表眞人昨夜歸　(화표진인작야귀)

桂香吹滿六銖衣　(계향취만육수의)

閑回鶴馭瑤壇上　(한회학어요단상)

日出瓊林露未晞　(일출경임노미희)

유 선 사 (30)

지난밤에 화표진인이 돌아왔다

그가 입은 육수옷에는 계수나무 꽃향기가
가득 묻어있었다

우아하게 학을 몰고 요지의 단상에 오르는 모습이

아침 해가 떠오른 듯 아름다운 풀잎에 맺힌
이슬인 듯 환히 빛나고 있었다

시대의 지성은 예리하게 빛나지만 궁도를 벗어난 화살은 어디로 파고들지 예측 할 수 없음이니 차라리 방랑의 자유라.

遊 仙 詞 (31)

管石金華四十年	(관석금화사십년)
老兄相訪蔚藍天	(노형상방울람천)
烟蓑月遂人間事	(연사월축인간사)
笑指溪南白玉田	(소지계남백옥전)

유 선 사 (31)

금화산 석실에서 사십년을 지낸 듯

노인이 되어서야 울남천에 찾아 오셨다

도롱이에 삿갓 쓰고 달빛을 벗 삼아
피리 불던 세상살이 말하며

가끔씩 시냇물 흐르는 남쪽 백옥경을 바라보며
호뭇하게 미소를 지어 보이곤 하였다

누구든 도롱이에 삿갓 쓰고 달빛을 벗 삼아 피리 불던 세상살이를 할 수도 있겠으나 이 순간 허봉許篈의 벗인 손곡蓀谷 이달李達의 호방한 모습이 떠올려진다.

遊 仙 詞 (32)

緱嶺仙人碧玉箏 (구령선인벽옥쟁)

折花閑倚董雙成 (절화한의동쌍성)

瑤絃誤拂黃金柱 (요현오불황금주)

遙隔彤霞聽笑聲 (요격동하청소성)

유 선 사 (32)

오늘은 구령선인이 준 푸른옥으로 만든 쟁을 타다가

여유로운 마음으로 꽃을 꺾어 동쌍성에게 기대려는 순간

황금기둥을 스치며 악기 줄이 끊어졌다

붉게 타오르는 노을 속으로 웃음소리가
아득히 퍼져 나갔다

遊 仙 詞 (33)

乘鸞來下九重城　　(승난래하구중성)

絳節霓旌別太淸　　(강절예정별태청)

逢著周靈王太子　　(봉저주영왕태자)

碧桃花裏夜吹笙　　(벽도화이야취생)

유 선 사 (33)

두 발을 난새 등에 딛고 올라서서 구중성을 날아왔다

붉은 깃대에 무지개 깃발 날리며 태청궁을 떠나려는

주나라 영왕의 태자를 만나보려 하였기 때문이다

그러나 그는 한 밤에 복사꽃 속에서 생황을 불고 있었다

문학은 발자욱이다. 허구 속에 진실을 포함한 의식의 창조적인 길이기 때문이다. 그러나 그 길은 외로움이다. 다만 각성된 인식의 길을 따라 발자욱만 남을 뿐이다.

遊仙詞 (50)

琴高昨日寄書來 (금고작일기서래)

報道瓊潭玉蘂開 (보도경담옥예개)

偸寫尺牋憑赤鯉 (투사척전빙적리)

蜀中明夜約登臺 (촉중명야약등대)

유 선 사 (50)

어제 거문고의 명인인 금고께서 편지를 보냈는데

연못에 아리따운 수선화가 피었다는 내용이었다

그대로 베낀 후 몇 자 덧붙여 잉어 편에 전하기를

달 밝은 밤에 촉나라의 누대에 오를 수 있느냐고 하였다

조선에서 촉나라는 어디인가. 누군가의 유혹을 지혜롭게 정리하는 느낌이 든다. 진실로 연못의 벼랑에 수선화 한 송이 곱게 핀 모습이다.

遊 仙 詞 (73)

玉林風露泬寥寥 (옥림풍로혈요요)

月引仙妃上石橋 (월인선비상석교)

斜倚紫烟頭不擧 (사의자연두불거)

赤城南畔憶文簫 (적성남반억문소)

유 선 사 (73)

숲속에서 불어오는 물기어린 바람이
몹시 고요하고 쓸쓸한 날

달빛에 이끌린 듯 석교에 올라

노을에 기대어 고개를 떨구니

적성산 남쪽에 있는 문소가 그리워지는구나

遊 仙 詞 (76)

一春閑伴玉眞遊　　(일춘한반옥진유)

倏忽星霜已報秋　　(숙홀성상이보추)

武帝不來花落盡　　(무제불내화락진)

滿天烟露月當樓　　(만천연노월당루)

유 선 사 (76)

봄 내내 한가히 옥진과 지내다보니

어느덧 세월이 흘러 계절은 가을이언만

이 꽃잎 다 지도록 무제는 오지 않으니

누각 위에 달이 떠있으나 안개가
하늘 가득히 이슬처럼 내리네

기다림. 돌아옴. 그 사이에 희망이라는 나무가 있다.
기다림과 돌아옴 사이의 나무는 시간과 함께 성장한다.
외로움이 영양소일 때 그 시간이 의지가 될 수 있는 한 나무는 무성한 잎을 틔울 것이다.

제 5 장 天

이슬과 바람이 일어나니 하늘에도 가을이 찾아들어
珠露金飇上界秋 주로금표상계추 (詩84)

제5장은 순환이다. 순환은 생명과 환생을 동반하는 윤회이다.
유교에서는 하늘과 하나 된 사람을 성인聖人이라고 한다. 성인은 개별적 자아를 하늘로 돌이킨 사람이라고 했다. 즉 개별적 생명에서 절대세계로 들어간다는 것인데 유선사 전체의 유기적 맥락은 기 · 승 · 전 · 결이 하늘–땅–사람–하늘로 매듭지어진다. 하늘과 땅의 축에서 회오리치듯 일어나는 전령의 기운. 그 기운을 받아 생명이 움직인다.
또한 그 기운은 지금도 끊임없이 흐르고 있다. 하늘에서 땅으로 사람에게로 그리고 다시 하늘로. 물의 이치와 같다. 결국 인간의 본성은 순환의 이치와 같음을 말하려는 것이었을까.
그녀는 삶의 깊이와 의식의 높은 경지에 이르는 신비주의자였다.

遊 仙 詞 (65)

檐鈴無語閉珠宮	(첨령무어폐주궁)
紫閣涼生玉簟風	(자각양생옥점풍)
孤鶴夜驚滄海月	(고학야경창해월)
洞簫聲在綠雲中	(동소성재녹운중)

유 선 사 (65)

궁궐에 문을 닫으니 추녀 끝에 풍경소리 고요하고

누각에 그늘이 지니 대자리에는 바람이 이는 듯 서늘한데

밤이 되어도 홀로 있던 학은 바다에 뜬 달빛에 놀라니

어느 골짜기에서 들려오는가
통소소리가 푸른 구름 속에 젖는구나

遊 仙 詞 (74)

沙野先生閉赤城　　(사야선생폐적성)

鳳樓凝碧悄無聲　　(봉루응벽초무성)

香消玉洞步虛夜　　(향소옥동보허야)

露濕桂花凉月明　　(노습계화양월명)

유 선 사 (74)

사야선생이 적성의 문을 닫으니

봉황루의 푸른 옥빛이 바래지듯 소리마저 잠들었네

아름답던 향기가 사라진 골짜기를 걷는 허전한 밤

이슬이 계수나무 꽃을 적시니 밝은 달빛이
더욱 서늘하기만 하구나

遊仙詞 (25)

烟盖飄颻向碧空　(연개표요향벽공)

翠幢歸殿玉壇空　(취당귀전옥단공)

靑鸞一隻西飛去　(청난일척서비거)

露壓桃花月滿空　(노압도화월만공)

유 선 사 (25)

안개가 덮여 있는 하늘을 회오리바람 일으키며 날아서

푸른 깃발 나부끼는 대궐로 돌아오니
옥청궁의 제단은 비어있었다

어린 난새 한 마리 서쪽으로 날아가고

복사꽃에 이슬만 맺히는데
무심한 하늘엔 달빛이 가득 하구나

註解 자라투스트라는 이렇게 말했다. 첫 번째 탄생은 그대를 인간으로 만들지만 두 번째 탄생은 그대를 신으로 만든다고. 서쪽은 해가 지는 곳이다. 해가 사라지는 그 곳으로 아기새가 날아갔다.

遊 仙 詞 (80)

文昌公子欲朝天　　(문창공자욕조천)

笑泥嬌妃索玉鞭　　(소니교비색옥편)

庭下彩鸞三十六　　(정하채난삼십육)

翠衣相對碧池蓮　　(취의상대벽지연)

유 선 사 (80)

문창공자가 하늘에 조회를 가려고 하니

왕비께서 미소 지으며 고운 채찍을 찾으셨다

뜨락에 있는 난새 서른여섯 마리

물빛 날개가 마치 파르스름한 연못의 꽃과 같았다

아들의 죽음이 아닌가 한다.

遊仙詞 (70)

東皇種杏一千年 (동황종행일천년)

枝上三英蔽碧烟 (지상삼영폐벽연)

時控彩鸞過舊苑 (시공채난과구원)

摘花持獻玉皇前 (적화지헌옥황전)

유 선 사 (70)

동황께서 심은 살구나무 천년을 자랐는데

가지 위에 세 송이 어린 꽃봉오리 푸른 안개에 가려있어

때마침 난새를 타고 옛 동산을 지나다가

그 꽃을 꺾어 옥황상제에게 바쳤다오

가지 위에 세 송이 어린 꽃봉오리는 햇살 받으며 곱게 피어보지도 못하고 떨어진 남매들인 듯하다.

遊 仙 詞 (82)

八馬乘風去不歸　　(팔마승풍거불귀)

桂枝黃竹怨瑤池　　(계지황죽원요지)

昆庭玉瑟雲中響　　(곤정옥슬운중향)

傳語淩華罷畵眉　　(전어릉화파화미)

유 선 사 (82)

여덟 마리의 말이 바람을 타고 떠나더니 돌아오지 않았다

계수나무가지와 누런 대나무는
　　　　　　　　옥처럼 아름다운 연못을 원망하였다

하여 뜨락에서 거문고를 뜯으니 구름 속으로 메아리치며

꽃이 너무 아름다우니 눈썹은 안 그려도 된다고 전하네요

목왕이 여덟 마리의 말을 타고 신선을 찾아 나섰다가 요지에서 서왕모를 만나 그도 신선이 되어 돌아오지 않았다는 비유를 들어 사람과의 아름다운 인연이 속절없이 끊임없는 부딪침으로 이어지니 난설헌은 조용히 자신을 응시하며 선정에 들 마음의 준비를 하는 모습이 느껴진다.

遊仙詞 (62)

露盤花水浸三星	(노반화수침삼성)
斜漢初低白玉屛	(사한초저백옥병)
孤鶴未迴人不寐	(고학미회인불매)
一條銀浪落珠庭	(일조은랑낙주정)

유 선 사 (62)

소반에 받아놓은 이슬이 꽃물되어 별 속에 스며들고

초저녁 하늘에 기울어진 은하수는 고운 병풍에 내려앉는데

멀어져간 사람의 뒷모습을 떠올리며
외로워하는 학은 잠 못 이루니

한줄기 은하수만이 뜨락에서 여울지는구나

인연. 인연의 강이다.
소반은 혈육이며 국가이며 세상이고 이슬은 생명수이다. 언제까지나 함께 할 것만 같았던 인연이 만날 수 없는 강이 되었다.
기울어진 인연의 끝을 병풍에 수놓으며 밤을 지새운다.

遊仙詞 (28)

瓊海漫漫浸碧空　　(경해만만침벽공)

玉妃無語倚東風　　(옥비무어의동풍)

蓬萊夢覺三千里　　(봉래몽각삼천리)

滿袖啼痕一抹紅　　(만수제흔일말홍)

유 선 사 (28)

옥빛 바다는 푸른 하늘에 잠긴 듯 아름다운데

선녀는 말없이 동풍에 몸을 기댄 채

머나 먼 삼천리 길 봉래산을 꿈꾸니

소매에는 눈물로 얼룩진 붉은 반점만이 가득하구나

태어남과 죽음 그리고 사랑 그 영원성의 의지를 꿈꾸며.

遊仙詞 (63)

蓬萊歸路海千重	(봉래귀로해천중)
五白年中一度逢	(오백년중일도봉)
花下爲沽瓊液酒	(화하위고경액주)
莫教青竹化蒼龍	(막교청죽화창룡)

유 선 사 (63)

봉래산 가는 길은 바다가 천 겹이나 둘러있어

오백년 걸려야 한번 건너보는구나

꽃그늘 아래에서 구슬같이 맑은 술 걸러놓고

푸른 대나무 청룡으로 변치 않게 기도드리네

遊 仙 詞 (64)

身騎靑鹿入蓬山　　(신기청록입봉산)

花下仙人各破顔　　(화하선인각파안)

爭說衆中看易辨　　(쟁설중중간이변)

七星符在頂毛間　　(칠성부재정모간)

유 선 사 (64)

푸른 사슴을 타고 봉래산에 들어갔더니

꽃나무 아래 계신 신선들께서 목청껏 웃으셨다오

서로들 말하시길 너는 무리 중에서 분별하기
너무 쉽겠구나

칠성부가 이마와 머리카락 사이에 있으니

遊 仙 詞 (69)

獨夜瑤池憶上仙　　　(독야요지억상선)

月明三十六峰前　　　(월명삼십육봉전)

鸞笙響絶碧空靜　　　(난생향절벽공정)

人在玉淸眠不眠　　　(인재옥청면불면)

유 선 사 (69)

외로운 밤 요지에서 옥황상제를 그리워하는데

서른여섯 봉우리 위에 비치는 달만이 밝구나

난새가 부는 생황소리 그치니 하늘도 고요한데

옥청궁에 계신 님께서는 잠이나 드셨을까

이 시에서 옥황상제는 사실적인(어떤 의미에서는 종교적) 하늘에 대한 그리움(죽음과도 같은)이거나 친부(초당 허엽)에 대한 그리움이 겹쳐진 마음이 아닌가 한다.

遊 仙 詞 (78)

絳燭熒煌下九天　　(강촉형황하구천)

日升螭陛玉爐烟　　(일승이폐옥로연)

無央鸞鳳隨金母　　(무앙난봉수금모)

來賀東皇一萬年　　(내하동황일만년)

유 선 사 (78)

방안을 밝게 비추던 진홍빛 촛불이
서서히 빛을 잃어 갈 즈음

화로에서 연기 피어오르듯 해가 떠올랐다

수많은 난새와 봉황을 거느리고

동황님 오래 사시기를 하례 드렸다

리처드 바크의 『갈매기의 꿈』 중에는 이런 글이 있다.
'지난 수세기 동안 우리를 가르쳐온 수많은 선각자들 그들은 어찌하여 한결 같이 홀로 살았을까. 왜 그들 곁에는 모험과 사랑을 나누는 정신적인 아내가 혹은 남편이 없었을까. 삶을 깨닫고 사는 사람들 그들은 가장 외로운 사람들 이었다.'
남편에게 마지막 작별의 절을 올리는 모습을 보는 듯하다. 이미 예정된 길을 가고 있는 건 아니었는지.

遊 仙 詞 (75)

朱幡絳節曉霞中 (주번강절효하중)

別殿淸齋待五翁 (별전청재대오옹)

秋水一絃輕戛玉 (추수일현경알옥)

碧桃花滿紫陽宮 (벽도화만자양궁)

유 선 사 (75)

새벽노을 속에서 진홍색 깃발이 펄럭인다

몸과 마음을 다스리며 궁전별채에서
오옹신선을 기다리고 있었다

옥구슬 구르는 듯 맑게 흐르는 한 줄기 가을 물소리에

자양궁 뜨락 가득히 복사꽃이 피어나고 있다

심불반조心不返照 간경무익看經無益이라. 경전을 읽으면서 마음속으로 돌이켜 보지 않는다면 아무 이익이 없음이니 한 구절 한 구절을 음미하여 경전이라는 거울에 자신을 비추어 보듯 난설헌은 자신의 삶을 조용히 음미 반추하고 있었다.

遊仙詞 (71)

唐昌館裏蔟瓊花　　(당창관이족경화)

仙子來看駐鳳車　　(선자래간주봉거)

塵染葸衣蓬島遠　　(진염사의봉도원)

玉鞭遙指海雲涯　　(옥편요지해운애)

유 선 사 (71)

당창관에 아름다운 꽃들이 소복소복 피어 있으니

신선께서 봉황수레를 멈추고 구경하고 계셨다

옷에 가득히 속세의 잡다함으로 물들었으나
봉래산으로 갈 길은 멀기만 하다며

채찍을 든 손으로 저 멀리 구름바다 끝을 손짓하신다

제 3의 눈.
내면을 바라보는 자신의 또 다른 제 3의 눈이다.
속세의 미련과 죽음에 대한 두려움이 깃들어 있다.

遊 仙 詞 (81)

星冠霞佩好威儀　(성관하패호위의)

三島仙官入奏時　(삼도선관입주시)

頻把金鞭打龍角　(빈파금편타용각)

爲嗔西去上天遲　(위진서거상천지)

유 선 사 (81)

노을빛 패물을 단 성관을 쓰고 있는 모습이 의젓하신

삼신산 선관들이 하늘로 돌아갈 시간을 맞추려는지

채찍 잡은 손으로 자주 용의 뿔을 내려치시니

서쪽 하늘을 오르려는데
용수레가 더디 간다고 꾸짖는가 보다

지다.
노을도 달도 꽃도 그리고 생명도.

遊 仙 詞 (85)

乘鸞夜入紫薇城　　(승난야입자미성)

桂月光搖白玉京　　(계월광요백옥경)

星斗滿空風露薄　　(성두만공풍로박)

綠雲時下步虛聲　　(녹운시하보허성)

유 선 사 (85)

한밤중이 되어 난새를 타고 자미성에 들어가니

계수나무 위에 떠오른 달빛이 백옥경을 흔들고 있었다

하늘에는 무수한 별들이 빛나고
바람과 이슬도 고요하였다

간간이 신선께서 하늘을 거닐며 경전을 읽는 소리가
푸른 구름사이로 들려올 뿐

랄프 W.트라인의 『나에게서 구하라』'대 안의 무한한 지혜와 광명을 찾아 중에서 이러한 말이 있다.

'네 영혼의 방에 많은 창을 달아라 우주의 광명이 두루 비치도록. 좁은 생각의 문구멍으로는 저 한량없는 빛을 받아들일 수 없으니 눈 먼 관념 유희 다 내 던지고 하늘처럼 높고 진리처럼 드넓은 그 맑은 창으로 빛이 넘치게 하라.'

遊 仙 詞 (84)

珠露金飇上界秋 (주로금표상계추)

紫皇高宴五雲樓 (자황고연오운루)

霓裳一曲天風起 (예상일곡천풍기)

吹散仙香滿十洲 (취산선향만십주)

유 선 사 (84)

이슬과 바람이 일어나니 하늘에도 가을이 찾아들어

옥황상제는 기뻐하며 오운루에서 큰 잔치를 베푸셨다

선녀들이 춤을 추며 예상곡을 부르자
월궁에서 한 줄기 바람이 불어와

신선의 향기를 온 세상에 가득히 날리고 있었다

이 시에서의 가을은 천상의 가을이다. 가을은 뿌리로의 회귀이며 난설헌은 이 뿌리를 하늘에 근거로 둔다.
또한 이 시에서의 옥황상제 역시 사실적인 것과 이상적인 것을 함께 표현하고 있다.
추수. 거두어들임. 본래로의 귀향. 재회. 씨앗. 살아있는 모든 것의 희망이다.

遊 仙 詞 (77)

彤閣銀橋駕太虛　　(동각은교가태허)

劒光閑射九眞墟　　(검광한사구진허)

金牌掛向雙麟角　　(금패괘향쌍인각)

碧月寒侵玉札書　　(벽월한침옥찰서)

유 선 사 (77)

붉게 단청한 누각의 은하수 다리가 하늘에 걸려있고

톡 건드리면 손이 베일 듯한 별빛은
아홉 신선들이 살고 있는 언덕을 비추고 있다

하늘정원에 있는 한 쌍의 기린 뿔에
작고 반짝이는 이름표를 걸어 놓으니

옥처럼 파르스름한 달빛이 편지를 쓰듯
금패에 스며든다

碧月寒侵玉札書 (벽월한침옥찰서) 옥처럼 파르스름한 달빛이 편지를 쓰듯 금패에 스며든다…… 참으로 아름답고 고운 심성을 지닌 분이셨다.

遊仙詞 (67)

閑隨弄玉步天街　(한수농옥보천가)

脚下香塵不染鞋　(각하향진불염혜)

前導白麟三十八　(전도백린삼십팔)

角端都挂小金牌　(각단도괘소금패)

유 선 사 (67)

농옥과 함께 한가로이 하늘거리를 걸으니

발아래는 고운 먼지조차 신발에 묻지 않는다

앞에서 이끄는 서른여덟 마리의 하얀 기린

뿔에는 가지런하게 작고 반짝이는 이름이 달려있다

하얀 기린의 뿔에 작고 반짝이는 하늘나라의 이름표를 달아 놓았으니 이제는 하늘의 선녀로 다시 태어나리.

遊 仙 詞 (86)

黃金條脫繫羅裙　　(황금조탈계라군)

十幅花牋染碧雲　　(십폭화전염벽운)

千載玉淸壇上約　　(천재옥청단상약)

笑憑三鳥寄羊君　　(소빙삼조기양군)

유 선 사 (86)

가늘고 긴 황금 나뭇가지를 꺾어서 비단치마에 묶으니

열 폭 고운 치마에 파르스름 구름 빛 물이 들었다

옥황상제가 계신 옥청궁의 제단 앞에서
천년의 다짐을 하였더니

미소 지으시며 그 다짐을 양군에게 전하려고
삼신산 새를 보내신다

난설헌은 육신의 애착에서 벗어나려 하였다.
그리고 눈길 가는 곳 어디에서나 신을 발견하였다. 그리하여 자유로운 사람이 되고자 하였다.
옥황상제 앞에서 천년의 다짐을 한 것이 무얼까. 또한 옥황은 아들을 열 명이나 낳은 양군에게 삼신새는 왜 보냈을까.
그것은 난설헌의 희생의지였다. 가문의 대를 이어 주고자 하는.

遊仙詞 (87)

六葉羅裙色曳烟　　(육엽나군색예연)

阮郎相喚上芝田　　(완랑상환상지전)

笙歌暫向花間盡　　(생가잠향화간진)

便是人寰一萬年　　(편시인환일만년)

유 선 사 (87)

여섯 폭 비단치마 노을에 물들인 듯

완랑을 부르며 지초 밭으로 오르는데

갑자기 피리소리 꽃 속으로 사라지니

아하 인간의 세상살이 일만 년이 흘렀구나

그녀의 그리고 우리의 삶이 곧 경전이라.
난설헌 허초희. 그녀는 삶의 깊이와 의식의 높은 경지에 이르는 신비주의자였다.

난설헌 허초희 시선

제1집

□ 달빛 닮은 글들을 모으면서

제1장 길 – 感遇 감우 1, 2, 3, 4,
遣興 견흥 1, 2, 5, 8,
제2장 회상 – 江南曲 강남곡 5, 1
寄女伴 기녀반
采蓮曲 채련곡
堤上行 제상행
제3장 마음 – 閨怨 규원 3수
哭子 곡자
送荷谷謫甲山 송 하곡 적갑산
奇荷谷 기 하곡
제4장 귀의 – 恨情一疊 한정일첩
秋恨 추한
染指鳳仙花歌 염지봉선화가
春日有懷 춘일유회
楊柳枝詞 양류지사 5수
四時詞 春·夏·秋·冬 사시사 춘 하 추 동
제5장 의지 – 漢詩 技法인 용사와 換骨奪胎에 대하여
效崔國輔體 효 최국보 체
效李義山體 효 이의산 체
效沈亞之體 효 심아지 체
제6장 기도 – 湘絃謠 상현요
望仙謠 망선요
夢遊廣桑山詩 몽유광상산시
游仙詞 유선사 70, 87

달빛 닮은 글들을 모으면서

물은 고요하다
이름 없는 풀벌레 소리 저문 물 속에 잠긴다
호수는 등꽃들의 몸을 닦으며 길을 내고 있다
아직은 나루터에서 어스름 땅거미가 물레를 돌리고 있건만
사공이 노를 젓자 물속에 어둠으로 있던 시간들이 일어서듯
배는 서서히 물 위로 미끄러진다 물 그리고 숨소리
저고리 고름 사이로 대금 한자락 휘감아 돈다
목에 시가 걸렸다 하늘을 본다
입 속에 살던 새의 날개가 푸드덕거린다
가만가만 발끝으로 어둠을 끌어 덮으려던 구름 사이로
빛이 내리기 시작한다 푸른 별들이 돈는다
별에게서 가지런히 뿌리를 내리는 차향이 난다
별의 언어들이 잔속에 떨어지고 잔속의 기도는 달이 된다
기도의 몸을 빠져나가는 궁륭의 허물
그 궁륭의 허물 속에 있던 지상의 달을 힘껏 밀어 올린다
봉황이 깃을 털며 달빛 길을 날아오른다

훨 훨 훨

하늘 호수에 그녀가 있었다 －달아 하늘이여 veronica －

난설헌 허초희의 시는 달 속에 존재하는 전체였다.

존재의 근원적인 거대 생명체를 이끌어 가는 둥근 원 속에는 기원이 있다.

그 기원은 수태를 하게 되고 수태는 곧 출산이다. 수태의 시작과 끝은 생명이다. 생명은 곧 존재이며 존재는 전체이며 전체는 또한 몸이며 몸은 곧 宇의 宙이다. 그러므로 땅에서 나를 탐색하는 혹은 지상에서 하늘거리에 있는 나를 바라보는 시각의 편협으로 인해 무언가의 소중함을 잃거나 잊어 가는 건 아닌지 다시금 정리해 본다.

조선시대까지 여성이 쓴 시는 소수자의 문학으로 이어져 왔다.

그것이 시대적 역사적 조류였다면 그러한 과도기에 탄생한 난설헌 문학은 여성이 겪는 억압과 여성이 지니는 고민의 양상을 문제화 시킨 좁은 범주에서의 페미니즘적 여성주의가 아니라 인간에 대한 총체적 해석 인간에 대한 새로운 조명으로의 시도 즉 인간문학 생명문학으로의 출발이었다.

다만, 그녀를 조선시대 여류 대 문호라 칭함은 조선시대까지 남성이 주류를 이루던 문학 하늘에 유일무이하게 빛나던 달 같은 존재로서의 여성이었음을 나타낸 것이다.

본인은 그러한 관점에서 더욱 그녀를 그녀의 시를 사랑한다.

아직 세상을 읽어 내지 못하고 습한 흙 내음만 풍기는 미숙자가 허초희 님의 시세계에 젖어 들기까지 "깨달음의 문학"이라는 화두를 던져주신 시인 이충희, 조영수 선생님과 한시조 시인이신 남촌 권영진 선생님, 강호정신문화연구소 소장이신 소우 이성실 선생님과 社團法人 蘭雪軒 文茶仙 事業會 임・회원 여러분께 깊은 감사의 정을 드린다.

또한 감우 1, 2와 견흥 1은 강릉대 국문과 장정룡 교수님의 번역을 옮겼기에 더불어 존경과 감사를 드린다.

이천칠년 가을 내리는 草堂에서

(社)蘭雪軒 文茶仙 事業會 理事長 咸 鍾 任

제 1 장 길

感 遇 (1)

盈盈窓下蘭	(영영창하난)
枝葉何芬芳	(지엽하분방)
西風一披拂	(서풍일피불)
零落悲秋霜	(영낙비추상)
秀色縱凋悴	(수색종조췌)
淸香終不死	(청향종불사)
感物傷我心	(감물상아심)
涕淚沾衣袂	(체루첨의몌)

감 우 (1)

창가에 하늘거리는 아름다운 난

잎과 줄기 어찌 그리 향기로울까

가을 서풍 한바탕 스치고 나서

찬 서리에 그만 시들어 버렸네

빼어난 그 모습 이울어져도

맑은 향기 끝내 그치질 않기에

이것이 내 마음 아프게 하여

자꾸만 옷깃에 눈물적시네

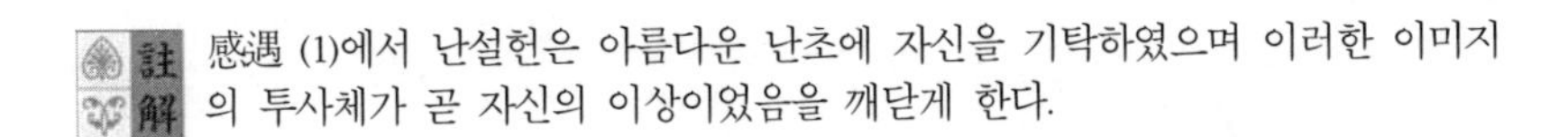

註解 感遇 (1)에서 난설헌은 아름다운 난초에 자신을 기탁하였으며 이러한 이미지의 투사체가 곧 자신의 이상이었음을 깨닫게 한다.

感遇 (2)

古宅晝無人 (고택주무인)

桑樹鳴鵂鶹 (상수명휴류)

寒苔蔓玉砌 (한태만옥체)

鳥雀栖空樓 (조작서공루)

向來車馬地 (향래차마지)

今成狐兎丘 (금성호토구)

乃知達人言 (내지달인언)

富貴非吾求 (부귀비오구)

감 우 (2)

옛 집은 대낮에도 인적 끊기고

부엉이는 홀로 뽕나무에서 우는구나

섬돌 위엔 이끼만 끼어 푸르고

참새는 빈 다락으로 깃들고 있네

그 옛날 말과 수레 어디로 가고

지금은 여우 토끼 굴처럼 폐허 되었나

이제야 선각자 말씀 알겠구려

부귀는 내 구할 바 아니라는 걸

感遇(2)에서 난설헌은 부귀영화가 사라진 친정집 고가를 묘사하였다.

感 遇 (3)

東家勢炎火	(동가세염화)
高樓歌管起	(고루가관기)
北隣貧無衣	(북인빈무의)
枵腹蓬門裏	(효복봉문이)
一朝高樓傾	(일조고루경)
反羡北隣子	(반선북인자)
盛衰各遞代	(성쇠각체대)
難可逃天理	(난가도천리)

감 우 (3)

동쪽 집 세도는 불길과 같아

높은 누대에 풍악소리 흥겨운데

북쪽 이웃 가난하여 입을 옷 없으니

굶주리는 오막살이 신세라오

하루아침에 세도 집 기울자

오히려 북쪽 이웃을 부러워함이라

흥망성쇠는 때에 따라 바뀌는 것을

뉘라 하늘의 이치를 피할 수 있으리오

이 글은 난설헌이 당시의 사회상에 자신의 심경을 기탁한 것으로 보인다. 동인 중에서도 대표 격인 허봉이 갑산으로 유배되면서 시작된 친정의 몰락이 그의 운명을 더 비극화시킨 불운이었는지도 모른다.

感 遇 (4)

夜夢登蓬萊	(야몽등봉래)
足躡葛陂龍	(족섭갈피용)
仙人綠玉杖	(선인녹옥장)
邀我笑蓉峰	(요아소용봉)
下視東海水	(하시동해수)
澹然若一杯	(담연약일배)
花下鳳吹笙	(화하봉취생)
月照黃金罍	(월조황금뇌)

감 우 (4)

어젯밤 꿈에 봉래산에 오르려고

칡넝쿨처럼 용을 탔더니

신선께서 푸른 옥지팡이를 짚고

부용봉에서 나를 맞아주시기에

아래로 동해물을 내려다보니

한 잔의 물처럼 고요히 보였소

꽃나무 아래서는 봉황이 피리를 불고

달빛은 황금 술잔을 비춰주었다오

꿈속에서 선계仙界의 봉래산蓬萊山에 오르려고 비장방費長房이 방죽에 지팡이를 던져서 지팡이가 용龍으로 변했다는 갈피의 용을 타고 산(神仙山)에 오르니 끝없이 넓다 하던 인간세상의 동해수가 한 잔의 물처럼 작게 보였다며 또한 그 곳의 선계는 괴로움이 존재하지 않는 아름다운 이상세계임을 대조하였다.

遣興 (1)

梧桐色嶧陽	(오동색역양)
幾年傲寒陰	(기년오한음)
幸遇稀代工	(행우희대공)
劚取爲鳴琴	(촉취위명금)
琴聲彈一曲	(금성탄일곡)
擧世無知音	(거세무지음)
所以廣陵散	(소이광릉산)
終古聲堙沈	(종고성인침)

견 흥 (1)

역양산에서 자란 오동나무

여러 해 추운 비바람 견디었으나

다행히 이름난 악공을 만나

베어져서 거문고로 만들어졌네

그 거문고로 한 곡조 탔건만

세상 누구도 알아주지 않으니

하여 광릉산 거문고 곡조도

끝내 전해지지 않았나 보다

註解 난설헌의 자전적인 시로 볼 수 있는 시 『견흥』은 오동나무와 자신을 대비하여 생애를 표출하였다. 이 시에서 난설헌이 훌륭한 악기가 된 것이라함은 오빠나 스승 이달과 같은 장인을 만난 것이며…… (장정룡의 허난설헌 평전에서) 시대적 환경과 가정적 상황이 난설헌을 포용하고 이해할 수 있는 요소가 없었음을 자각하였기에 다가올 미래를 예견한 것으로 보인다.

遣 興 (2)

鳳凰出丹穴 (봉황출단혈)

九苞燦文章 (구포찬문장)

賢德翔千仞 (현덕상천인)

噦噦鳴朝陽 (홰홰명조양)

稱粱非所求 (칭양비소구)

竹實乃其飡 (죽실내기손)

奈何梧桐枝 (내하오동지)

反棲鴟與鳶 (반서치여연)

견 흥 (2)

봉황이 단산굴에서 나오니①

아홉 겹 깃무늬 눈이 부시구나

어진 덕을 보이며 천길 높이 날아

훠이훠이 아침 햇살 속에서 울지만

곡식을 바라는 것이 아니오

오직 대나무 열매가 그 먹이라

아하 어찌하리 오동나무 가지에는

올빼미와 솔개만 깃들었으니

① 봉황은 성군이 세상을 떠날 때 나타난다는 상상속의 새인데 봉은 암컷이고 황은 수컷이다. 단혈산丹穴山에서 나와 대나무 열매를 먹고 오동나무에 깃든다고 하며 머리무늬는 덕德을, 등의 무늬는 예禮를, 가슴무늬는 인仁을, 배의 무늬는 신信을 나타내는데 이 새가 나타나면 천하가 태평해진다고 한다.

난설헌은 봉황이 되어 어두운 현실인 단산굴에서 나와 새로운 신선의 세계로 날아든다. 그의 설자리인 현실을 올빼미와 솔개에게 빼앗겼기 때문에 삶의 공간이었던 현실을 두고 울면서 선계仙界를 향한다.

遣 興 (5)

近者崔白輩	(근자최백배)
功詩軌盛唐	(공시궤성당)
寥寥大雅音	(요요대아음)
得此復鏗鏘	(득차복갱장)
下僚困光祿	(하요곤광록)
邊郡愁積薪	(변군수적신)
年位共零落	(연위공령락)
始信詩窮人	(시신시궁인)

견 흥 (5)

요즈음 최경창이나 백광훈 같은 시인들이

성당의 경지를 이루었으니

적막하기만 하던 문장들의 바른 소리가

이들을 만나서야 힘차게 울려 퍼지네

(그러나) 낮은 벼슬에 녹봉은 초라하고

변방의 시골 살이 가난하기만 하여

나이도 지위도 함께 시들어 가니

아! 이제야 시인의 궁함을 알겠노라

삼당시인이라 불리던 이달, 최경창, 백광훈은 허봉과 상당히 친분이 있었으며 아우 허균은 이달에게서 직접 시문을 배웠다.

난설헌은 이들의 시가 뛰어남을 인정하고 문학적 재능만큼 인정받지 못하는 그들의 처지나 세태를 안타까워했으며 이들 시인과 자신을 동일시 할만큼 내면적 긍지 또한 대단하였다. (본지 난설헌의 삶과 문학 전면 참고)

遣興 (8)

芳樹藹被綠	(방수애피록)
蘼蕪葉已齊	(미무엽이제)
春物自妍華	(춘물자연화)
我獨多悲悽	(아독다비처)
壁上五岳圖	(벽상오악도)
牀頭參同契	(상두참동계)
煉丹倘有成	(연단당유성)
歸謁蒼梧帝	(귀알창오제)

견 흥 (8)

꽃다운 나무는 물이 올라 푸르고

궁궁이 싹도 어느새 가지런히 돋았지만

봄날이라 모두들 꽃피고 아름다운데

나만 홀로 슬픔에 젖는구나

벽에는 오악도 걸어놓고

머리맡에는 참동계를 펼쳐놓으니

혹여 마음을 다하여 꿈이 이루어지는 날

돌아가 순임금을 뵈오리라

註解 난설헌은 꿈속에서나마 아름다운 선계仙界의 순임금 백성이 되어 학과 봉황을 타고 훨훨 날아 신선이 되어 살고 싶었던 것은 아닐까.

제 2 장 회상

- 江南曲 (1) (강남곡-1)
- 江南曲 (5) (강남곡-5)
- 橫塘曲 (1) (횡당곡-1)
- 寄女伴 (기녀반)
- 采蓮曲 (채련곡)
- 堤上行 (제상행)

江南曲 (1)

江南風日好	(강남풍일호)
綺羅金翠翹	(기라금취교)
相將採菱去	(상장채릉거)
齊盪木蘭橈	(제탕목란요)

강남의 노래 (1)

강남에 날씨 좋은 날

고운 비단에 금비취로 어여삐 단장하여

함께 연밥 따러 가기도 하고

목란 배 나란히 노 젓기도 하였어라

江南曲 (5)

紅藕作裙衩　　(홍우작군차)

白蘋爲雜佩　　(백빈위잡패)

亭舟下渚邊　　(정주하저변)

共持寒潮退　　(공지한조퇴)

강남의 노래 (5)

붉은 연꽃으로 치마저고리 삼고

흰 마름풀로 여러 가지 장식꾸미며 노닐다가

물가에 배를 대고 내려서서

함께 찬 조수가 물러가기를 기다렸어라

어린시절 연밥을 따며 놀던 친구에 대한 그리움이 한 폭의 그림을 보는 듯하다.

橫塘曲 (1)

菱刺惹衣菱角大　　(릉자야의릉각대)

日落渚田潮未退　　(일락저전조미퇴)

蓮葉盖頭當花冠　　(연엽개두당화관)

藕花結帶爲雜佩　　(우화결대위잡패)

연못의 노래 (1)

연밥이 크니 연가시도 커서 옷을 잡아끌고

물가에 해는 지는데 조수가 물러가지 않아

연잎을 머리에 이니 화관이 되고

연꽃으로 띠를 매니 좋은 패물 되었어라

어린 시절의 추억을 회상하면서 이 시에 기탁하였음을 볼 수 있다.

寄女伴

結廬臨古道　　(결려임고도)
日見大江流　　(일견대강류)
鏡匣鸞將老　　(경갑난장로)
花園蝶已秋　　(화원접이추)
寒沙初下鴈　　(한사초하안)
暮雨獨歸舟　　(모우독귀주)
一夕紗窓閉　　(일석사창폐)
那堪憶舊遊　　(나감억구유)

여자 친구들에게

옛 길가에 초가집 짓고
날마다 큰 강 흐르는 것만 바라보네
경대에 비치는 난새는 늙어가고
꽃밭의 나비도 이미 가을이구나
차가워진 모래밭 처음엔 기러기 낮게 내려앉더니
저물도록 내리는 비 홀로 돌아오는 배
하루 저녁 영창 닫고 나니
노닐던 옛 시절 생각남을 어쩌리오

옛길은 꿈과 추억을 담고 있는 길이면서 현재와 미래에도 이어지는 길이다. 흐르는 큰 강 또한 과거로부터 현재에 이르고 또 미래까지 이르는 강이다.

이와 같이 세상을 초월하여 존재하며 작가와 함께 흐르는 강을 말한다. 경대에 비친 내 모습은 이미 시들어가고 나비도 싱그러움을 잃어간다. 기러기도 무리지어 날다가 모래위에 내려앉는데 홀로 있는 나에게 님도 싣지 않은 빈 배만 돌아와 공허함을 더한다. 이 공허함은 메울 수 없는 공간이요 메울 수 없이 텅 빈 공간에 홀로 있는 나의 존재는 빈 공간의 무게를 감당할 수 없어 밝고 가벼운 곳으로 도피하려 한다. 난설헌에게 있어 도피처는 추억이며 이 옛 추억은 곧 현재와 미래의 어둡고 닫힌 것에 대한 밝고 트인 공간이었다.

— 이숙희의 논문 중에서

采蓮曲 (채련곡)

秋淨長湖碧玉流	(추정장호벽옥류)
蓮花深處繫蘭舟	(연화심처계란주)
逢郎隔水投蓮子	(봉랑격수투연자)
或彼人知半日羞	(혹피인지반일수)

연꽃을 따며 부르는 노래

가을 맑은 호숫물 옥돌처럼 흘러가니

연꽃 피는 깊은 곳에 목란 배 매어 놓고

당신 보고 물 건너로 연꽃 따 던졌는데

혹여 남이 보았을까 반나절 부끄러웠네

이 시의 내용은 남녀간의 사랑을 담은 연정시지만 연꽃 따는 풍습은 민요풍의 악부시樂府詩로 난설헌의 감정이입을 담은 시라고 보아야 할 것이다.

堤上行

長堤十里柳絲垂　　(장제십리유사수)

隔水荷香滿客衣　　(격수하향만객의)

向夜南湖明月白　　(향야남호명월백)

女郎爭唱竹枝詞　　(여랑쟁창죽지사)

제방을 걸으며

긴 둑 십리 길에 휘늘어진 버들

물 건너 연꽃 내음 나그네 옷에 흠뻑 배였네

이 밤 새이도록 남호에 달이 밝으니

아가씨들 서로 어울려 사랑노래 부르네라

연꽃 가득 핀 연못의 이쪽 당堂에 앉아 아스라이 사라져 가버리고 말 것 같은 오화마五花馬탄 낭군을 상상해 보며 지은 시이다. 여름으로 접어드는 늦은 봄날 막연한 설레임과 함께 다 가버리고 말 것 같은 아쉬움은 자연에 민감한 소녀의 심정을 표현해 내고 있다.

처녀들의 노래로 빗대어 내 마음을 표현하고, 긴 둑과 늘어진 버들로 아쉬움을 나타내는 표현은 여인이 아니면 하기 어려운 수사修辭이다. 간접적이고 은근한 표현이라고 할까. 표현에 제약을 받던 시대의 여인이었기에 더욱 간접적이고 은근한 표현에 능能하였으리라고 본다. —김명희 논문 중에서—

제 3 장 마음

- 閨 怨 (규원 3수)
- 哭 子 (곡자)
- 送荷谷謫甲山 (송하곡적갑산)
- 寄荷谷 (기 하곡)

閨 怨

錦帶羅裙積淚痕 (금대라군적루흔)
一年芳草恨王孫 (일년방초한왕손)
瑤箏彈盡江南曲 (요쟁탄진강남곡)
雨打梨花晝掩門 (우타이화주엄문)

月樓秋盡玉屛空 (월루추진옥병공)
霜打蘆洲下暮鴻 (상타노주하모홍)
瑤瑟一彈人不見 (요슬일탄인불견)
藕花零落野塘中 (우화영락야당중)

– 寄夫江舍讀書 –

燕掠斜簷雨雨飛 (연략사첨우우비)
落花繚亂撲羅衣 (낙화요난박라의)
洞房極目傷心處 (동방극목상심처)
草綠江南人未歸 (초록강남인미귀)

규 방 가

1. 비단 띠 비단 치마 위에 눈물 자욱이 겹쳤으니
   해마다 봄풀을 보며 님 오시기를 그리워했기 때문일세
   거문고 옆에 끼고 강남곡 뜯어내지만
   배꽃은 비에 지고 한 낮에도 문은 닫혀있어라

2. 빈 구슬병풍 위로 가을 깊은 달이 떠오르니
   서리 내린 갈대밭에는 저녁 기러기가 내려 앉네
   마음 기울여 거문고를 타도 님은 오시지를 않고
   들녘 연못 속으로 하염없이 꽃잎만 떨어지네

– 기부강사독서 –

제비는 처마 비스듬히 짝 지어날고
지는 꽃은 어지럽게 비단 옷 위를 스치는구나
규방에서 홀로 기다리는 마음 아프기만 한데
봄풀은 푸르러져도 강남에 가신님은 여태 돌아오시질 않네

기부강사독서를 이수광은 '采蓮曲'과 함께 이 詩가 방탕하다 하여 시집詩集에도 싣지 않았다고 했다.

규방문학은 닫힌 공간에서 열린 공간으로의 정신적 이동을 시도하려는 즉, 생명력을 바탕으로 한 삶의 문학이므로 규방문학에서 여류 문학으로 이끄는 촉매제로서의 시심이 난설헌 문학의 중심을 이루고 있음을 볼 수 있다.

哭 子

去年喪愛女	(거년상애녀)
今年喪愛子	(금년상애자)
哀哀廣陵土	(애애광릉토)
雙墳相對起	(쌍분상대기)
蕭蕭白楊風	(소소백양풍)
鬼火明松楸	(귀화명송추)
紙錢招汝魄	(지전초여백)
玄酒奠汝丘	(현주전여구)
應知弟兄魂	(응지제형혼)
夜夜相追游	(야야상추유)
縱有腹中孩	(종유복중해)
安可冀長成	(안가기장성)
浪吟黃臺詞	(랑음황대사)
血泣悲呑聲	(혈읍비탄성)

자식 잃음을 슬퍼하며

지난해에는 사랑하는 딸을 여의고
올해는 사랑하는 아들까지 잃었네
슬프디 슬픈 광릉 땅
두 무덤 나란히 마주하고 있구나
백양나무에 쓸쓸히 바람은 일고
소나무 숲에는 도깨비 불 반짝이는데
지전을 태워서 너희 혼을 부르고
네 무덤에 맑은 술을 올린다
그래 안다 너희 남매의 혼이
밤마다 서로 따르며 함께 놀고 있음을
비록 지금 뱃속에 아이가 있다지만
어찌 제대로 자랄지 알겠는가
하염없이 슬픔의 노래 부르며
피눈물 나오는 슬픈 울음 삼키고 있네

경기도 기념물 제95호로 지정. 행정구역상 초월리에 위치. 1985년 중부고속도로 개설로 인하여 500m 떨어진 현재 장소로 이장. 김성립과 후처 홍씨의 묘가 나란히 있고 난설헌은 맨 아래 쪽에 따로이 안장되어 있음. 그러나 오른편에 두 아이의 묘가 나란히 함께하고 있어 외롭지는 않으리라

送荷谷謫甲山

遠謫甲山客 (원적갑산객)

咸原行色忙 (함원행색망)

臣同賈太傅 (신동가태부)

主豈楚懷王 (주기초회왕)

河水平秋岸 (하수평추안)

關雲欲夕陽 (관운욕석양)

霜風吹鴈去 (상풍취안거)

中斷不成行 (중단불성행)

갑산으로 가시는 하곡 오라버니에게

멀리 갑산으로 귀양가는 나그네

함경도길 가시는 걸음 바쁘시어라

쫓겨나는 신하는 가태부 같다지만

임금이야 어찌 초나라 회왕이리오

강물은 가을 언덕으로 잔잔히 흐르고

변방의 구름은 석양에 물드는데

서릿바람 불어 기러기 떼 날으나

중간이 끊어져 행렬을 못 이루네

오라버니인 하곡 허봉이 갑산으로 귀양 갈 때 난설헌이 보낸 시로 허봉을 중국 전한시대의 가태부가 억울하게 장사長沙로 귀양 갔던 고사와 비교한다. 또한 중국 전국시대의 회왕이 바른말 잘하는 삼려대부 굴원을 미워했던 사실을 상기하며 우리 임금이야 어찌 초나라 회왕과 같겠냐고 은근하게 한 발 물러서지만 이 시의 행간에는 이미 두 임금을 비교한 것이 보인다.

— 박혜숙, 건대출판부, 2004

寄 荷谷

暗窓銀燭低	(암창은촉저)
流螢度高閣	(유형도고각)
悄悄深夜寒	(초초심야한)
蕭蕭秋葉落	(소소추엽락)
關河音信稀	(관하음신희)
端憂不可釋	(단우불가석)
遙想靑蓮宮	(요상청련궁)
山空蘿月白	(산공라월백)

하곡 오라버니에게

어두운 창가에는 촛불 나즉이 흔들리고

반딧불은 높은 지붕을 날아 넘는구나

고요 속에 깊은 밤은 추워가는데

나뭇잎은 쓸쓸하게 떨어져 흩날리네

귀양 가신 국경지대에서 소식도 뜸하니

오라버니 생각으로 이 시름을 풀어낼 수 없어

청련궁에 계신 오라버니를 멀리서 그리워하니

텅 빈 산속 담쟁이 사이로 달빛만 밝아라

하곡 허봉이 국경지대 관아인 함경도 갑산으로 유배 갔을 때(1583년, 선조 16) 오라버니를 그리워하며 지은 시이다. 허봉은 동·서 붕당정치 속에서 상대편의 미움을 받아 창창한 나이로 죽음을 맞게 되니 허씨 집안의 불행이 아닐 수 없다. 청련궁靑漣宮은 사찰의 별칭으로 이백의 호가 '청련거사'이므로 오라버니가 귀양 가는 곳을 아름답게 불러 표현한 것이다.

— 장정룡의 허씨 오문장가 중에서

제4장 귀의

- 恨情一疊 (한정일첩)
- 秋 恨 (추한)
- 染指鳳仙花歌 (염지봉선화가)
- 春日有懷 (춘일유회)
- 楊柳枝詞 (양류지사 5수)
- 四時詞 春、夏、秋、冬 (사시사 춘、하、추、동)

恨情一疊

春風和兮百化開	(춘풍화혜백화개)
節物繁兮萬感來	(절물번혜만감래)
處深閨兮思欲絶	(처심규혜사욕절)
懷伊人兮心腸裂	(회이인혜심장열)
夜耿耿而不寢兮	(야경경이불침혜)
聽晨鷄之喈喈	(천신계지개개)
羅帷兮垂堂	(나유혜수당)
玉階兮生苔	(옥계혜생태)
殘燈翳而背壁兮	(잔등예이배벽혜)
錦衾悄而寒侵下	(금금초이한침하)
鳴機兮織回文	(명기혜직회문)
文不成兮亂愁心	(문불성혜난수심)
人生賦命兮有厚薄	(인생적명혜유후박)
任他歡娛兮身寂寞	(임타환오혜신적막)

한정일첩

봄바람 산들부니 온갖 꽃들이 피어나듯
철따라 피고 지는 뭇 생명을 바라보노라니 마음은 설레이건만
인적 없는 규방에서 사모하는 마음 끊으려나
그대를 생각하면 이렇듯 애만 타
밤 이슥토록 잠 못 이루나니
(오늘따라) 처량히 들리는 새벽 닭 우는소리
비단 휘장이 드리워진 빈방과
아름답던 섬돌에는 푸른 이끼만 무성하구려
희미하게 깜박이는 등불을 끄고 벽에 기대니
비단이불 사이로 차가운 바람만 서려있어
몇 번이고 회문을 쓰려하였으나
시름에 겨워 글을 못 이루노니
사람의 운명은 타고남이라 후하고 박함이 덧없던가
모두들 즐거움을 누리건만 이 내 몸은 못내 쓸쓸하기만 하여라

秋恨

絳紗遙隔夜燈紅 (강사요격야등홍)

夢覺羅衾一半空 (몽각나금일반공)

霜冷玉籠鸚鵡語 (상냉옥농앵무어)

滿階梧葉落西風 (만계오엽락서풍)

가을에 젖다

붉은 등불에 비친 휘장 밤이 되니 더욱 붉은데

꿈에서 깨어나니 비단이불 절반이 비어있구나

찬서리 내리는 새장에서 앵무새는 울고

가을바람에 섬돌 가득 오동잎만 지는구나

선계仙界의 아름다운 환상에 젖다가 깨어보니 옆자리는 비어있고 그 현실은 사회적 위기와 가정적 몰락과 자식을 잃은 시기가 아니었을까. 사방이 벽이라 모든 삶의 의지를 시詩에 정념하였기에 오늘날 우리들은 난설헌 허초희님의 주옥같은 철학시와 함께 할 수 있다.

染指鳳仙花歌

金盆夕露凝紅房 (금분석로응홍방)
佳人十指纖纖長 (가인십지섬섬장)
竹碾擣出捲菘葉 (죽년도출권숭엽)
燈前勸護雙鳴璫 (등전권호쌍명당)
粧樓曉起簾初捲 (장루효기렴초권)
喜看火星抛鏡面 (희간화성포경면)
拾草疑飛紅蛺蝶 (십초의비홍협접)
彈箏驚落桃花片 (탄쟁경락도화편)
徐匀粉頰整羅鬟 (서균분협정라환)
湘竹臨江淚血斑 (상죽임강루혈반)
時把彩毫描却月 (시파채호묘각월)
只疑紅雨過春山 (지의홍우과춘산)

봉선화 물들이며

각시방 금화분에 저녁이슬 내리니
새악시 열손가락처럼 가늘고도 길어라
(봉선화 잎 따다가) 대절구에 찧어서 배추 잎으로 말아
등잔 앞에서 동여맬 때 노리개도 달랑달랑
새벽에 일어나 주렴을 걷으려니
반갑게도 붉은 별이 거울로 떨어지네
나물 캐며 보노라면 호랑나비 날아오르는 듯
가야금 타노라면 복사꽃잎 떨어지듯
토닥토닥 분 바르고 머리 곱게 매만지니
소상반죽의 눈물 자욱인 듯 곱기도 하여
때마침 붓을 들어 눈썹을 그리려니
붉은 빗방울이 봄 산을 스치는 듯하여라

난설헌은 계절에서도 만물에게서도 아름다움을 느끼고 즐길 줄 아는 뛰어난 심미안을 지니고 있었으며 무더위조차도 아름다운 한 폭의 그림으로 묘사하는四時詞 긍정적 사고의 소유자였다.

春日有懷

草臺迢遞斷腸人	(초대초체단장인)
雙鯉傳書漢水濱	(쌍리전서한수빈)
黃鳥曉啼愁裏雨	(황조효제수리우)
綠楊晴裊望中春	(녹양청뇨망중춘)
瑤階冪歷生靑草	(요계모역생정초)
寶琴凄凉閑素塵	(보금처량한소진)
誰念木蘭舟上客	(유념목란주상객)
白蘋花滿廣陵津	(백빈화만광릉진)

어느 봄날에 마음을 풀어내며

님 계신 곳 멀고멀어 애타는 내게

한 쌍 잉어에 글을 넣어 한강가로 보내 왔네

꾀꼬리 새벽에 우니 마음에 비는 내리는데

우거진 버들은 맑게 하늘거리며 봄을 기다림이라

아름답던 섬돌엔 푸른 잡초가 무성하고

꽃다운 거문고엔 먼지만 처량히 쌓여있어

누가 목란배 타고 오는 님을 그릴까

광릉 나룻가에 흰 마름꽃만 가득하건만

註解 외부의 억압과 내부의 갈등으로 인해서 난설헌은 최대한 자연에 자신을 투영시켜 삶에 대한 심미적인 접근을 시도하였다.

楊柳枝詞

1. 楊柳含煙灞岸春　　(양류함연파안춘)
   年年攀折贈行人　　(년년반절증행인)
   東風不解傷離別　　(동풍불해상이별)
   吹却低枝掃路塵　　(취각저지소로진)

2. 青樓西畔絮飛楊　　(청루서반서비양)
   煙銷柔條拂檻長　　(연소유조불함장)
   何處少年鞭白馬　　(하처소년편백마)
   綠陰來繫紫遊韁　　(녹음래계자유강)

3. 灞陵橋畔渭城西　　(파릉교반위성서)
   雨銷煙籠十里堤　　(우소연롱십리제)
   繫得王孫歸意切　　(계득왕손귀의절)
   不同芳草綠萋萋　　(부동방초녹처처)

버들가지의 노래

1. 안개 젖은 파수 언덕의 버들가지는
해마다 꺾여져 길 떠나는 연인에게 보내진다만
헤어지는 아픔을 봄바람은 모르는 듯
휘늘어진 가지에 불어와 길에 덮인 먼지만 쓸고 가네

2. 청루 서쪽 언덕에는 버들 꽃 흩날리고
버들가지는 하늘거리며 난간을 스치는데
어느 도령이 채찍하며 백마 타고 와
버드나무 그늘에 붉은 고삐 매려는가

3. 파릉 다리에서 위성 서쪽까지
비에 잠긴 십리 둑이 안개로 자욱한데
말을 매던 왕손은 돌아오지 않으니
숲이 우거진들 향기로운 풀만 같지 못함이라

4. 條妬纖腰葉妬眉 (조투섬요엽투미)
怕風愁雨盡低垂 (파풍수우진저수)
黃金穗短人爭挽 (황금수단인쟁만)
更被東風折一枝 (갱피동풍절일지)

5. 按轡營中占一春 (안비영중점일춘)
藏鴉門外麴絲新 (장아문외국사신)
生憎灞水橋頭樹 (생증파수교두수)
不解迎人解送人 (불해영인해송인)

4. 버들가지는 허리같고 버들잎은 눈썹 같으니
   바람이 두려웁고 비가 싫어 낮게 드리웠는데
   황금빛 여린가지 저마다 잡아당기고
   동풍까지 불어와 또 한 가지 꺾어 놓는구나

5. 안비영 성안에는 봄이 무르익고
   장아문 밖에 노란 버들가지 더욱 새롭건만
   야속타 파수 다릿목의 버드나무는
   맞을 줄 모르고 보내기만 하려네

파수 언덕의 버들가지가 이별시의 소재로 시인들에게 많이 쓰였으며 멀리 떠나는 연인이나 친구와 헤어지면서 버들가지를 꺾어 말채찍으로 선물하기도 했다고 한다.

난설헌의 시를 가만히 들여다보면 몇 개의 영상이 겹쳐진다. 양파껍질 벗기듯 은유와 상징의 표현법 표출이 다각적인 모습으로 펼쳐진다. 이것이 난설헌 시의 특징이어서 그 가치가 더 큰가 보다.

四時詞　春

院落深沈杏花雨　(원락심침행화우)
流鶯啼在辛夷塢　(유앵제재신이오)
流蘇羅募襲春寒　(유소라모습춘한)
博山輕飄香一縷　(박산경표향일루)
美人睡罷理新粧　(미인수파이신장)
香羅寶帶蟠鴛鴦　(향라보대반원앙)
斜捲重簾帖翡翠　(사권중렴첩비취)
懶把銀箏彈鳳凰　(나파은쟁탄봉황)
金勒雕鞍去何處　(금륵조안거하처)
多情鸚鵡當窓語　(다정앵무당창어)
草粘戲蝶庭畔迷　(초점희접정반미)
花罥遊絲蘭外舞　(화견유록난외무)
誰家池館咽笙歌　(수가지관인생가)
月照美酒金叵羅　(월조미주금파라)
愁人獨夜不成寐　(추인독야불성매)
曉起鮫綃紅淚多　(효기교초홍누다)

四詩詞 中 봄

뜨락은 고요한데 살구꽃잎 위에는 비가 내리고
백목련 핀 언덕에서는 꾀꼬리가 우는구나
수실 늘어진 비단휘장에 봄 날 추위가 스며들고
박산향로에서 피어오르는 한 줄기 향 연기에
아름다운 여인은 잠을 깨어 다시금 화장을 하니
향그런 비단옷 위에는 보배로운 띠 한 쌍의 원앙이 둘러져 있어라 겹으로 드리워진 발을 거두며 비취휘장 치고서
시름없이 은쟁을 손에 잡고 한 가닥 봉황음을 타지만
금굴레 잡고 안장위에 계시던 님께서는 어디로 가셨는지
정 흘러넘치는 한 쌍의 앵무새만 창가에 앉아 사랑을 속삭이네
풀밭에서 한동안 노닐던 나비는 뜨락을 넘나들다 길을 잃어
꽃 그네 줄 엮어 난간 밖 하늘까지 날아오르려는데
어느 집 연못가에서 피리소리 울려나는가
금 술잔 위로 달빛이 비추이나
시름 많은 여인은 밤새도록 홀로 잠 못 이루니
날이 밝으면 비단수건에 눈물 자욱만 가득하리라

四時詞　夏

槐陰滿地花陰薄　(괴음만지화음부)
玉簟銀床敞珠閣　(옥점은상창주각)
白苧衣裳汗凝珠　(백저의상한응주)
呼風羅扇搖羅幕　(호풍라선요라막)
瑤階開盡石榴花　(요계개진석류화)
日轉華簷簾影斜　(일전화첨렴영사)
雕梁晝永燕引雛　(조량주영연인추)
藥欄無人蜂報衙　(약난무인봉보아)
刺繡慵來午眠重　(자수용래오면중)
錦茵敲落釵 頭鳳　(금인고락채두봉)
額上鵝黃膩睡痕　(액상아황니수흔)
流鶯喚起江南夢　(유앵환기강남몽)
南塘女伴木蘭舟　(남당여반목란주)
采采荷花歸渡頭　(채채하화귀도두)
輕橈齊唱采菱曲　(경용제창채릉곡)
驚起波間雙白鷗　(경기파간쌍백구)

四詩詞 中 여름

느티나무 그늘이 뜨락에 깔리니 꽃 그림자 옅으나
대자리 평상에 누각이 시원하네
하얀 모시적삼엔 구슬 같은 땀방울 아롱지고
부채 바람결에 비단휘장 하늘거리네
섬돌 옆 석류꽃은 피었다가 지고
주렴그림자 거둔 햇살은 추녀 끝에 머무네
대들보에 머무는 낮이 길어 새들은 즐겨 놀고
약초밭 울타리엔 벌들만 무심하여라
수놓던 손 오수에 졸려
비단방석위로 스러지니 봉황비녀 떨어지고
이마에 땀방울은 끈적이는데
꾀꼬리 소리가 강남 꿈을 깨우네
남쪽 연못의 벗들은 목란배 타고
연꽃 따서 나루터로 돌아오며
천천히 노 저어 채릉곡을 부르니
물결사이로 갈매기 한 쌍이 놀라서 날아가네

四時詞　秋

紗幮寒逼殘宵永　(사주한핍잔소영)
露下虛庭玉屛冷　(노하허정옥병랭)
池荷粉褪夜有香　(지하분퇴야유향)
井梧葉下秋無影　(정오엽하추무영)
丁東玉漏響西風　(정동옥루향서풍)
簾外霜多啼夕虫　(렴외상다제석충)
金刀剪下機中素　(금도전하기중소)
玉關夢斷羅帷空　(옥관몽단라유공)
裁作衣裳寄遠客　(재작의상기원객)
悄悄蘭燈明暗壁　(초초난등명암벽)
含啼寫得一封書　(함제사득일봉서)
驛使明朝發南陌　(역사명조발남맥)
裁封已就步中庭　(재봉이취보중정)
耿耿銀河明曉星　(경경은하명효성)
寒衾輾轉不成寐　(한금전전불성매)
落月多情窺畫屛　(낙월다정규화병)

四詩詞 中 가을

스산한 기운이 스미는 방
빈 뜨락에 이슬내리니 옥병풍은 차갑기만 한데
연꽃 지는 밤에 연향은 향기롭고
우물가 오동잎은 그림자 없으니
똑똑 떨어지는 물시계는 가을바람에 울고
주렴 밖 서릿발에 밤벌레도 우는구나
베틀에 감긴 무명을 자르다
옥관에 계신 님 생각에 허허로워
인편에 보내려 옷을 지으니
희미한 등잔불만 어두운 벽 밝히고 있네
눈물로 지새우며 편지를 쓰고
역사는 내일 아침 남쪽으로 간다하여
옷과 서신을 봉하고 뜨락 거닐려니
은하수 흐르는 새벽별은 더욱 밝아
찬 이불 뒤척이며 잠 못 이루니
지는 달만 다정히 병풍 속에 깃드는구나

四時詞 冬

銅壺滴漏寒宵永	(동호적루한소영)
月照紗幃銀衾冷	(월조사위은금랭)
宮鴉驚散轆轤聲	(궁아경산록로성)
曉色侵樓窓有影	(효색침루창유영)
簾前侍婢瀉金甁	(렴전시비사금병)
玉盆手澁臙脂香	(옥분수삽연지향)
春山描就手屢呵	(춘산묘취수루가)
鸚鵡金籠嫌曉霜	(앵무금농혐효상)
南隣女伴笑相語	(남인여반소상어)
玉容半爲相思瘦	(옥용반위상사수)
金爐獸炭暖鳳笙	(금로수탄난봉생)
帳底羔兒薦春酒	(장저고아천춘주)
憑闌忽憶塞北人	(빙란홀억새북인)
鐵馬金戈靑海濱	(철마금과청해빈)
驚沙吹雪黑貂弊	(경사취설흑표폐)
應念香閨淚滿巾	(응염향규누만건)

四詩詞 中 겨울

똑똑똑 떨어지는 물시계 소리에 겨울밤은 깊어가고
휘장에 비친 엷은 달빛에 원앙금침은 더욱 차갑기만 한데
궁궐 안 갈가마귀 도르래 소리에 흩어지자
동트는 누각 창문에 그림자 어른거리는구나
주렴 앞에 시녀들 금병에 물 부으니
항아리에 손 넣기 어눌하여도 연지는 향기로워
시린 손 불며 눈썹 그리지만
새장 속에 앵무새도 새벽서리는 싫어하리
이웃한 남녘 여인들 웃으며 속삭이길
옥 같은 얼굴이 님 그리다 반쪽 되었다네
금화로에 불 지피는 생황소리 따뜻하니
장막 밑 고아주를 봄술로 올린듯하여
난간에 기대어 서니 변방에 계신 님 생각이 홀연하여라
창 잡고 용맹스런 말 타며 청해의 들녘을 달리시며
휘몰아치는 모래 눈보라에 가죽옷 헤어져도
눈물수건 향기로운 아내 생각하시리라

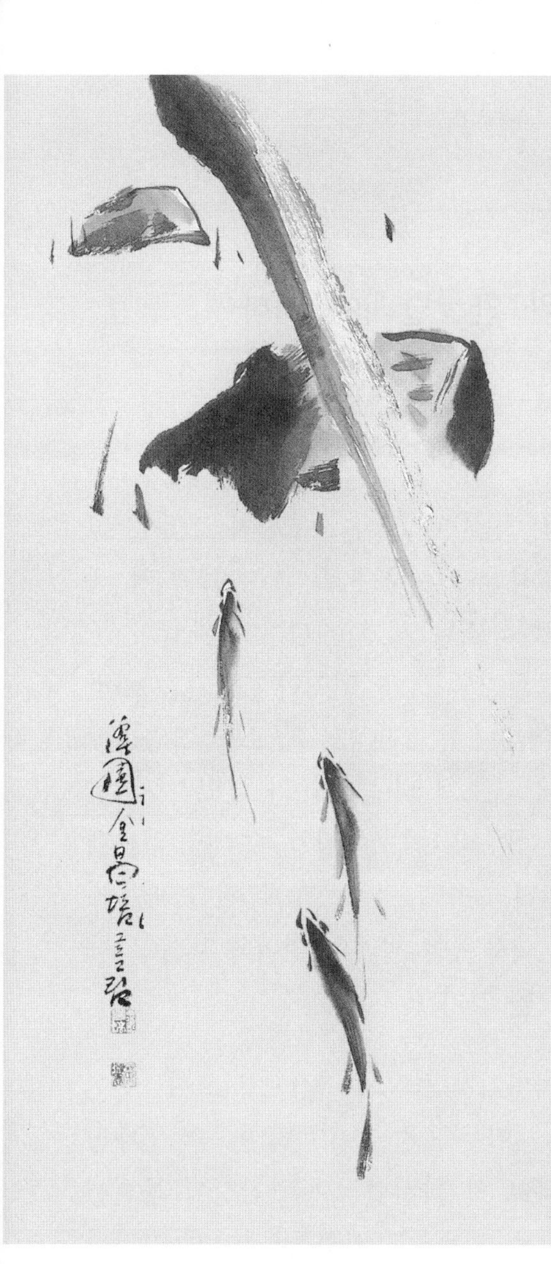

제 5 장 의지

– 漢詩 技法인 용사와 換骨奪胎에 대하여

- 效崔國輔體 (효 최국보 체)
- 效李義山體 (효 이의산 체)
- 效沈亞之體 (효 심아지 체)

한시 기법인 용사와 환골탈태에 대하여

그때까지의 선비들은 시를 지을 때 글이나 고사와 같은 전고典故를 끌어 쓰기도 하고 옛 사람의 시구를 끌어다 변화시켜 새로운 의미로 창출하기도 했다. 또한 시를 짓던 지식계급의 문인들은 경전이나 역사서, 문학작품 등을 읽어야 했고 그 과정에서 이미 알고 암송했던 어휘나 특유의 통사구조가 자연스럽게 자신의 작품 속에서 배어 나오게 되는 경우가 많았다. 이것은 문어 문학으로서의 한문학이 지니는 특성일 수밖에 없는데 한시는 생생한 구어가 아니라 문어로 쓰여 지게 되기 때문에 새로운 인식 내용도 자신이 습득했던 과거의 언어와 비유를 통해서 나타 낼 가능성이 많았을 것이다.

따라서 난설헌은 오빠나 아버지가 중국에 사신으로 드나들면서 사들여 온 중국의 고문헌과 시집들을 즐겨 숙독하며 특히 『태평광기』는 외울 정도로 읽었다고 하니 천성적으로 감성이 특별했던 그녀로서는 능숙하게 시를 지을 수 있었을 것이며 그러한 시를 바탕으로 자신만의 정서와 뜻이 담겨진 시를 짓는다는 것은 자연스러운 것이다.

또한 시의 격식뿐만 아니라 음률을 완전히 이해하고 있었기 때문에 격률을 더욱 엄격하게 요구하는 사詞에서도 능숙하였을 것이다.

따라서 당唐의 시인인 최국보, 이의산, 심아지의 시 형식을 빌려서 쓴 창작기법에서 그들의 시색을 살펴보면 최국보는 여인의 정을, 이의산은 남녀간의 애정을, 심아지는 사람과 선仙 사이의 애정과 결혼이라는 제재를 다뤘다는 것이 특징이다.

그러므로 난설헌 시의 효效는 단순한 차원이 아니라 새로운 뜻과 이미지를 창출하여 자기 삶의 방식으로 대입하였다고 볼 수 있다.

效崔國輔體

妾有黃金釵	(첩유황금채)
嫁時爲首飾	(가시위수식)
今日贈君行	(금일증군행)
千里長相憶	(천리장상억)

池頭楊柳疎	(지두양유소)
井上梧桐落	(정상오동락)
簾外候虫聲	(염외후충성)
天寒錦衾薄	(천한금금박)

春雨暗西池	(춘우암서지)
輕寒襲羅幙	(경한습라막)
愁倚小屛風	(수의소병풍)
牆頭杏花落	(장두향화락)

최국보의 체를 본받아

1. 나에게 하나있는 금비녀
시집올 때 꾸미개로 꽂고 왔지요
오늘 길 떠나는 님에게 드리오니
천리 먼 길 오래도록 기억하소서

2. 연못가에 버들잎은 성글어 가고
우물가 오동잎도 떨어지는데
주렴 밖에서 들려오는 풀벌레 소리
차가운 날씨에 비단이불 더욱 얇게 하여라

3. 봄비가 서쪽 연못에 자욱하여
스산한 기운이 장막에 젖네요
시름에 겨워 작은 병풍에 의지하려니
담장위로 하염없이 살구꽃이 나립니다

최국보의 시색은 주로 여인의 정을 표현한 것이 특징이며 난설헌이 최국보의 시체를 빌려 쓰는 기법은 단순한 모방이 아니라 새로운 뜻과 이미지를 창출하는 시체로서 자신의 의중을 실어 놓는 창작법을 택하였다.

效李義山體 (1)

鏡暗鸞休舞	(경암난휴무)
樑空燕不歸	(양공연불귀)
香殘蜀錦被	(향잔촉금피)
淚濕越羅衣	(누습월라의)
楚夢迷蘭渚	(초몽미란저)
荊雲落粉闈	(형운낙분위)
西江今夜月	(서강금야월)
流影照金微	(유영조금미)

이의산 체를 본받아 (1)

난새도 노닐지 않는 거울에 먼지 가득하여

제비마저 깃들지 않는 빈집 같으나

비단이불엔 아직 따스한 향기 스며있어

옷자락에 눈물이 젖어 흐르네

님 그리는 꿈은 물빛에 여울지고

형주의 구름은 궁궐에 감도는데

오늘 밤 서강의 저 달은

흘러흘러 님 계시는 금미산에 비치네

이의산의 시색은 주로 남녀간의 애정을 다룬 것이 특징이다. 난설헌은 이 또한 남을 통해 나를 표현하는 감정이입 형식을 사용했다고 보겠다.

效沈亞之體

遲日明紅榭 (지일명홍사)
晴波斂碧潭 (청파검벽담)
柳深鶯睍睆 (유심앵현완)
花落燕呢喃 (화락연닐남)
泥潤埋金屐 (니윤매금극)
鬟低膩玉篸 (환저니옥잠)
銀瓶錦茵暖 (은병금인난)
春色夢江南 (춘색몽강남)

春雨梨花白 (춘우이화백)
宵殘小燭紅 (소잔소촉홍)
井鴉驚曙色 (정아경서색)
樑燕怯晨風 (양연겁신풍)
錦幙凄凉捲 (금막처량권)
銀床寂寞空 (은상적막공)
雲軿回鶴馭 (운병회학어)
星漢綺樓東 (성한기루동)

심아지의 체를 본받아

1. 봄볕이 붉게 정자를 비추니
   맑은 물결은 푸른 연못에 일렁이고
   버들 우거진 숲속에 어여쁜 꾀꼬리는
   꽃잎 떨어지니 제비처럼 울어 예네
   (숲길을 걸으며 행여) 진흙이 꽃신에 묻을까
   머리 숙이니 옥비녀에 가득한 햇살이 고웁고
   은 병풍에 비단방석도 따스하니
   봄빛에 젖어 강남 가는 꿈꾸리

2. 봄비 내리니 배꽃은 더욱 희고
   긴 밤 지샌 촛불은 아직도 붉기만 한 것을
   우물가 까마귀는 새벽빛에 놀라고
   들보 위의 제비도 새벽바람에 놀라는구나
   비단 장막 쓸쓸히 걷어 올리니
   침상도 적막하게 비어 있어
   구름수레 돌려서 학을 타고
   은하수 건너 비단누대 있는 곳 동으로 동으로

심아지의 시색은 주로 사람과 선仙 사이의 애정과 결혼이라는 제재를 다룬 것이 특징이며 난설헌이 심아지의 시체를 빌려 쓰는 기법은 단순한 모방이 아니라 새로운 뜻과 이미지를 창출하는 시체詩體로써 자신의 의중을 실어 놓는 창작법이었다.

제6장 기도

- 湘絃謠 (상현요)
- 望仙謠 (망선요)
- 夢遊廣桑山詩 (몽유광상산시)
- 遊仙詞 (70) (유선사-70)
- 遊仙詞 (87) (유선사-87)

湘絃謠

蕉花泣露湘江曲 (초화읍로상강곡)
九點秋烟天外綠 (구점추연천외록)
水府凉波龍夜吟 (수부량파용야음)
蠻娘輕戞玲瓏獄 (만낭경알령롱옥)
離鸞別鳳隔蒼梧 (이난별봉격창오)
雨氣侵江迷曉珠 (우기침강미효주)

閑撥神絃石壁上 (한발신현석벽상)
花鬟月鬟啼江姝 (화환월환제강주)
瑤空星漢高超忽 (요공성한고초홀)
羽盖金支五雲沒 (우개금지오운몰)
門外漁郎唱竹枝 (문외어랑창죽지)
銀潭半掛相思月 (은담반괘상사월)

소상강 거문고의 노래

소상강 굽이진 곳에 파초꽃은 이슬에 젖고
가을은 아홉 봉우리 하늘 위에서 더 푸르구나
수궁에 치는 스산한 파도는 한밤에 용이 우는 듯하고
남방아가씨 노래 소리는 옥구슬 구르는 듯 하나
짝 잃은 난새와 봉황은 창오산이 가로막히고
빗기운 마저 강에 스미니 새벽달도 희미하기만 하고나

한가로이 벼랑 위에서 거문고 뜯으니
꽃인 듯 달인 듯 타래머리의 아가씨 강에서 울고 있네
하늘에는 은하수 높고도 멀기만 하여
새털덮개 금기둥이 오색구름 속에 가물거리는데
문밖에서 어부들이 죽지사를 부르니
은빛 호수에 사랑달이 반쯤 걸려있어라

상현요는 소상강의 거문고 노래이다. 순임금의 두 왕비인 아황과 여영이 몸을 던져 죽은 곳이 상강이라고 한다.
시의 물밑을 잘 들여다보라! 물의 문을 열고 들어가면 거문고를 뜯으며 그리움에 울고 있는 난설헌을 볼 것이다.

望仙謠 (망선요)

瓊花風軟飛青鳥	(경화풍연비청조)
王母麟車向蓬島	(왕모인차향봉도)
蘭旌蘂帔白鳳駕	(난정예피백봉가)
笑倚紅闌拾瑤草	(소의홍란습요초)
天風吹擘翠霓裳	(천풍취벽취예상)
玉環瓊佩聲丁當	(옥환경패성정당)
素娥兩兩鼓瑤瑟	(소아양양고요슬)
三花珠樹春雲香	(삼화주수춘운향)
平明宴罷芙蓉閣	(평명연파부용각)
碧海青童乘白鶴	(벽해청동승백학)
紫簫吹徹彩霞飛	(자소취철채하비)
露濕銀河曉星落	(노습은하효성락)

선계를 바라보며 노래함

아름다운 꽃은 바람에 하늘거리고 그 사이로 파랑새 날아오르니
서왕모님은 기린수레 타고 봉래섬으로 향하시네
난초깃발에 꽃술장식으로 장막 드리워진 눈부신 봉황 수레여
님은 미소 지으며 난간에 기대어 향기로운 풀꽃을 뜯으시는데

하늘에서 바람 불어와 파르스름한 무지개 옷 흩날리니
옥가락지와 옥패물이 부딪쳐 청아하게 울리고
어여쁜 선녀들 짝을 지어 거문고 뜯는 소리 울려 퍼지면
세 번 피는 계수나무에서는 봄 구름 향기가 감도누나

어느새 새벽이 다가와 부용각 잔치는 끝나고
푸른 바다의 신선께서 흰 학에 오르시자
뚫는 듯 들려오는 자줏빛 피리소리에 오색 노을 흩어지니
이슬 젖은 은하의 강 속으로 새벽 별이 떨어지누나

夢遊廣桑山詩

碧海侵瑤海　　(벽해침요해)

青鸞倚彩鸞　　(청난의채난)

芙蓉三九朶　　(부용삼구타)

紅墮月霜寒　　(홍타월상한)

몽유광상산시

푸른 바닷물이 구슬바다에 스며들고

파란 난새가 채색 난새와 어울렸구나

연꽃 스물일곱 송이 붉게 떨어지니

달빛 서리위에서 차갑기만 하여라

1563 (명종 18년) 태어나서 1589년 음력 3월 19일 (선조 21년) 타계.
난설헌이 어느 날 꿈에 바다 가운데에 있는 산에 올랐는데 두 여인이 말하기를 "여기는 광상산입니다. 신선들이 사는 십주 중에서 가장 아름다운 곳입니다. 당신은 신선의 인연이 있기 때문에 감히 이곳에 이르렀으니 어찌 시로써 이를 기록하지 않겠습니까"라고 하여서 지은 시라고 한다.
이에 허균은 "우리 누님이 기축년(1589년) 봄에 돌아가셨으니 그 때 나이가 27세였다. 그의 시에 '부용삼구타'란 말은 곧 이것을 증험함이다"

遊仙詞 (70)

東皇種杏一千年	(동황종행일천년)
枝上三英蔽碧烟	(지상삼영폐벽연)
時控彩鸞過舊苑	(시공채난과구원)
摘花持獻玉皇前	(적화지헌옥황전)

遊仙詞 (87)

六葉羅裙色曳烟	(육엽라군색예연)
阮郎相喚上芝田	(완랑상환상지전)
笙歌晢向花間盡	(생가석향화간진)
便是人寰一萬年	(편시인환일만년)

유선사 (70)

동황께서 심은 살구나무 천년을 자랐는데
가지위에 세 송이 꽃 푸른 안개에 가려있어
때마침 난새를 타고 옛 동산을 지나다
그 꽃을 꺽어 옥황상제께 바쳤다오

유선사 (87)

여섯 폭 비단치마 노을에 물들인 듯
완랑을 부르며 지초 밭으로 오르는데
갑자기 피리소리 꽃 속으로 사라지니
아하 인간의 세상살이 일만 년이 흘렀구나

도교의 교리에 의하면 인간세상에서 살생의 죄를 짓지 않으면 수명이 일만 년인 속계에서 살게 되고 속세에서 악언을 하지 않으면 수명 일겁년인 무색계에 사는데 그중 공행功行이 찬 사람은 서왕모의 환영을 받으며 상사천上四天으로 오를 수 있다고 한다. '유선사 70'에서 삼천년의 세월을 꽃 세 송이로 맺어주는 선계의 시간을 '유선사 87'에서는 일만 년의 세월을 순간으로 이어주는 불가사의한 사차원의 세계 즉, 時 空을 초월한 영원의 세계로 인도한 생명의 원천이었다.

■ 국가 동량으로의 철학적 상징시인 허난설헌의 시적 상상력

난설헌 허초희蘭雪軒 許楚姬

– 함종임의 『난설헌 완해본』을 중심으로

蔡 洙 永
(문학박사 · 시인 · 문학평론가)

시대 – 조선
생몰년 – 1563~1589(명종18~선조21)
활동분야 – 여류시인
다른 이름 – 난설헌蘭雪軒/경번景樊

1. 문학과 사회학

문학의 영토는 자유정신을 나타내는 것을 본질로 하면서 이상공간을 지향하는 몫으로 작가의 취향에 따라 시와 산문을 선택하게 된다. 산문은 설득력의 리얼리티를 선택하여 실감을 요망하고, 시는 응축凝縮에서 무한의 자유 공간을 유영하는 고도의 지적 작업이다. 왜냐하면 시는 시적장치–비유라는 도구를 사용하여 현실을 꼬집고 비틀어서 시인의 사상을 표출하는 적절성을 갖는 장르이기 때문이다. 때문에 한 편의 시의 창문을 통해서는 우주 혹은 현실의 왜곡을 밝힐 수 있는 바–여기서 지적 작업의 정신이 내재된다. 다시 말해서 현실의 불합리와 모순 혹은 시대

의 아픔까지도 직설법을 피해서 우회적인 방법－정곡을 찌르는 일이 가능해진다는 점에서 시는 현실과 연결고리를 갖고 또 탈출로를 발견하는 카타르시스의 방편이 될 수 있다. 이런 경우 아리스토텔레스는 에이런(Eiron)과 알라존(Alazon)이라는 명칭으로 대립 각에서 에이런의 승리가 주는 의미를 설파하고 있다. 물론 시만이 그런 것은 아니다. ≪흥부전≫의 경우 약한 흥부와 강한 놀부를 볼 때, 소설의 전면에서 항상 우세한 알라존인 놀부는 종내는 똥에 묻히는 비극을 맞이할 때, 마침내 힘없는 흥부에 의해 구원되는 문학의 이중성은 곧 누가 승리자의 길을 확보했는가를 언어장치로 나타낸다. 시는 이런 기법을 구사하면서 시인의 의도를 함축한다.

산문과는 달리 시인은 의도를 나타내는 방법을 가급적이면 변장의 기법으로 나타낸다. 더구나 사회가 어둡거나 고통스런 일들이 일상을 지배할 때는 더욱 그런 방법에 고도의 장치를 마련하여 표출한다. 이는 난해難解와는 다른 점이다. 시가 갖는 장점은 상황의 굴절현상에는 산문으로는 뜻을 감출 수 없지만 시에는 얼마든지 은신의 미학을 구현할 수 있다. 비정상과 비리와 모순이 지배하는 사회 속에서는 표현본능을 가진 인간의 오감이 우회의 길을 찾아 의식의 수로를 만들기 때문이다. 신라 적에 만파식적萬波息笛이나 경문왕의 임금님 귀는 당나귀 귀의 설화는 모두 이런 현상에 아날로지의 옷을 입혀 표현한 사례일 것이다.

시인은 사회의 온도에 반응한다. 물론 작가도 예외는 아니지만 시인만큼 예민한 촉수를 작용하면서 감추는 일은 소설가가 따라오지 못하는 감성을 발휘한다. 예를 들면 허균은 그의 신념을 나타내기 위해 「성소부부고」에 『호민론』이나 『홍길동전』에 율도국으로 그의 사상을 집약했지만 그의 누이는 시적장치로 시대의 모순이나 스스로의 아픔을 상징의 숲에 숨겨놓았다. 이 차이는 바로 시와 산문이 갖는 속성에서 비롯되는바－고도의 지적 손짓이 아니고는 시를 선택하기는 어려운 일이다. 더구나 제약 많은 이조사회에서 여성의 경우—이름 석 자가 묻힌 여인의 삶에서 한 줄의 시구詩句는 때로 피를 토하는 일을 감추는 일이었고 가슴 저미는 고통을 포장하는 일이었기에 시에서 의식의 활로를 찾는 방법이 당연지사가 되었을 것이다. 허초희 난설헌(1563~1589)의 가슴 저미는 의식의 흔적들을 시로 포장한 기교를 발견하는 일은—16세기말의 험난한 언덕을 넘어온 도정道程—기린아적인 집안의 성쇠 몰락과 유관을 가지면서 그녀의 시는 출발한다. 천성의 시적 재능과 운명적인 일이 시의 길로 나아간 계기가 된다. 전자에서는 뛰어난 집안의 문재文才를 물려받은 운명적인 점과 후자는 결혼이후 받은 상처를 카타르시스하기 위한 몫으로 선택적인 점이 어울려서 난설헌의 시는 비로소 창조의 빛이 잉태된다.

2. 시격詩格의 진원

동문同門수학의 경우엔 각별한 의식의 공유현상이 만들어질 것이다. 스승의 사상이 주입은 물론 동기간에 직면한 가정사의 불행과 사회적인 불합리에서 반응하는 양상 또한 유사점을 형성할 것이고 좌초되는 가족사의 운명을 목도하는 비극 앞에 서로에 애착을 갖는 일은 당연할지 모른다.

아버지 초당 허엽과 어머니 강릉김씨 사이에 허봉許篈과 난설헌蘭雪軒. 허균許筠의 삼형제(전처 청주 한씨의 소생 許筬)를 황현은 심주三珠 중에 "으뜸가는 재주는 경번의 차지"(第一仙才屬景樊)라 부를 만큼 뛰어난 시재를 익힌 것은 손곡 이달의 문하에서 동생 허균과 함께 7세부터 시를 배움으로써 의식과 이념의 동지현상의 싹이 비롯된다. (물론 중국시의 모방이라는 뒷날의 험구를 증명하는 일이 있어야 하겠지만) 즉 같은 스승의 훈습薰習과 시대적인 아픔의 공유—두 사람은 불행의 옷을 벗을 줄 몰라 더욱 엄중한 슬픔과 비극을 감내하면서 살아갈 수밖에 없었다. 동생 허균은 출생이 서자인 손곡蓀谷 이달과 함께 어울린—전오자. 후오자의 교유는 허균의 남다른 사상을 잉태한 결말이 『호민론』과 『홍길동전』을 상재하게 되었다. 엄한 유교사회에서 지식인이 외면했던 소설 그것도 한글 소설을 쓴 이유가 더불어 교유했던 하층민— 친구들에게 꿈과 이상을 고취하기 위한 몫으로의 소설— 허균의 생각은 시대의 아픔을 함께하고 살아가려는 뜻을 규지窺知할 수 있는 선각자의 고독이었고 행동을 이해하게 된다. 각박한 현실을 떠나 신선을 주인공으로 쓴 '嚴處士傳 張山人傳,南宮先生傳, 蔣生傳' 등은 신선이 되어서도 멀리 떠나지 않고 세상에 머무르는 보살행—천한 일을 감수하면서 세상에 머무르는 지상신선地上神仙으로 살아가는 일에 만족한 주인공들이다. 난설헌 역시 신선의 마음을 바라보면서 쓴 「望仙謠」나 스스로가 신선이 되어 읊은 「遊仙詞」 87수가 등장하는 것, 도교적인 영향이라 해도 정신적인 도피심리와 일치할 것 같다.

사군자四君子인 매·란·국·죽은 선비의 곧음을 표상한다. 범접하기 어려운 정신을 소유한다는 것은 그만큼 절제된 삶에서 나오는 향기를 가져야 된다면 매화의 기품과 난초의 고고한 향기와 대나무의 곧음과 국화의 오상고절傲霜孤節을 정신 지주支柱의 덕목으로 여겼던 것은 가치 있는 삶의 길을 의미했을 것이다. 허초희—당시 여인에게 이름이 있는 파격—난설헌에 난蘭의 의미—아름다운 향기로 곧게 뻗은 잎의 기세와 단출하면서도 고고한 자태에서 선비의 충성심과 절개의 상징이 남는다면, 남자 형제들의 이름에 (성筬·봉篈·균筠) 대나무 부수部首를 이고 있는 이유—속이 비어있는 대나무는 추운겨울에도 싱싱하고 푸름을 유지하기에 강직성과 절개를 상징한다면, 부모가 자식들의 삶에 고취된 의식을 투영하는 의도는 설명 되어야 할 부분이다. 아버지로서 아들이나 딸에게 고고하고 올곧음을 요구하는 것은 삶의 가치를 어디에 두고 있는 가를 알 수 있을 뿐만 아니라 가정교육의 일단이 이름으로도 증명될 수 있기 때문이다.

난설헌의 시는 그의 삶에서 비롯된 슬픔과 비애의 감정을 호소하는 깊은 원망의 문체로 이루어졌다. 이는 그의 생을 이해하는데 두 가지의 이유를 들 수 있을 것 같다. 첫째는 아버지와 그의 형제에서 비롯된 문재文才의 특출함이 가족의 울타리 안에서 형성된 시적 감수성과 둘째는 친정의 불행과 자식들의 죽음이나 남편과 시어머니와의 불화로 인한 참담한 슬픔(恨)이 재료가 되어 난설헌의 시는 탄생의 빌미를 제공한다.

시는 고백적인 카타르시스-일종의 콤플렉스에서 나온다. 상식심리가 아니라 정신분석학적인 접근이 필요해질 때, 설명의 돌파구가 마련될 수도 있다. 혹심한 결핍증상에서 창조는 일종의 보상심리가 될 수 있기 때문이다. 가령 귀먹고 눈이 먼 베토벤이나 고흐 혹은 김삿갓, 김시습 또는 황진이, 이광수 등 위대한 예술인들의 결과물을 설명하는 일은 콤플렉스를 창조물로 전환한 예가 될 것이기 때문에 난설헌에게도 이런 예를 대입해도 좋을 것 같다.

함종임이 난설헌을 바라보는 시각은 독특하다. 난설헌의 당호에서 촉발된 천·지·인으로 시를 구분하여 바라본다는 것은 지금까지 허초희의 시를 일률적인 표정으로 바라 본 접근에서 벗어나 더 큰 시야로 확대-난설헌의 시품詩品을 이해한 방법이 탁견卓見이라는 점이다. 물론 그 타당성이 무엇인가를 설명하는 이유를 찾을 수는 없다. 그러나 시는 Ambiguity라는 보호막을 가지고 설명 한계를 넘어 무한의 자유를 구가하는 예술이라는 점에서 당위성을 확보할 수 있을 것 같다. 아울러 문체는 유려하고 막힘이 없는 의역에서 더욱 심도를 느낄 수 있을 것 같다. 이하 인용은 함종임의 번역에 의한다.

3. 우주 그리고 인간

하늘과 땅 사이에 인간이 산다. 하늘은 땅을 받치는 지붕이고, 땅은 인간이 살아가는 근거라는 점에서 천지인天地人을 삼재라는 이름-우주의 본질이자 근간을 의미한다면 인간은 땅을 받치는 하늘이 있어야하고, 하늘은 땅이 없으면 공허함이기에 근간의 원인이 되는 인간이 없으면 안된다. 인간은 우주를 감득하는 본체일 뿐만 아니라 하늘과 땅은 인간의 생명을 키우고 성장하는 울타리의 역할을 하기 때문이다.

시는 우주를 감득하는 역할에서 인간의 모든 잡사에 이르기까지에 미치는 영감의 노래요 현실을 깨우치는 자각의 노래가 되기 때문에 큰 그릇이 시가 된다. 함종임은 난설헌에서 우주와 현실의 고뇌를 발견하는 비밀의 통로를 발견하는 눈을 가졌다. 이제 그 문을 열고 들어갈 계제이다.

1) 설雪=천天

눈은 하늘에서 내린다. 다시 말해서 하늘에서 인간으로 내려오는 땅과의 사이에 매개체의 기능을 다한다. 하늘을 연결하는 고리로서의 눈은 아름다움을 미화하는 감성의 대명사이다. 아울러 현세의 아픔 고통과 불합리를 포장하는 일을 다 하면서 흰색의 비경을 연출한다. 즉 이상理想(신선) 세계로의 길을 재촉하는 눈은 난설헌의 의식을 깨우치는 반면 탈출로의 길이 되는 상징물이 된다는 점이다. 여기서 함종임의 시각은 평면적인 해석이 아니라 입체적인 구조의 시적 체계로 바라본 안목이 두드러진다. 이는 「유선사」를 위시해서 「광한전백옥루상량문[2]」에서 그런 의미를 추출할 수 있을 것이다. 「유선사」는 시인 스스로가 신선이 되어 읊은 형태라면 상량문上樑文은 객관적인 위치에서 이상의 세계를 건축하여 주인이 되겠다는 의미로 다가온다.

a) 밝음의 공간지향—이상세계의 건축

(가) 설계設計

좋은 설계는 좋은 집을 짓는 조건이 된다. 밝고 바람이 잘 통하고 산이 에워싸고 햇살이 유난히 많으면 일단 그곳에서 사는 사람의 심성이 밝아지고 안도감을 갖는다. 집 역시 이런 이치와 같은 의미를 갖는다. 시름 많고 슬픔이 흘러넘치는 생활에서는 거처를 돌아보는 습성이 있는 것처럼 집은 좋은 터에서 시작된다. 또 어둠을 기피하는 것은 인간의 상정常情이기 때문이다. 아울러 고통과 아픔의 현실세계를 떠나는 상징은 밝음을 지향하는 의미로부터 시작한다. 흔히 집을 건축할 때 어디에, 어떻게 지을 것인가를 생각하는 것이 동양사회에서의 양택陽宅 개념이다. 남향— 햇살이 밝게 비추고 야트막한 동산아래 앞으로는 물이 흐르고 바람을 막아주는 지형이면 좋은 집터에 해당된다. 영생을 위한 자기의 집인 「광한전백옥루상량문」에서 난설헌의 의도는 이런 조건에 맞추어 시의 도입부에 밝음이 먼저 제시된다. '해 비치니'는 이런 의도를 강화하는 상징의 조건이기 때문이다.

'영원할 누각에 해가 비치나니/ 노을빛 기둥은 티끌 같은 세상에서 벗

2) 8세에 이 글을 지었다는 주장은 어딘가 공소空疎한 느낌이다. 왜냐하면 아무리 뛰어난 천재라 해도 긴 문장을 끌고 갈 수 있는 긴장의 문제와 단편적인 분석(문장)을 종합적으로 짜 맞출 수 있는 한계를 갖기 때문이다.

어나게 하는구려'와 같이 함축적으로 설계의 개념은 생략된 것 같다. 왜냐하면 집은 당연히 위에서 말한 양택이 조건—더구나 현실을 떠나 이상적인 집을 짓는 일에는 인간이 상상한 개념과 일치하기 때문에 굳이 구체적인 설계의 개념이 언급될 이유는 없는 것으로 보인다.

(나) 시공

설계의 다음 수순은 시공이다. 무슨 재료로 어떻게 지을 것인가? 이에 대한 대답은 아름다운 집의 구체적인 형상으로 들어간다. '목수가 궁궐의 벽과 기와를 기억하여 재주껏 틀어 올려 지었다'와 그 위용의 모습을 '재주껏 지은 광한전은 푸른 신기루에 덮인 듯'이 잡힐 듯 잡히지 않는 표현미로 압축된다. '예술(art의 개념)을 여기에 다하였고'의 신묘한 목수의 재주가 헌사獻詞되면서 광한전의 위용은 마침내 '하늘이 지은 것이지, 사람의 힘이 아니로다'의 감탄을 자아낼 정도로 호화스럽고 또 만족스러움을 뜻한다. 즉 '청성장인의 옥휘장 짓던 예술(기술의 개념)'과 '벽해왕자가 금궤를 만들던 묘방'으로 궁을 짓는 과정이 '예술'과 '묘방'으로 시공의 건축 기술이 간략하게 언급된다. 그 구체적인 묘사는 동서남북을 아우르는 표현으로 함축적이면서도 구체적인 리얼리티를 갖고 있다. 다시 말해서 네 기둥은 집(국가)의 동량棟樑으로의 중요한 개념이면서 철학적인 상징을 담았다.

동쪽—대들보를 올리면—새벽 해가 떠오르는 찬란함이 붉은 노을 바다로 묘사 된다. 창조의 기쁨이 해 뜨는 것으로 비롯된다. N.Frye의 신화원형이론에 의하면 봄의 미토스에 해당되면서 함종임의 해석에 의하면 봄과 탄생을 뜻하는 기둥이다.

남쪽—대들보를 올리면—용이 편안히 연못의 물을 마시는 평화로운 정경과 꽃그늘 아래서 아가씨를 불러 땀 젖은 저고리를 말기는 감각적인 묘사가 등장한다. 생의 정점이면서 N.Frye의 이론에 의하면 로맨스에 해당되고 함종임의 해석에서는 여름이고 젊음을 상징하고 있다

서쪽–대들보를 올리면–꽃잎 떨어지고 난새는 울고 해가 기울어 학을 타고 돌아갈 길을 재촉하는 상징이 담겨진다. 만물은 성쇠의 이치 앞에 있고, 프라이의 이론에서는 비극을 암시한다. 그러나 가을은 예고하는 것이 아니라 스미듯 다가오는 것이 자연 순환의 이치라면 주역周易에서는

'天行健君子以自彊不息이나 天何言哉,四時行焉,百物生焉,天何言哉'

와 같이 하늘이 간섭할 일이 아니다. 다만 인간은 자연의 순리에 따르면 봄, 여름, 가을, 겨울은 진행된다.

북쪽–대들보를 올리면–'붕새가 날갯짓으로 바람을 일으키니/검은 비구름이 구천에 가득하구나'는 겨울 곧 죽음의 때로 접어든다. 죽음은 끝이 아닐 것이다. 죽음에서 탄생은 다시 시작되는 우주운행에 따른 자연의 이치는 단절이 아니라 연속적인 세계관으로써 세상을 적시는 택우澤雨 즉 자우의 암시가 생명의 예비를 뜻한다. 어둠 속에서도 비는 움직이면서 생명의 진원을 만드는 다이내믹한 의미를 갖고 있기 때문이다. N. 프라이에 의하면 겨울의 미토스는 아이러니와 풍자로 상징된다.

위로 대들보를 올리면–귀천歸天의 소리가 들린다, '백옥상에서 처음의 하늘로 돌아가'와 같이 원형이정의 새로운 시작이 예비된다. 불가佛家에서의 개념으로 보면 지상의 물이 증발하여 수증기가 되면 하늘에서 구름을 만들어 무거우면 다시 땅으로 내려오는 순환 즉 윤회의 개념으로 이해된다, 이는 집의 천정天井의 개념으로 이해할 수도 있을 것이다.

아래쪽으로 대들보를 올리면–지상의 인간은 꿈을 갖는다. 현실은 항상 고달프고 서러운 고통의 바다를 벗어날 수 없는 마치 철학자 비트겐슈타인이 말한 인간은 "파리 잡는 항아리" 속을 벗어날 수 없는 운명적

인 존재이기 때문에 꿈을 갖고 또 현실에 위로를 챙기는 존재일 것일 뿐만 아니라 이상理想의 높이를 항상 생각하게 된다.

귀천(하늘)과 땅(꿈) 즉 사람이 사는 집의 지붕과 대지, 다시 말하면 우주로 표상되어 거기에 존재하는 인간 생로병사의 함축이 동서남북의 네 기둥으로 상징된 것 같다.

(다) 준공잔치

이토록 아름다운 집을 지은 결과로 광한전의 주인은 '신선'의 반열(상량문에 실림)에 오르는 영예를 갖게 되면서 흥겨운 연회에 참석하게 된다. '예상우의곡'을 연주하여 "소박한 아이가 춤을 추게 한다면'의 조건에 합치하는 그 흥겨움은 백옥루에 모인 북두칠성(한겨레)에서 하나로 화합하는 덕치와 미래를 대비하는 힘을 기르는 결과는 '고도로 잘 짜여진(구성)붉은 누각(목표)이 없다면/어찌 붉은 절기의 아침(밝은 미래)이 오겠는가'로 예비의 정감을 피력했고, 건물의 부분 부분에 자세한 묘사가 두드러진다. 즉 기둥은 산을 견딜 듯 단단하고, 추녀와 현판 기와나 용마루, 누대 등 집의 구조는 오행(우주의 질서)에 맞추어 지어진 건물이기에 누각(집)을 잘 보호할 것뿐만 아니라 '널리 퍼져 이어가도록 해야 할 것이오'라는 부탁과 '비단무늬'(철학)와 '겸손' 그리고 '온화' '신의'를 주문하면서도 '사치향락'을 경계하는 말도 잊지 않았다. 이는 난설헌의 정신 속에 담겨진 생각을 집에 비유하여 펼친 장강長江 같은 우주관이자 국가관 혹은 줄여서 가정의 화목을 강조하는 뜻이 내재된 상징이 된다. 다시 말하면 가정=국가=우주의 건축은 모두 동일한 개념이고 이를 구축하는 집짓기와 또 집안에서 살아가는 사람들의 화목한 잔치를 비유한 시가 상량문의 작시 의도가 아닐까 더구나 의意를 앞세우는 시관詩觀에서는 허균[3])

의 시론과도 일치한 점에서 시의 의미는 곧 시인의 정신을 압축하는 사상의 표현과 같고, 시인의 의도가 선명하게 드러나 있다.

(라) 국가건축

국가는 영토와 백성이 있고 그 다음은 통치자가 있어야 한다. 영토는 변함이 없지만 지배자와 백성은 항상 변한다. 흥망의 기준은 백성의 깨어있음이 무엇보다 필요하다. 다시 말해서 국가에 인재가 있어야 번영의 길이 탄탄대로를 확보하게 된다. 그 다음은 영명한 군주가 그것을 합하고 조정하는 기능을 갖추면 국가의 미래는 밝아진다.

인재육성은 허균도 『遺才論』에서 '하늘이 낸 인재를 버리는 것은 逆天'이라 주장했고 홍길동전에서도 '하늘이 만물을 내시매 오직 사람이 귀'하다는 말을 반복하고 있다. 이는 상하 구분이 없는 다시 말해서 차별이 없는 평등사회의 꿈을 가졌다면 난설헌의 시에도 이런 증거는 충분하다.

함종임의 구분에 의하면 「出塞曲」, 「塞下曲」, 「入塞曲」 등은 이런 사상의 집약을 뜻한다. 국방이 튼튼한 것은 국가의 집을 잘 짓는 일이기 때문에 미리 준비하고 예견한 것을 방비하는 일이 우선된다. 「출새곡」 1은 난설헌 사후 3년 만에 임진왜란(1592)이 일어나는 것을 조짐했다면, 이런 예견은 시가 갖는 예언적인 기능에 속한다. '하산란 적들을 이기고 돌아오자고 하였다'의 결의에 이어 '이제 물 밑을 쳐내 듯 적장을 쳐 전란을 끝내고/백마를 타고 천산의 눈을 밟으며 돌아가리라' 「새하곡」 5-7에서 국가를 지키는 임무가 곧 민족의 길을 확고히 하는 의미를 예언하고 있다.

3) 惺所覆瓿藁 중 詩辨엔 먼저 意를 세우는 데로 나아가고, 다음 순서로 語를 명하는 데 이르면, 句는 살아나고 글자는 원활하게 되며, 소리는 잘 어울리고, 節은 긴요하게 된다.

(b) 신선놀이– 번역의 푸른城 찾기

번역은 창작보다 어렵다. 창작은 하나의 길을 만들면서 나아가는 길이지만 번역은 창조주의 의도를 파악하는 일과 번역자의 문학적 능력이 만나는 일이 합당해야 하기 때문이다. 하여 번역을 제2의 창작이라는 말로 표현한다. 물론 제2의 창작에는 정답이 없다. 다만 잘된 번역이다 아니면 수준이 낮다의 평가–이 평가는 당연한 말은 아닐지 모른다. 왜냐하면 바라보는 시각에 따라 표정이 다르게 나타나기 때문이다. 이제 번역의 어려움을 예로 들어 설명하고 싶다. 신선의 노래인 87수 중 「유선사」 12를 텍스트로 한다.

香寒月冷夜沉沉
笑別嬌妃脫玉箴
更把金鞭指歸路
碧城西畔五雲深

—「遊仙詞」 12

슬픈 시인에서 왜, 신선이 논다는 유遊를 써야 하는가? 단순히 현실도피의 이유를 설명하기 위함인가? 아니면 도가사상의 이유로 돌릴 수 있을 것인가? 물론 아는 것을 표현하는 것으로 난설헌이 주변에서 알아차린 상식을 지식으로 둔갑할 수는 얼마든지 있다. 그러나 난설헌–소박한 여인으로 살고 싶은 마음은 시적표현에 없다고 강변할 수 있을까. 다시 말해 아들 딸 잘 키우면서 화목하게 혹은 평범한 지아비를 섬기면서, 해가 지면 아이들을 재우고 피곤으로 잠이 드는 여인으로의 부러움은 없었을 것인가? 이 물음은 특별한 일은 아니다. 그러나 간과看過하기 쉬운–너무 천재로 높이 모셔놓음으로 인해 소박한 사람으로 단란한 가정을 꾸미고 살고 싶은 소망의 경우를 놓치면 안 될 것이다. 시는 소박을 노래하는 일이 아닌가. 하여 유선사 12를 해석하는 예를 증거하고 싶다. 위의 난설헌의 한시를 다음과 같이 번역했다.

가) 오해인의 번역

날씨는 쌀쌀하고 달은 서늘한데 밤은 캄캄하고
웃으며 교비를 하직하니 옥비녀를 뽑아 주시네
다시금 금채찍 잡아 돌아갈 길을 가리키니
벽성 저쪽 언덕에 오색 구름 자욱하다

에둘러도 자갈밭에 시가 고생하는 모습처럼 비시적非詩的이다. 시는 적어도 문맥에 얽히는 것이 정답이 아니기 때문이다. 한마디로 무슨 뜻의 말인지 현학적 예를 들어서 이해하기가 어렵다. 시는 그냥 시로 바라보는 평범함이 아쉬운 느낌이다.

가) 함종임 번역

서늘한 달빛에 찬 기운마저 감도는 밤은 더욱 깊어만 갔다
아름다운 왕비는 옥비녀를 빼면서 길 떠날 채비를 하고
다시금 채찍 잡으며 돌아갈 길 바라보니
서쪽의 푸른 성곽에는 오색구름이 자욱하였다

오해인의 번역보다는 훨씬 편안하다. 그리고 무슨 뜻인가를 알기에 평이하다. 번역은 직역에서 보다는 오히려 어떻게 해석 혹은 바라보는가의 시각적인 문제가 중요하다. 그러나 아름다운 왕비가 옥비녀를 빼고 '길 떠날 차비'의 의미는 무엇일까?

다) 아래와 같이 생각할 수는 없을까

> 은은해 소슬한 달밤은 깊어 깊어
> 허울을 벗어놓고 웃음 짓는 여인
> 돌아 갈 길 바라는 또 다른 여로에
> 푸른 길 서녘은 아름다워라

위의 시에 기記의 첫 행 '香'의 이미지를 어떻게 살리는가는 이 시의 첫째 관건일 것이고 둘째 승承에 '笑' 또한 문자 그대로 해석하면 안 될 것 같다. '玉箴'을 옥비녀로 해석함은 여유롭지 못한 것 같다. 왜냐하면 난설헌 삶의 허울은 얼마나 무거운 상징의 옥비녀=양반으로의 장식일 것이라는 암시다. 너절한 너울을 벗어놓고 인간 본연의 모습을 동경하는 진실을 바라볼 필요가 있는 부분이다. 왜냐하면 시집살이의 고된 아픔을 겪었기 때문에—껍질을 벗어놓고 진실의 세계로 돌아가고 싶은 열망—솔직함으로의 세계를 그리워함이 없을 것인가?

서녘(서쪽)은 불가佛家에서 서방정토 즉 낙원인 구원救援을 암시한다. 가난해도 행복한 곳 혹은 인간의 진실이 있는 곳, 양반의 껍질을 벗고 인간 그 자체로 돌아가고 싶은 마음—천재의 마음속에 행복의 참된 의미를 숙고하지 않았을 것인가? 더구나 남편에게, 시어머니에게 외면 받은 여인으로의 쓸쓸함이 없을 것인가를 생각하면 신선神仙이 되고 싶은 마음은 바로 높은 혹은 부귀영화의 세계도 아니고 인간을 벗어난 공간도 아닌 인간의 땅에 지아비와 함께 단란한 가정의 행복을 만끽하는 것이 신선의 의미가 아닐까? 때문에 『유선사』 87수는 하늘의 이야기가 아니라 스스로에 지워진 아픔을 벗어나고 싶은 소망—현실 탈출에의 갈망이자 그런 노래가 아닐까?

2) 蘭=땅(생명)

초목은 땅에서 하늘의 기운을 받아 성장한다. 때문에 땅과 하늘은 절대의 관계로 생명체를 키운다. 그러나 땅이 척박하면 식물은 자랄 수 없고 시들게 된다, 이런 이치는 결국 '땅과 하늘이 조화를 이루면 단 이슬이 내린다'는 말로 함종임은 제2장 번역의 첫 장에서 거들고 있다. 그렇다면 조화의 의미는 무엇인가. 하늘과 땅이거나 이성의 관계이거나 사물과 사물이 만나는 데는 필연적으로 결합의 법칙이 작용한다. 개성을 버리고 개성을 얻는 중용中庸의 묘를 이루는 길은 사실 어려운 일이지만 땅위의 생명체는 이를 이룩하는 길을 찾기 위해 많은 방법과 말들을 했다. 노자는 자연을 본받으라했고, 공자는 인仁－인간의 도리에 초점을 맞추면서 화합과 조화의 방편에 진력했다. 사랑을 말한 예수나 자비慈悲의 석가나 너 자신을 알라는 소크라테스 등등 모두가 뉘앙스는 달라도 인간과 인간 혹은 인간과 자연의 결합에 따른 말들이다.

사랑은 땅위에서 가장 화려한 자양분이다. 풀 한 포기도 사랑을 느낄 때는 흥에 겹고 사랑이 말랐을 때는 아픔을 호소한다.

결핍현상(현실)은 결핍을 떠난 반대쪽에 있는 꿈을 꾸게 된다. 난설헌의 갈구는 사랑의 결핍에 반대쪽에 있는 사랑의 따스함을 호소로 찾아온 27년의 갈증일생이었다. 아래는 「遣興」 8수 중 3을 옮겼다. 애절함의 극치이자 아녀자의 가냘픈 마음이 보이는 시이다.

제게 있는 단정한 비단 한 필
정성껏 손질하였더니 참 곱기도 한 것을
봉황 한 쌍을 마주보게 수놓았더니
문양 또한 어찌나 찬란한지요

몇 해를 장롱 속에 고이 간직하였다가
오늘, 길 떠나시는 당신께 드리오니
임께서 사용하시는 데는 아끼지 마시옵고
행여 다른 여인에게 쉬이 전하지 마시어요

—「견흥」3

사랑하는 그대와 함께하기 위해 봉황을 수놓아 행복을 만끽하려했지만 장롱 속에서 보낸 한숨의 사연을 감추고 길 떠나는 그대에게 드리오니 그대의 옷감으로 쓰는 것은 상관없지만 다른 여인에게는 줄 수 없다는 뜻—여인의 솔직한 마음이 곡진曲盡하게 담겨있다. 남편 김성립의 방탕에 한숨과 인종忍從으로 살아온 아픈 세월을 넘어서 그나마 한 줄기 희망을 피력하는 여인의 가슴속에 맺힌 피눈물의 하소연을 절제의 뜻으로 미학을 이루었다.

시의 탄력은 감정의 절제에서 언어의 생동감을 가져올 수 있기에 선비정신—절제와 지적인 포장을 필요로 한다.

돌아오는 길에는 기방에 들러
지칠 줄 모르고 놀기를 즐겨하니
그 누가 양자운을 가련타 하려는가
책장이 덮여있는 태현경이 가치없게 되었다는 것을

—「소년행」 중

≪난설헌집≫의 첫 번째 실린 5언 고시로 한 나라 악부 곡명이다. 길이 보이는데 길을 버리고 놀이에 탐닉한 대상—. 이 사람이 누구인가는 시의 특성이 해석의 문을 넓게 한다. 때문에 시는 항상 넓은 영역에서의 의미 찾기라면, 소년의 청운이 타락한 놀이에 함몰된 대상이 누구를 지칭하는 가는 독자의 몫으로 돌아가는 의미일 수밖에 없다.

3) 軒=사람(상생)

인간은 거처를 마련하고 거기에서 꿈과 사랑의 체온을 저장한다. 들판을 떠돌던 유목사회에서도 움집을 짓고 살았던 인간은 점차 집의 문화를 확대하면서 오늘에 이른다. 집은 사랑의 체온이 있어야 비로소 집이 된다. 사랑이 없다면 그 집은 썰렁한 공간으로 머물 뿐 애정을 가질 수는 없다. 다시 말해서 사람의 운기-서로 상생하는 사랑의 체온이 필요한 소이所以는 바로 집이 우선하는 것이 아니라 인간을 위해 집이 있게 되는 이치가 된다.

태어나고 자란 곳이 강남마을이라
어린 시절에는 이별을 몰랐다오
그러나 어찌 알았겠소 열다섯의 나이에
시집가서 조롱받을 줄을

—「江南曲」 4

악부체의 하나로 원망을 담았다, 스스로의 자전적인 느낌-신세를 한탄하는 암시가 짙다. 더구나 난설헌이 15세에 시집가서 조롱받을 운명이 될 줄 몰랐던 아이러니는 어긋난 운명에 회한으로 다가든다. 그러나 시는 고백이고 그 고백은 우회적인 은유나 비유 혹은 알레고리로 포장하여 이루어지는 예감의 노래일 수 있기 때문이다.

오늘의 개념으로도 퇴폐적인 상황의 「청루곡」에서도 규방의 여인으로 색주가의 모습을 실감있게 묘사하는 시-경험의 시화詩化라는 데서 암시가 크다. '시집가서 조롱받을 줄을'의 현재 완료의 시간에서 겪어 왔던 슬픔의 파노라마가 스며있어 애처롭다. 시는 상상의 함량이 많지만 체험의 요소가 상상력과 결합하기 때문에 난설헌의 시에는 문맥의 이면에 숨은 여백의 공간이 높고 깊다. 이는 한恨을 감추면서 삭이는 유현함이 시의 이면을 적시는 형상이 절제되어있기 때문이다.

4. 나가면서

난설헌의 시는 유원幽怨한 호소로 점철되었다. 그녀가 만약 행복한 결혼 생활을 했다면 시적 성향은 어떨까? 아마도 밝고 관념적이고 화사함이었으리라. 그러나 감동의 깊이에는 다가갈 수 없었을 것이다. 왜냐하면 체험에서 얻은 상상의 나래는 없었기에 가공의 상상에서 공허함이 우선했을 것이기 때문이다. 이런 가정은 부질없는 일이지만 시의 탄생은 콤플렉스의 산물이라는 말을 신봉하면 무의미해진다. 여기서 운명적인 시의 탄생은 예술의 당위성을 확보하게 된다. 시의 모습은 현실이고 시의 표정을 분석하고 바라보는 일 또한 현실이기 때문이다. 어떻든 오늘의 시관으로 볼 때 슬픔의 질축함이 아니라 절제와 견고함으로 냉철하게 대상화하는 특성을 가졌기에 오늘에도 살아있는 것 같은 시품詩品을 느낄 수 있다. T.S.Eliot의 시관처럼 현실에 질서를 부여하는 예술로서의 시가 될 때, 살아있는 인간을 위한 몫으로의 시－독자가 실감을 자극하는 역할을 할 수 있기 때문이다.

범인凡人들이 겪지 못한 가족사 비극의 중심에서도 흔들리지 않는 지성미는 곧 시의 원숙미와 상통하는 길을 열었을 뿐만 아니라 해박한 지식을 현학적으로 풀어내는 과시가 아니라 한을 곰삭히는 여과濾過의 방법으로 이미지를 건져 올리는 기법의 시인이기에 시간을 넘어 영속하는 이름으로 기억될 허난설헌이다. 그러나 신선이 되기를 바라기 보다는 현실의 통증을 치료하는 일환으로의 꿈이었기에 애달픔은 더욱 깊을 수밖에 없는 시인이다.

5. 여적餘滴으로

번역은 창작보다 확실히 어렵다. 시인의 의도를 알아차리는 통찰과 언어의 미감을 유려하게 펼치는 것은 오히려 원래의 창작보다 더 지난至難한 일이지만, 함종임의 번역은 유려하고 문체가 살아있다. 이는 난설헌을 우리 곁으로 친근하게 다가오게 만든 박식함에서 난설헌의 시를 품위의 높이로 올려놓은 인상을 주기 때문이다. 이제 마무리의 말로 무지를 앞세운 만용을 접는다.

함종임의 『허난설헌 완해본』에 본인이 사족蛇足을 남길 일이 아니라 고사했다. 그러나 간곡한 청에 의해 무지를 앞세웠음을 여기 밝힌다.*

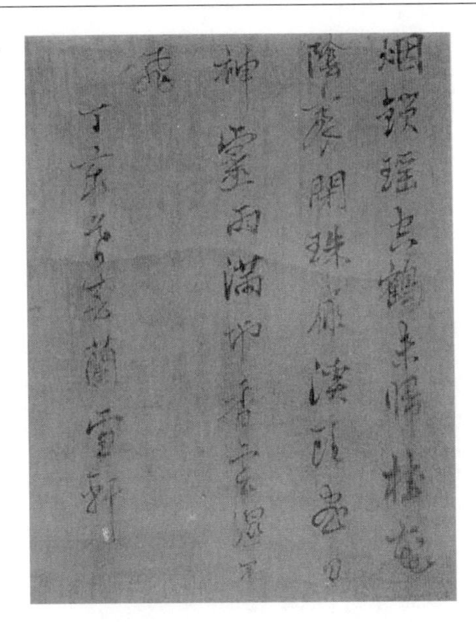

친필: 1587년 작. 21.6, 17.0cm.
<근역서휘 - 근역화휘 명품선> 도록

煙鎖瑤空鶴未歸	하늘에는 안개도 걷혔건만 학은 아직 돌아올 줄 모르고
桂花陰裏閉珠扉	계수나무 꽃그늘 속에 사립문은 고요히 닫혀있구나
溪頭盡日神靈雨	작은 시냇가에는 종일토록 신령스런 비가 내리니
滿地香雲濕不飛	땅위에 가득 어려 있는 구름에 젖어 날지 못하는가 보다

丁亥 暮春 蘭雪軒(1587년 늦봄에 난설헌)

아! 시대의 누이여 당신의 이름은 난설헌이라

문득 사람이 그리워지는 날이 있다
굳이 인생을 문학을 예술을 이야기하지 않더라도
그저 묵묵히 들어 줄 누군가가 그리운 날이 있다
그렇게 자욱히 가라앉은 그리움과 외로움을 퍼 올리고 싶은 날
무심히 발길을 이끄는 곳이 있다 조선시대 여류 대문호 난설헌 허초희 생가터
석탑을 돌 듯 뒷담을 걸으니 결 고운 흙 위로 소소히 내려앉는 달빛소리가
이른 봄 삭풍에 여린 매화꽃잎 떨어지는 모습처럼 아려온다
역사의 역광
인간내면의 생명력이 아직 이곳에 잠든 채 있다면 이제는 깊은 침묵의
어둠속에 묻혀있는 문자를 우주의 중심에 꺼내 놓아야 하지 않을까
그 긴 세월 진실이상의 무엇이 내포되어 있는 하늘이 내린 비범은
전설 속에 묻혀야만 하는 걸까
우수수 별빛 쏟아져 내리는 고가의 담장 뒤로 곧게 획을 긋듯 뻗어있는 솔가지

그 위로 잔잔히 흐르는 월광곡
시의 정령들이다
바람은 나무를 흔드나 산을 흔들 수 없듯
그 분의 드라마틱한 삶의 궤적을 따라 그 분을 복원復圓하여 그 분을 만나고 싶다
하여 범접치 못할 신성한 분위기에 시공을 넘어 영원 속에 존재하는
영혼과의 교감을 느끼며 순교자가 되고 싶다
바람소리를 온 몸에 적시니 가슴속에서 티 없이 맑고 청아한 종소리가 울린다
마음에 눈이 뜨이 듯 초당솔숲에 서면 가슴속에 뜨는 달을 만나고 싶다
영원히 지울 수 없는 우리들의 마음에 뜨는 달을

참고문헌

『허난설헌 시론』, 이숙희, 새문사, 1990.
『허난설헌의 문학』, 김명희, 집문당, 1997.
『허씨오문장가 한시국역집』, 장정룡 역, 강릉시, 2000.
『허난설헌 평전』, 박혜숙희, 건국대 출판부, 2004.

蘭雪軒 許楚姬 詩選

蘭雪齋詩集小引

閨房之秀擷英吐華亦天地山川之所鍾靈不容抑遏也漢曹大家成敵史以紹家聲唐徐賢妃諫征伐以動英主皆丈夫所難能而一女子辦之良足千古矣即彤管遺編所載不可縷數乃慧性靈襟不可泯滅則均焉即嘲風詠月何可盡廢以今觀于許氏蘭雪齋集又飄飄乎塵埃之外秀而不靡沖而有骨遊仙諸作更屬當家想其本質乃雙成飛瓊之流亞偶謫海邦去蓬壺瑤島不過隔衣帶水玉樓一成鸞書旋召斷行殘墨皆成珠玉落在人間永充玄賞又豈叔真易安輩悲吟苦思以寫其不平之衷而總爲兒女子之嘻笑顰蹙者哉許

蘭雪齋詩序

(1)

門多才昆弟皆以文學重於東國以手足之誼輯其稿之僅存才中省予得寓目輒題數語而歸之觀斯集當知予言之匪謬也

萬曆丙午孟夏廿日朱之蕃書於碧蹄館中

蘭雪齋詩序 以

(2)

(3)

蘭雪軒集題辭

余使朝鮮禮賓寺許副正出其世稿

索余言所稿月中有蘭雪集則其故

姊氏所著亦會趨程未及錄示余既

歸

朝端甫寄余一帙展誦迴環其風之秀

古光飄飄乎物外識匪人間世所恒

有者余於是益信東國山川之靈孕

蘭雪軒詩序

毓有餘許氏家門之瑞長發不匱弗

歟偉丈夫輩出之爲烈者唐亦徵初

新羅王眞德織錦作太平詩以獻載

入唐音至今膾炙相傳謂爲其光王

眞平之女矣則女中聲韻推東方從

來既遠而蘭雪集尤其超美歟盛者

敢表以附著

皇明大雅流傳萬葉庶有史氏採矣

(4)

萬曆丙午嘉平既望

賜進士出身承德郎刑科都給事中前翰

林院庶吉士

欽差朝鮮副使

賜一品服南海梁有年書

稿

蘭雪軒詩序

蘭雪軒詩

季弟許筠 彙粹

五言古詩

少年行

少年重然諾結交遊俠人腰間玉轆轤錦袍雙麒麟
朝辭明光宮馳馬長樂坂沽得渭城酒花間日將晩
金鞭宿倡家行樂爭留連誰憐楊子雲閉門草太玄

感遇

盈盈窓下蘭枝葉何芬芳西風一披拂零落悲秋霜
秀色縱凋悴清香終不死感物傷我心涕淚沾衣袂

又

古宅晝無人桑樹鳴鵂鶹寒苔蔓玉砌鳥雀棲空樓
向來車馬地今成狐兎丘乃知達人言富貴非吾求

又

東家勢炎火高樓歌管起北隣貧無衣枵腹蓬門裏
一朝高樓傾反羨北隣子盛衰各遞代難可逃天理

又

夜夢登蓬萊足躡葛陂龍仙人綠玉杖邀我芙蓉峰

(5)

下視東海水澹然若一杯花下鳳吹笙月照黃金罍

哭子

去年喪愛女今年喪愛子哀哀廣陵土雙墳相對起
蕭蕭白楊風鬼火明松楸紙錢招汝魄玄酒奠汝丘
應知弟兄魂夜夜相追遊縱有腹中孩安可冀長成
浪吟黃臺詞血泣悲呑聲

遣興

梧桐生嶧陽幾年傲寒陰幸遇稀代工劚取爲鳴琴
琴成彈一曲擧世無知音所以廣陵散終古聲堙沉

又

鳳凰出丹穴九苞燦文章覽德翔千仞噦噦鳴朝陽
稻粱非所求竹實乃其食奈何梧桐枝反棲鴟與鳶

又

我有一端綺拂拭光凌亂對織雙鳳凰文章何燦爛
幾年篋中藏今朝持贈郞不惜作君袴莫作他人裳

又

精金凝寶氣鏤作半月光嫁時舅姑贈繫在紅羅裳
今日贈君行願君爲雜佩不惜棄道上莫結新人帶

(6)

(7)

又

近者崔白輩攻詩軌盛唐寥寥大雅音得此復鏗鏘
下僚困光祿邊郡愁積薪年位共零落始信詩窮人

又

仙人騎綵鳳夜下朝元宮絳幡拂海雲霓衣鳴春風
邀我瑤池岑飮我流霞鍾借我綠玉杖登我芙蓉峰

、又

有客自遠方遺我雙鯉魚剖之何所見中有尺素書
上言長相思下問今何如讀書知君意零淚沾衣裾

又

芳樹藹初綠蘼蕪葉已齊春物自妍華我獨多悲悽
壁上五岳圖牀頭參同契煉丹倘有成歸謁蒼梧帝

寄荷谷

暗窓銀燭低流螢度高閣悄悄深夜寒蕭蕭秋葉落
關河音信稀端憂不可釋遙想青蓮宮山空蘿月白

七言古詩

洞仙謠

紫簫聲裏彤雲散簾外霜寒鸚鵡喚夜闌孤燭照羅

(8)

帷時見疎星度河漢丁東銀漏響西風露滴梧枝語
夕虫鮫綃帕上三更淚明日應留點點紅

染指鳳仙花歌

金盆夕露凝紅房佳人十指纖纖長竹碾搗出捲菘
葉燈前勤護雙鳴璫粧樓曉起簾初捲喜看火星拋
鏡面拾草疑飛紅蛺蝶彈箏驚落桃花片徐勻粉頰
整羅鬟湘竹臨江淚血斑時把彩毫描却月只疑紅
雨過春山

望仙謠

瓊花風軟飛青鳥王母麟車向蓬島蘭旌蘂帔白鳳
駕笑倚紅闌拾瑤草天風吹擘翠霓裳玉環瓊佩聲
丁當素娥兩兩鼓瑤瑟三花珠樹春雲香平明宴罷
芙蓉閣碧海青童乘白鶴紫簫吹徹彩霞飛露濕銀
河曉星落

湘絃謠

蕉花泣露湘江曲九點秋烟天外綠水府凉波龍夜
吟蠻娘輕戛玲瓏玉離鸞別鳳隔蒼梧雨氣侵江迷
曉珠閑撥神絃石壁上花鬟月鬢啼江姝瑤空星漢

髙超忽羽盖金支五雲沒門外漁郎唱竹枝銀潭半
掛相思月

四時詞春

院落深沉杏花雨流鶯啼在辛夷塢流蘇羅幕襲春
寒博山輕飄香一縷美人睡罷理新粧香羅寶帶蟠
鴛鴦斜捲重簾帖翡翠懶把銀箏彈鳳凰金勒雕鞍
去何處多情鸚鵡當窓語草粘戲蝶庭畔迷花罥游
絲闌外舞誰家池館咽笙歌月照美酒金叵羅愁人
獨夜不成寐曉起鮫綃紅淚多

夏

槐陰滿地花陰薄玉簟銀床敞珠閣白苧衣裳汗凝
珠呼風羅扇搖羅幕瑤階開盡石榴花日轉華簷簾
影斜雕梁晝永燕引雛藥欄無人蜂報衙刺繡慵來
午眠重錦茵敲落釵頭鳳額上鵝黃膩睡痕流鶯喚
起江南夢南塘女伴木蘭舟采采荷花歸渡頭輕棹
齊唱采菱曲驚起波間雙白鷗

秋

紗廚寒逼殘宵永露下虛庭玉屏冷池荷粉褪夜有

(9)

香井梧葉下秋無影丁東玉漏響西風簾外霜多啼
夕虫金刀剪下機中素玉關夢斷羅帷空裁作衣裳
寄遠客悄悄蘭燈明暗壁含啼寫得一封書驛使明
朝發南陌裁封已就步中庭耿耿銀河明曉星寒衾
轉輾不成寐落月多情窺畫屏

冬

銅壺滴漏寒宵永月照紗幃錦衾冷宮鴉驚散轆轤
聲曉色侵樓窓有影簾前侍婢瀉金瓶玉盆手澁臙
脂香春山描就手屢呵鸚鵡金籠嫌曉霜南鄰女伴
笑相語玉容半為相思瘦金爐獸炭暖鳳笙帳底羔

兒薦春酒憑闌忽憶塞北人鐵馬金戈青海頭驚沙
吹雪黑貂弊應念香閨淚滿巾

五言律詩

出塞曲

烽火照長河天兵出漢家枕戈眠白雪驅馬到黃沙
朔吹傳金柝邊聲入塞笳年年長結束辛苦逐輕車

又

昨夜羽書飛龍城報合圍寒笳吹朔雪玉劍赴金微

(10)

(11)

久戍人偏老長征馬不肥男兒重義氣會擊賀蘭歸

效李義山體

鏡暗鸞休舞樑空燕不歸香殘蜀錦被淚濕越羅衣
楚夢迷蘭渚荊雲落粉闈西江今夜月流影照金徽

又

月隱驂鸞扇香生簇蝶裙多嬌秦地女有淚衛將軍
玉匣收殘粉金爐換夕熏回頭巫峽外行雨雜行雲

效沈亞之體

遲日明紅檝晴波斂碧潭柳深鸎睍睆花落燕呢喃

泥潤埋金屐鬟低膩玉篸銀屏錦茵暖春色夢江南

又

春雨梨花白宵殘小燭紅井鴉驚曙色梁燕怯晨風
錦幔淒涼捲銀床寂寞空雲軒回鶴馭星漢綺樓東

寄女伴

結廬臨古道日見大江流鏡匣鸞將老花園蝶已秋
寒沙初下鴈暮雨獨歸舟一夕紗窓閉那堪憶舊遊

送荷谷謫甲山

遠謫甲山客咸原行色忙臣同賈太傅 主豈楚懷

(12)

王河水平秋岸闊雲欲夕陽霜風吹鴈去中斷不成
行

七言律詩

春日有懷

章臺迢遞斷腸人雙鯉傳書漢水濱黃鳥曉啼愁裏
雨綠楊晴裊望中春瑤階寂歷生青草寶瑟淒涼閉
素塵誰念木蘭舟上客白蘋花滿廣陵津

次仲氏見星庵韻

雲生高嶂濕芙蓉琪樹丹崖露氣濃板閣梵殘僧入

定講堂齋罷鶴歸松蘿懸古壁啼山鬼霧鎖秋潭臥
燭龍向夜香燈明石榻東林月黑有疎鍾

又

淨掃瑤壇禮上仙曉星微隔絳河邊香生岳女春遊
襪水落湘娥夜雨絃松韻冷侵虛殿夢天花晴濕石
樓烟玄心已悟三三境盡日交床坐入禪

宿慈壽宮贈女冠

燕舞鶯歌字莫愁十三嫁與富平侯厭携瑤瑟彈珠
閣喜看花冠禮玉樓琳館月明簫鳳下綺窓雲散鏡

鑾收焚香朝暮空壇上鶴背冷風一陣秋

夢作

横海靈峰壓巨鼇六龍晨吸九河濤中天樓閣星辰近上界烟霞日月高金鼎滿盛丹井水玉壇晴晒赤霜袍蓬萊鶴駕歸何晩一曲吹笙老碧桃

次仲氏高原望高臺韻

層臺一柱壓嵯峨西北浮雲接塞多鐵峽覇圖龍已去穆陵秋色鴈初過山回大陸呑三郡水割平原納九河萬里登臨日將暮醉憑長劒獨悲歌

其二

龍從危棧切雲霄峰勢侵天作漢標山脉北臨三水絶地形西壓兩河遥烟塵晩捲狐城出苜蓿秋肥萬馬驕東望塞垣鼙鼓急幾時重起霍嫖姚

其三

侵雲石磴馬蹄穿陟盡重岡若上天秋晩魚龍歷大壑雨晴虹蜺落飛泉將軍鼓角行邉急公主琵琶説怨偏日暮爲君歌出塞劒花騰躍匣中蓮

其四

(13)

萬里翩翩一劒裝倚天兔閣掛斜陽河流西折連三郡山勢南回隔大荒脚下片雲生冉冉眼中溟海入茫茫登高落日時回首塞馬嘶風殺氣黄

送宮人入道

拜辭清禁出金鑾换却鴉鬟着玉冠滄海有緣應駕鳳碧城無夢更驂鸞瑶裙振雪春雲暖瓊佩鳴空夜月寒幾度步虛銀漢上御衣猶似奉宸懽

題沈孟鈞中溟風雨圖

虹掣中霄百尺攝仙人素足踏蒼霓獰風吹壁海濤立驟雨暗空雲色低龍抱火珠潜水宅鵬翻逸翮隱坤倪沉沉深殿鬼神泣彩筆淋漓元氣迷

皇帝有事天壇

羽盖徘徊駐碧壇壁堦清夜語和鑾長生鎬誥丁寧説延壽靈方仔細看曉露濕花河影斷天風吹月鶴聲寒齋香燒罷敲鳴磬玉樹千重遶曲欄

次孫内翰北里韻

初日紅欄上玉鉤丁香千結織春愁新粧滿面猶看鏡殘夢關心懶下樓誰鎖彫籠䕶鸚鵡自垂羅幙倚

(14)

(15)

箜篌嫣紅落粉堪惆悵莫把銀盆洗急流

五言絶句

築城怨

千人齊抱杵土底隆隆響努力好操築雲中無魏尚

又

築城復築城城高遮得賊但恐賊來多有城遮未得

莫愁樂

家住石城下生長石城頭嫁得石城壻來往石城遊

又

儂住白玉堂郎騎五花馬朝日石城頭春江戲雙舸

貧女吟

豈是乏容色工鍼復工織少小長寒門良媒不相識

又

夜久織未休戞戞鳴寒機機中一匹練終作阿誰衣

又

手把金剪刀夜寒十指直為人作嫁衣年年還獨宿

效崔國輔體

妾有黃金釵嫁時為首飾今日贈君行千里長相憶

(16)

又

池頭楊柳踈井上梧桐落簾外候虫聲天寒錦衾薄

又

春雨暗西池輕寒襲羅幙愁倚小屛風墻頭杏花落

長干行

家居長干里來往長干道折花問阿郎何如妾貌好

又

昨夜南風興船旗指巴水逢着北來人知君在揚子

江南曲

江南風日好綺羅金翠翹相將採菱去齊盪木蘭橈

又

人言江南樂我見江南愁年年沙浦口腸斷望歸舟

又

湖裏月初明采蓮中夜歸輕橈莫近岸恐驚鴛鴦飛

又

生長江南村少年無別離那知年十五嫁與弄潮兒

又

紅藕作裙衩白蘋為雜佩停舟下渚邊共待寒潮退

(17)

賈客詞

朝發宜都渚北風吹五兩船頭各澆酒月下齊邊槳

又

疾風吹水急三日住層灘少婦船頭坐焚香學筭錢

又

掛席隨風去逢灘即滯留西江波浪惡幾日到荊州

相逢行

相逢長安陌相向花間語遺却黃金鞭回鞍走馬去

又

相逢青樓下繫馬垂楊柳笑脫錦貂裘留當新豐酒

大堤曲

淚墮羊公碑草沒高陽池何人醉上馬倒着白接䍠

又

朝醉襄陽酒金鞭上大堤兒童拍手笑爭唱白銅鞮

七言絶句

步虛詞

乘鸞夜下蓬萊島閑輾麟車踏瑤草海風吹折碧桃
花王盤滿摘安期棗

蘭雪軒詩 十三

(18)

九霞裙幅六銖衣鶴背泠風紫府歸瑤海月明星漢
落玉簫聲裏碧雲飛

青樓曲

夾道青樓十萬家家家門巷七香車東風吹折相思
柳細馬驕行踏落花

塞下曲

前軍吹角出轅門雪撲紅旗凍不翻雲暗磧西看候
火夜深遊騎獵平原

隴戍悲笳咽不通黃雲萬里塞天空明朝番帳收殘
卒探馬歸來試擘弓

屬馬千群下磧西孤山烽火入銅鞮將軍夜發龍城
北戰士連營擊鼓鼙

寒塞無春不見梅邊人吹入笛聲來夜深驚起思鄉
夢月滿陰山百尺臺

都護防秋掛鐵衣城南初解十重圍金戈操盡單于
血白馬天山踏雪歸

入塞曲

戰罷臨洮敗馬鳴殘軍吹角宿空營回中近報邊無

蘭雪軒詩 十四

(19)

亭日暮平安火入城
新復山西十六州馬鞍懸取月支頭河邉白骨無人
葬百里沙場戰血流
落日狼烟度磧來塞門吹角探旗開傳聲漠北單于
破白馬將軍入塞回
騂弓白羽黑貂裘綠眼胡鷹踏錦鞲腰下黃金印如
斗將軍初拜北平侯
漢家征旅滿陰山不遣胡兒匹馬還辛苦總戎班定
遠一生猶望玉門關

竹枝詞
空舲灘口雨初晴巫峽蒼蒼烟靄平長恨郎心似潮
水早時纔退暮時生
瀼東瀼西春水長郎舟去歲向瞿塘巴江峽裏猿啼
苦不到三聲已斷腸
家住江陵積石磯門前流水浣羅衣朝來閑繫木蘭
棹貪看鴛鴦相伴飛
永安宮外是層灘灘上舟行多少難潮信有期應自
至郎舟一去幾時還

(20)

西陵行
蘇小門前花正開柳香和酒撲金杯夜闌留得遊人
醉油壁車輕月裏回
錢塘江上是儂家五月初開菡萏花半嚲烏雲睡新
覺倚欄閑唱浪淘沙

提上行
長堤十里柳絲垂隔水荷香滿客衣向夜南湖明月
白女郎爭唱竹枝詞

鞦韆詞

鄰家女伴競鞦韆結帶蟠巾學半仙風送綵繩天上
去佩聲時落綠楊烟
蹴罷鞦韆整綉鞋下來無語立瑤階蟬衫細濕輕輕
汗忘却教人拾墮釵

宮詞
千牛閣下放朝初擁箒宮人掃玉除日午殿頭宣詔
語隔簾催喚女尚書
龍輿初幸建章臺六部笙歌出院來試向曲欄催羯
鼓殿頭宮女奏花開

紅羅袱裹建溪茶侍女封緘結出花斜押紫泥書勅
字內官分送大臣家
鸚鵡新調羽未齊金籠鎖向玉樓棲閑回翠首依簾
立却對君王說隴西
儺羅宮庭彩炬明景陽樓外曉鍾聲君王受賀朝元
殿日照彤闈拜九卿
黃昏金鎖鎖千門一面紅粧侍至尊阿監殿前持密
詔問頻知是寵承恩
金爐獸炭欲回春八字眉山澁未勻共怯滿身珠翠

宮詞 十七

暖六宮新賜辟寒珎
清齋秋殿夜初長不放宮人近御床時把剪刀裁越
錦燭前閑繡紫鴛鴦
長信宮門待曉開內官金鎖鎖門回當時曾笑他人
到豈識今朝自入來
披香殿裏會宮粧新得承恩別作行當座綉琴彈一
曲內家令賜綵羅裳
避暑西宮罷受朝曲欄初展碧芭蕉閑隨尚藥園碁
局賭得珠鈿綠玉翹

(21)

天廚進食簇金盤香果魚羹下筋難徐喚六宮分退
膳旋推當直女先飡
氷簟寒多夢不成手揮羅扇撲流螢長門永夜空明
月風送西宮笑語聲
綵羅帷幙紫羅茵香靄霏微暗襲人明日賞花留玉
輦地衣簾額一時新
看修氷殿種芙蓉昇下羅函出九重試著綵衫迎詔
語翠眉猶帶睡痕濃
鴨爐初委水沉灰侍女休粧掩鏡臺西苑近來巡幸

宮詞 十八

少玉簫金瑟半塵埃
新擇宮人直御床錦屏初賜合歡香明朝阿監來相
問笑指胸前小佩囊
金鞍玉勒紫遊韁跨出西宮入未央遙望午門開雉
扇日華初上赭袍光
西宮近日萬機煩催喚昭容啓殿門為報榻前持燭
女漏聲三下紫微垣
當夜中官抱御書玉籤抽付卷還舒慇懃護惜金蓮
燭學士歸時送直廬

(22)

(23)

楊柳枝詞

楊柳含烟灞岸春年年攀折贈行人東風不解傷離別吹却低枝掃路塵

青樓西畔絮飛揚烟鎖柔條拂檻長何處少年鞭白馬綠陰來繫紫遊韁

灞陵橋畔渭城西雨鎖烟籠十里堤繫得王孫歸意切不同芳草綠萋萋

條如纖腰葉如眉怕風愁雨盡低垂黃金穗短人爭挽更被東風折一枝

按轡營中占一春嵗鴉門外麴絲新生憎灞水橋頭樹不解迎人解送人

橫塘曲

菱刺惹衣菱角大日落渚田潮未退蓮葉盖頭當花冠藕花結帶為雜佩

紅藕香殘風雨多吳姬爭唱竹枝歌歸來日落橫塘口烟裏蘭橈響軋鴉

夜夜曲

蟪蛄切切風騷騷芙蓉香褪氷輪高佳人手把金錯刀挑燈永夜縫征袍

(24)

玉漏微微燈耿耿羅幃寒逼秋宵永邊衣裁罷剪刀冷滿窓風動芭蕉影

遊仙詞

千載瑤池別穆王暫教青鳥訪劉郎平明上界笙簫返侍女皆騎白鳳凰

瓊洞珠潭貯九龍彩雲寒濕碧芙蓉乘鸞使者西歸路立在花前禮赤松

露濕瑤空桂月明九天花落紫簫聲朝元使者騎金虎赤羽麾幢上玉清

瑞風吹破翠霞裙手把鸞簫倚五雲花外玉童鞭白虎碧城邀取小茅君

焚香遙夜禮天壇羽駕翻風鶴氅寒清磬響沉星月冷桂花烟露濕紅鸞

宴罷西壇星斗稀赤龍南去鶴東飛丹房玉女春眠重斜倚紅闌曉未歸

氷屋珠扉鎖一春落花烟露濕綸巾東皇近日無巡幸閑殺瑤池五色麟

閑解青囊讀素書露風烟月桂花疎西妃小女春無
事笑請飛瓊唱步虛
瓊樹玲瓏壓瑞烟玉鞭龍駕去朝天紅雲塞路無人
到短尾靈厖藉草眠
烟鎖瑤空鶴未歸桂花陰裏閉珠扉溪頭盡日神靈
雨滿地香雲濕不飛
青苑紅堂鎖泬寥鶴眠丹竈夜迢迢仙翁曉起喚明
月微隔海霞聞洞簫
香寒月冷夜沉沉笑別嫦妃脫玉簪更把金鞭指歸

路碧城西畔五雲深
新詔東妃嫁述郎紫鸞烟蓋向扶桑花前一別三千
歲却恨仙家日月長
閑携姊妹禮玄都三洞真人各見呼教著赤龍花下
立紫皇宮裏看投壺
星影沉溪月露沾手挼裙帶立瓊簷丹陵羽客辭歸
去自下珊瑚一桁簾
瑞露微微濕玉虛碧簷偷寫紫皇書青童睡起捲珠
箔星月滿壇花影疎

(25)

西溪夫人恨獨居紫皇令嫁許尚書雲衫玉帶歸朝
晚笑駕青龍上碧虛
閑住瑤池吸彩霞瑞風吹折碧桃花東皇長女時相
訪盡日簾前卓鳳車
滿酌瓊醪綠玉卮月明花下勸東妃丹陵公主休相
妬一萬年來會面稀
愁來自著蕊霓裙步上天壇掃白雲琪樹露華衣半
濕月中閑拜玉真君
雲角青龍玉絡頭紫皇騎出向丹丘閑從辟戶窺人

世一點秋烟辨九州
花冠蘂帔九霞裙一曲笙歌響碧雲龍影馬嘶滄海
月千洲閑訪上陽君
樓鎖彤霞地絕塵玉妃春淚濕羅巾瑤空月浸星河
影鸚鵡驚寒夜喚人
新拜真官上玉都紫皇親授九靈符歸來桂樹宮中
宿白鶴閑眠太乙爐
烟蓋飄飄向碧空翠幢歸殿玉壇空青鸞一隻西飛
去露壓桃花月滿空

(26)

廣寒宮殿玉爲梁銀燭金屛夜正長攔外桂花凉露
濕紫簫聲裏五雲香
催呼縢六出天關脚踏風龍徹骨寒袖裏玉塵三百
斛散爲飛雪落人間
瓊海漫漫浸碧空玉妃無語倚東風蓬萊夢覺三千
里滿袖啼痕一抹紅
姲妃閑製赤霜袍素手頻回玉剪刀眉鎻暈痕花影
午紫皇令賜碧葡萄
華表眞人昨夜歸桂香吹滿六銖衣閑回鶴馭瑤壇

蘭雪軒詩 二十三

上日出瓊林露未晞
管石金華四十年老兄相訪蔚藍天烟簑月遂人間
事笑指溪南白玉田
緱嶺仙人碧玉笙折花閑倚董雙成瑤絃誤拂黃金
柱遥隔彤霞聽笑聲
乘鸞來下九重城絳節霓旌別太淸逢着周靈王太
子碧桃花裏夜吹笙
海畔紅桒幾度開羽衣零落暫歸來東窓玉樹三枝
長知是眞皇别後栽

(27)

催龍促鳳上朝元路入瑤空敞八門仙吏殿頭宣詔
語九華王子主崐崙
粧鏡孤鸞怨上元雲車春暮下天門封郞大是無情
者舉袖歸来積淚痕
靑童孀宿一千年天水仙郞結好緣空樂夜鳴簷外
月北宮神女降簾前
天花一朶錦屛西路入藍橋匹馬嘶珠童玉工留玉
杵桂香烟月合刀圭
東宮女伴罷朝回花下相邀入洞来閑倚玉峰吹鐵

蘭雪軒詩 二十四

笛碧雲飛遶望天臺
烟盖歸来小有天紫芝初長水邊田瓊崖採得英英
實遺却紅綃制鶴鞭
羣仙相引陟芝田暫向珠潭學採蓮斜日照花瓊戶
閉碧烟深鎻太羅天
玲瓏花影覆瑤碁日午松陰落子遲溪畔白龍新賭
得夕陽騎出向天池
珠洞銀溪鎻瑞烟大郞多病罷朝天雲謠讀盡靑鸞
去日午紅龍戶外眠

(28)

騎鯨學士禮瑤京王母相留宴碧城手展彩毫書玉
字醉顏猶似進清平
皇帝初修白玉樓璧階璇柱五雲浮閑呼長吉書天
篆挂在瓊楣家上頭
芙蓉城闕錦雲香別詔曼卿主畫堂朝日駕龍千騎
女白蘭叢裏合笙簧
別詔真人蔡小霞八花磚上合丹砂金爐壁炭成圓
汞白玉盤盛向帝家
玉女群中價最高十隨王母喫仙桃閑持玉管白於

手道是月宮霜兎毫
吾歸公子幾時迴南岳夫人早晩來巡歷十洲猶未
遍夜闌笙鶴降蓬萊
琴高昨日寄書來報道瓊潭玉藥開偸寫尺牋憑赤
鯉蜀中明夜約登臺
絳闕夫人別玉皇洞天深閉紫霞房桃花落盡溪頭
樹流水無情賺阮郞
乘龍長伴九真遊八島朝行夕已周深夜講壇風雨
定小仙歸去策青虬

(29)

崑伯閑乘白鹿遊折花來上五雲樓丹經滿案樂堆
鼎何事玉郞霜滿頭
彤軒碧瓦飾瑤壇不遣青苔染履綦朝罷列仙爭拜
賀內家新領八霞司
海上寒風吹玉枝日斜玄圃看花時紅龍錦襜黃金
勒不是元君不得騎
蟠桃結子宴崑崙滿酌瓊醪勸上元催喚彩鸞東去
疾玉峰邀取老軒轅
足下星光閃閃高月節溪影濕龍毛臨霞笑喚東方

朔休向氷園摘玉桃
氷屋春回桂有花自驂孤鳳出彤霞山前逢着安期
子袖裏擕將棗似瓜
瓊海茫茫月露漙千宮女駕青鸞平明去赴瑤池
宴一曲笙歌碧落寒
瓊樹扶疎露氣濃月侵簾室影玲瓏閑催白兎敲靈
藥滿臼天香玉屑紅
綠章朝奏十重城飲鹿高溪訪叔卿宴罷紫微人上
鶴九天環佩月中聲

(30)

(31)

露盤花水浸三星斜漢初低白玉屛孤鶴未迴人不
寐一條銀浪落珠庭
蓬萊歸路海千重五百年中一度逢花下爲沽瓊液
酒莫敎青竹化蒼龍
身騎青鹿入蓬山花下仙人各破顔爭說衆中看易
辨七星符在頂毛間
簷鈴無語閉珠宮紫閣凉生玉簟風孤鶴夜驚滄海
月洞簫聲在綠雲中
后土夫人住玉都日中笙笛宴麻姑韋郎年少心慵

蘭雪軒詩 二十七

甚不寫輕綃五岳圖
閑隨弄玉步天街脚下香塵不染鞋前導白麟三十
八角端都挂小金牌
紫陽宮女捧丹砂王母令過漢帝家窓下偶逢方朔
笑別來琪樹六開花
獨夜瑤池憶上仙月明三十六峰前鸞笙響絶碧空
靜人在玉淸眠不眠
東皇種杏一千年枝上三英藏碧烟時控彩鸞過舊
苑摘花持獻玉皇前

(32)

唐昌館裏簇瓊花仙子來看駐鳳車塵染蕙衣蓬島
遠玉鞭遙指海雲涯
羽客朝升碧玉梯桂巖晴日白鷄啼純陽道士歸何
晩定向蟾宮訪羿妻
玉林風露泬寥寥月引仙妃上石橋斜倚紫烟頭不
擧赤城南畔憶文簫
沙野先生閑赤城鳳樓凝碧悄無聲香消玉洞步虛
夜露濕桂花凉月明
朱幡絳節曉霞中別殿淸齋待五翁秋水一絃輕曳
玉碧桃花滿紫陽宮

蘭雪軒詩 二十八

一春閑伴玉眞遊倏忽星霜已報秋武帝不來花落
盡滿天烟露月當樓
彤閣銀橋駕太虛劒光閑射九眞墟金牌掛向雙麟
角碧月寒侵玉札書
絳燭熒煌下九天日升螭陛玉爐烟無央鸞鳳隨金
母來賀東皇一萬年
鼇峀雲低日欲斜水宮簾箔捲秋波楓香月鶴經年
夢腸斷閶門萼綠華

文昌公子欲朝天笑泥嫦妃索玉鞭庭下彩鸞三十
六翠衣相對碧池蓮
星冠霞佩好威儀三島仙官入奏時頻把金鞭打龍
角為嗔西去上天遲
八馬乘風去不歸桂枝黃竹怨瑤池昆庭玉瑟雲中
響傳語姮娥罷畫眉
榆葉飄零碧漢流玉蟾珠露不勝秋靈橋鵲散無消
息隔水空看飲渚牛
珠露金飇上界秋紫皇高宴五雲樓霓裳一曲天風

起吹散仙香滿十洲
乘鸞夜入紫微城桂月光搖白玉京星斗滿空風露
濕綠雲時下步虛聲
黃金條脫繫羅裙十幅花牋染碧雲千載玉清壇上
約笑憑三鳥寄羊君
六葉羅裙色曳烟阮郎相喚上芝田笙歌暫向花間
盡便是人寰一萬年

夜坐

金刀剪出篋中羅裁就寒衣手屢呵斜拔玉釵燈影

(33)

畔剔開紅焰救飛蛾

閨怨

錦帶羅裙積淚痕一年芳草恨王孫瑤箏彈盡江南
曲雨打梨花晝掩門
月樓秋盡玉屏空霜打蘆洲下暮鴻瑤瑟一彈人不
見藕花零落野塘中

秋恨

絳紗遙隔夜燈紅夢覺羅衾一半空霜冷玉籠鸚鵡
語滿階梧葉落西風

附錄

廣寒殿白玉樓上樑文

述夫寶蓋懸空雲軒超色相之界銀樓耀日霞楹出
迷塵之境雖復仙螺運機幻作辟凡之殿翠蜃吹霧
嘘成玉樹之宮青城丈人玉帳之術斯殫碧海王子
金櫃之方畢施自天作之非人力也主人名編瑤籍
職綴瓊班乘龍太清朝蓬萊宿方丈駕鶴三島
左挹浮丘右拍洪崖千年玄圃之棲遲一夢人間之
塵土黃庭誤讀謫下無央之宮赤繩結緣悔入有窮

(34)

(35)

之室壺中靈藥纔下指於玄砂脚底銀蟾遽逃形於
桂宇咲脫紅埃赤日重披紫府丹霞鸞笙鳳管之神
遊喜續舊會錦幪銀屛之孀宿悔過今宵胡爲日宮
之恩綸俾掌月殿之牋奏官曹淸切足踐八霞之司
地望崇高名歷五雲之閣寒生玉斧樹下之吳質無
眠樂奏霓裳欄邊之素娥呈舞玲瓏霞佩振霞錦於
仙衣熠燿星冠點星珠於人勝仍思列仙之來會尙
乏上界之樓居靑鸞引玉妃之車羽葆前路白虎駕
朝元之使金緌後塵劉安轉絳牋雙龍於案上姬滿

附錄 三十一

遂日馳八風於山阿宵迎上元綠髮散三角之髻畫
接帝女金梭織九紋之綃瑤池衆眞會南峯王京羣
帝集北斗唐宗踏公遠之杖得羽衣於三章水帝對
火仙之碁賭寰宇於一局不有紅樓之高構何安絳
節之來朝於是移章十洲馳檄九海因匠星於屋底
木宿掄材靡鐵山於樞閶金精動色坤靈揮鑿驅巧
思於般倕大冶鎔鑪運奇智於鍾範靑鰕垂尾雙虹
飮星宿之河赤霓昂頭六鼇戴蓬萊之島璇題燭日
出彤閣於烟中綺綴流星架翠廊於雲表魚緝鱗於

(36)

玉瓦鴈列齒於瑤階微連捧旂下月節於重霧邑佰
樹蠹設蘭幄於三辰金繩結綺戶之流蘇珠網護雕
欄之阿閣仙人在棟氣吹彩鳳之香臺玉女臨窓水
溢雙鸞之鏡匣翡翠簾雲母屛靑玉案瑞靄宵凝芙
蓉帳孔雀扇白銀床祥蜺晝鎖爰設鳳儀之宴俾展
燕賀之誠旁招百靈廣延千聖邀王母於北海斑麟
踏花接老子於西關靑牛臥草瑤軒張錦紋之幕寶
簷低霞色之帷獻蜜蜂王紛飛炊玉之室含果鴈帝
出入薦瓊之廚雙成鈿管妟香銀箏合鈞天之雅曲

附錄 三十二

婉華淸歌飛瓊巧舞雜駭空之靈音龍頭瀉鳳髓之
醪鶴背捧麟脯之饌琳筵玉席光搖九枝之燈碧藕
氷桃盤盛八海之影獨恨瓊楣之文句繫致上仚之
興嗟淸平進詞太白醉鯨背之已久玉臺摛藻長吉
咲蚍神之太多新宮勒銘山玄卿之雕琢上界鐫壁
蔡眞人之寂寥自懸三生之隨塵誤登九皇之辟剡
江郞才盡夢退五色之花梁客詩催鉢徹三聲之響
徐援彤管咲展紅牋河懸泉湧不必覆子安之衾句
驪文遒未應類謫仙之面立進錦囊之神語留作瑤

宮之盛觀置諸雙樑賁於六偉抛梁東曉騎仙鳳入
珠宮平明日出扶桑底萬縷丹霞射海紅抛梁南玉
龍無事飮珠潭銀床睡起花陰午笑喚瑤姬脫碧衫
抛梁西碧花零露彩鸞啼春羅玉字邀王母鶴馭催
歸日已低抛梁北溟海茫洋浸斗極鵬翼擊天風力
掀九霄雲垂雨氣黑抛樑上曙色微明雲錦帳仙娥
初回白玉床卧聞北斗迴杓響抛樑下八埏雲黑知
昏夜倚兒報道水晶寒曉霜已結鴛鴦瓦伏願上樑
之後琪花不老瑤草長春曦舒凋光御鸞輿而猶戲
陸海變色駕飇輪而尚存銀窓靡霞下視九萬里依
微世界壁戶臨海笑看三千年清淺桑田手回三霄
日星身遊九天風露

恨情一疊

春風和兮百花開節物繁兮萬感來處深閨兮思欲
絶懷伊人兮心腸裂夜耿耿而不寐兮聽晨鷄之喈
喈羅帷兮垂堂玉階兮生苔殘燈翳而背壁兮錦衾
悄而寒侵下鳴機兮織回文文不成兮亂愁心人生
賦命兮有厚薄任他歡娛兮身寂寞

附錄 三十三

(37)

夢遊廣桑山詩序

乙酉春余丁憂寓居于外舅家夜夢登海上山〻皆
瑤琳琨玉衆峰俱疊白璧青熒明滅眩不可定視霱
雲籠其上五彩妍鮮瓊泉數派瀉於崖石間激〻作
環玦聲有二女年俱可二十許顔皆絶代一披紫霞
襦一服翠霓衣手俱持金色葫蘆步履輕躡揖余從
澗曲而上奇卉異花羅生不可名鸞鶴孔翠翱舞左
右衆香馚馥於林端遂躋絶頂東南大海接天一碧
紅日初昇波濤浴暈峰頭有大池湛泓蓮花色碧葉
大被霜半褪二女曰此廣桑山也在十洲中第一君
有仙緣故敢到此境盍爲詩紀之余辭不獲已即吟
一絶二女拍掌軒渠曰星〻仙語也俄有一朶紅雲
從天中下墜罩於峰頂擂鼓一響醒然而悟枕席猶
有烟霞氣未知太白天姥之遊能逮此否聊記之云

詩曰

碧海侵瑤海青鸞倚彩鸞芙蓉三九朶紅墮月霜寒
姊氏於己丑春捐世時年二十七其三九紅墮之語乃驗

蘭雪軒詩 三十四

(38)

(39)

夫人姓許氏自號蘭雪齋於筠爲第
三姊嫁著作郞金君誠立早卒無嗣
平生著述甚富遺命茶毘之所傳至
尠俱出於筠臆記懼其久而愈忘故
爰災於木以廣其傳云爾
萬曆紀元之三十六載孟夏上浣弟
許筠端甫書于披香堂

蘭雪軒詩跋

跋蘭雪軒集

余友許美叔有曠世之奇才不幸早亡余睹其遺文未嘗不擊
節嘆賞一日美叔弟端甫袖其亡姊所著蘭雪軒藁者見示余
驚曰異哉非婦人語何許氏之門多奇才也余於詩學懵若茫即其所見而評
之立言造意如空花水月瑩澈玲瓏不可把玩聲鏘則珩璜相觸也擬峭則嵩華競
秀若秋蕖擁水春雲晴空也高處出漢魏其餘步驟盛唐至其感物興懷傷
時閔俗往往有烈士風無一點世間態栢舟東征不得專美於前矣余謂端甫歸而收拾而
寶藏備一家言勿使無傳焉可也萬曆庚寅仲冬西厓書于漢陽之寓舍